Berlin Wolfsburg

Manuela Kuck, Jahrgang 1960, ist freie Autorin. Die gebürtige Wolfsburgerin hat Germanistik und Kunstgeschichte in Berlin studiert, als Fotosetzerin und im kaufmännischen Bereich gearbeitet. Sie lebt heute in der Hauptstadt und veröffentlicht Romane, Kurzgeschichten und Krimis. Im Emons Verlag erschienen »Tod in Wolfsburg«, »Wolfstage« und »Ostbahnhof«.

Für meine Söhne

Prolog

Bis jetzt war immer alles gut gegangen. Es würde auch diesmal gut gehen. Daran zweifelte sie keinen Augenblick. Vielleicht empfand sie einen ebenso flüchtigen wie winzigen Moment der Überraschung, in die sich jedoch weder Verunsicherung noch Irritation mischte, geschweige denn Ängstlichkeit – allenfalls Neugier. Alles hatte seine ganz eigene und manchmal verblüffend aufregende Ordnung. Seit beinahe zwanzig Jahren.

Der Mann hatte hellblaue, bemerkenswert traurige Augen, schmale Lippen und ein blasses Gesicht. Er sah aus wie jemand, der selten an der frischen Luft war. Aber das konnte täuschen. Auch Großvater Manfred war, trotzdem er als Dachdecker bei fast jedem Wetter draußen gearbeitet hatte, immer sehr blass gewesen. Bis zu jenem Morgen, als es ihn vom Scheunendach gefegt hatte. Vor Schreck. Er war tot gewesen, bevor der Aufprall verklungen war. Wie schnell sich das Leben davonmacht, hatte Sarah erstaunt gedacht, damals ein Kind von zehn Jahren. Nur einmal mit den Fingern geschnippt – und weg. Sie hatte im Halbdunkel hinter der angelehnten Scheunentür gestanden und auf den sonnenüberfluteten Kiesweg geblickt, um dem satten, dumpfen Geräusch nachzufühlen, das kein Echo zurückwarf. Nur der Tod konnte so klingen. Eine Blutlache kroch in das frisch geharkte Blumenbeet.

Sarah würde das Geräusch nie vergessen, und auch nicht, wie das Blut metallisch in der Sonne geschimmert hatte und ihre Großmutter kurz darauf aus dem Haus gestürzt war, um neben ihrem Mann niederzuknien. Verwirrend lange andächtig schweigend. Dann hatte sie plötzlich hochgeblickt, und ein glückseliges Lächeln war über ihr Gesicht gehuscht. Sarah hatte sich kaum an ihm sattsehen können. Alles war gut. Schließlich war sie langsam und lautlos in das Innere der Scheune zurückgewichen und hatte die Fetzen des zerplatzten Luftballons eingesammelt. Es war ein roter Ballon gewesen. Am Tag nach der Beerdigung hatte ihr die Großmutter einen neuen und noch viel schöneren Ballon gekauft, über ihr Haar gestrichen und leise »Mein kleiner Engel« geflüstert.

Sarah tauchte aus ihren Erinnerungen wieder auf, als der Mann den Stuhl zurückschob, auf dem bis vor wenigen Minuten eine Kommissarin gesessen und sie zu den Geschehnissen am Schlachtensee befragt hatte – zum zweiten Mal, seit Mark Bäumer nach der feucht-fröhlichen Betriebsfeier tot am See aufgefunden worden war. Er hatte mit dem Gesicht nach unten im Wasser gelegen. Mit zwei Komma acht Promille Alkohol im Blut sprach alles für ein tragisches Unglück. Als man ihn fand, war er schon seit über zwei Stunden tot. Keiner hatte sein versoffenes Gegröle vermisst.

»Kaum einer Ihrer Kollegen oder Kolleginnen in der Baufirma scheint ihn gemocht zu haben«, hob der blasse Mann an, als er sich gesetzt hatte, und Sarah war erstaunt über seine tiefe, wohlklingende Stimme, die sie eher bei einem kraftvollen, dunklen Typen vermutet hätte. »Das jedenfalls ist unser Eindruck nach den ersten Befragungen, und wir sind ein bisschen stutzig geworden – sonst wäre der Fall längst zu den Akten gelegt worden.«

Er lächelte plötzlich, was sein Gesicht unerwartet weich machte, aber die Augen kaum erreichte. »Entschuldigen Sie, Frau Mohn, ich habe mich noch gar nicht vorgestellt: Ich bin der leitende Staatsanwalt Robert Scheidner und habe zu entscheiden, wie es weitergeht.«

Sarah nickte. »Sie überprüfen, ob jemand nachgeholfen haben könnte.« Ihr Ton war sachlich und interessiert, sie sprach leise und sah dem Staatsanwalt offen ins Gesicht. Sie spürte, dass ihm ihre Art gefiel.

»So ist es. Wir haben genug zu tun und reißen uns nicht um zusätzliche Arbeit.« Er lächelte erneut. »Aber wenn sich ein solcher Verdacht einstellt, müssen wir das Geschehen natürlich von allen Seiten beleuchten. Haben Sie eine Erklärung, warum der Mann so unbeliebt war? Oder kennen Sie vielleicht sogar den Grund?«

Sarah überlegte nicht lange. »Es hat ihm Spaß gemacht, andere zu unterdrücken und zu quälen. Insbesondere Frauen.«

Staatsanwalt Robert Scheidner lehnte sich zurück und musterte sie nachdenklich. Wenn sie nicht alles täuschte, war er von ihrer Direktheit beeindruckt. Es sah aus, als lausche er ihr nach.

»Sie auch?«, fragte er schließlich.

»Nein.«

»Warum nicht?«

»Ich arbeite im Büro und hatte selten mit ihm zu tun. Außerdem werde ich meistens übersehen – auch von Männern wie ihm. Oder gerade von Männern wie ihm.«

Scheidner schwieg nachdenklich. »Können Sie deutlicher werden? Was hat er getan?«

Sie zwinkerte. »Nein, das kann ich nicht. Über Einzelheiten bin ich nicht im Bilde. Schließlich war ich nicht dabei.«

»Es wäre wichtig …«

Sie schüttelte energisch den Kopf, und er brach sichtlich irritiert ab.

»Wenn Sie etwas wissen oder vermuten, was im Zusammenhang mit den Geschehnissen stehen könnte, sind Sie verpflichtet, die Behörden darüber zu unterrichten«, fuhr er nach kurzer Pause betont förmlich fort, aber seine Stimme klang plötzlich seltsam matt. Der Widerspruch berührte sie.

»Wie Sie schon bemerkten: Niemand hat ihn gemocht, und niemand wird ihn vermissen«, entgegnete sie schließlich. »Solche Typen gibt es – alle sind froh und die Welt atmet auf, wenn sie fort sind, weil sie nur Schaden anrichten. Aber die wenigsten geben das zu, schon gar nicht, wenn die Polizei nachfragt.«

Sarah wagte ein winziges Lächeln. Es gab keine Anhaltspunkte für ein Gewaltverbrechen, keinerlei Spuren einer Straftat, geschweige denn Zeugen, sonst hätte die Polizei längst andere Geschütze aufgefahren. Es war nicht auszuschließen, dass zwei, drei oder mehr Kollegen und Kolleginnen mitbekommen hatten, wie Bäumer abseits ins Gebüsch getorkelt war, sich dort ausgekotzt und dann hingelegt hatte, und die die Gefahr, dass er halb bewusstlos ins Wasser rollen könnte, zwar registriert, aber schlichtweg ignoriert hatten. Sarah hielt das sogar für sehr wahrscheinlich, und dass Staatsanwalt Scheidner diesen Missklang nicht nur wahrnahm, sondern zu den wenigen Menschen gehörte, die ihrem Gespür vertrauten und ihm nachgingen, beeindruckte sie.

Sie gab seinen forschenden Blick unbeirrt zurück, und als er sie wenige Minuten später verabschiedete, wusste sie, dass sie den Mann mit den hellblauen traurigen Augen wiedersehen würde.

1

Magdalena Grimich hatte vor einigen Tagen ihren Urlaub angetreten, und Kommissarin Johanna Krass hoffte inständig, dass ihre Vorgesetzte dem Bundeskriminalamt mindestens drei Wochen fernbleiben würde, besser noch vier, und dass nichts Weltbewegendes geschah, das sie vorzeitig zum Dienst zurückrief. Nach Johannas Ansicht müsste das mindestens ein Terroranschlag sein oder die Neuerrichtung der Berliner Mauer – passend zum kürzlich in epischer Breite begangenen fünfzigsten Jahrestag – oder Vergleichbares. Aber Grimich würde garantiert nicht nach ihrer Meinung fragen.

Seit die Autozündler wieder vermehrt ihr Unwesen trieben, fürchtete Johanna nicht um ihren Wagen, sondern dass Grimich ihren Urlaub sausen ließe und unvermutet vor der Tür stünde, um die Einsatzkräfte und den Staatsschutz nach besten Kräften zu unterstützen und dem angeblich vorrangig jugendlichen Terror kurz entschlossen ein Ende zu bereiten. Wer wollte schon Londoner Verhältnisse? Noch dazu wenige Wochen vor den Berliner Wahlen zum Abgeordnetenhaus.

Obwohl die Zusammenarbeit in den letzten Jahren entspannter verlaufen war, wozu Johannas erfolgreiche Arbeit als Sonderermittlerin in Niedersachsen, genauer gesagt: in ihrer Geburtsstadt Wolfsburg und Umgebung, beigetragen haben dürfte, vermisste niemand Grimich weniger als sie. Johanna hielt jede Wette, dass es ihrer Chefin ähnlich ging und sie höchstens einen Gedanken an ihre stets aus jedem Rahmen fallende Mitarbeiterin verschwendete, um darüber nachzugrübeln, wann sie der Krass einen weiteren Einsatz außerhalb der Hauptstadt aufdrücken konnte.

Grimichs Urlaubsvertretung hatte ein junger smarter Typ übernommen, der kaum die vierzig erreicht haben dürfte und dabei war, die Karriereleiter in hektischem Tempo heraufzufallen, wie es im Hause hieß – von manchen skeptisch, von vielen neidisch und einigen wenigen bewundernd angemerkt. Udo Samthof wies bemerkenswerte äußerliche Ähnlichkeit mit dem »gutten« Karl-

Theodor auf, reagierte aber äußerst ungehalten auf entsprechende Bemerkungen und Witzeleien, wie sich ebenfalls herumgesprochen hatte. Humor schien nicht sein zweiter Vorname zu sein.

Johanna nahm sich fest vor, der Zusammenarbeit mit Samthof keine unnötigen Steine in den Weg zu legen, als sie sich nach einem Anruf seiner Sekretärin am Montagmorgen ohne besondere Eile auf den Weg in sein Büro machte. Sie war zwar dafür bekannt, kein Blatt vor den Mund zu nehmen und sich deshalb im Laufe ihrer Karriere selbigen oft genug verbrannt zu haben, aber auch Vorgesetzte bekamen zunächst einmal eine Chance bei ihr – Urlaubsvertretungen von Grimich erst recht.

Nach endlos verregneten und kalten Wochen herrschte seit einigen Tagen zur Abwechslung einmal nahezu strahlendes Sommerwetter, lediglich zwischenzeitlich unterbrochen von drückender Schwüle und einigen Wärmegewittern, aber darüber würde sie sich ganz sicher nicht beklagen – Hauptsache, die Temperaturen kletterten deutlich über zwanzig Grad und es blieb weitestgehend trocken. Johanna hoffte, dass die Sonne noch bis zum Wochenende durchhalten würde und sie ihre geplante Kajaktour machen könnte.

Samthof schmetterte auf ihr Klopfen ein herzliches »Herein« und kam ihr mit ausgestreckter Hand lächelnd entgegen, als sie eintrat. Sein dunkles Haar war gegelt, die Brille saß perfekt, der Anzug ebenso, das Aftershave hatte er eine Nuance zu üppig aufgetragen, wie Johanna feststellte, als seine Duftwolke ihre Nase erreichte. Er stutzte nur kurz, als sein Blick über Johannas abgetragene Jeans und die Wildlederweste glitt, die sie über einem kurzärmeligen Blusenhemd in verwaschenem Blaugrau trug und die in den frühen Siebzigern modern gewesen sein dürfte. Sie gab sich Mühe, ihre Verblüffung mit einem noch breiteren Lächeln zu kaschieren – der Mann sah Guttenberg nicht ähnlich, er schien eine Kopie von ihm zu sein, und zwar eine bemerkenswert gute! Und wenn Guttenberg eine Kopie von ihm war? Was für absurde Gedanken ihr bereits am frühen Morgen durch den Kopf geisterten!

»Kommissarin Krass – schön, dass wir uns persönlich kennenlernen«, erklärte er vollmundig und bot ihr einen Platz vor seinem

Schreibtisch an, bevor er schwungvoll dahinter verschwand und seine Krawatte umständlich zurechtrückte. »Ich habe schon einiges von Ihnen gehört«, fügte er hinzu.

Kann ich mir denken, dachte Johanna und verkniff sich den an dieser Stelle normalerweise üblichen Standardspruch. Sie nickte verständnisvoll.

»Mögen Sie einen Kaffee?«

»Danke, gerne.« Grimich hatte ihr bei ähnlichen Gelegenheiten noch niemals einen Kaffee angeboten. Und auch kein anderes Getränk. Das war eindeutig ein Pluspunkt für Udo Samthof.

Wenig später servierte die Sekretärin den Kaffee – Samthof trank ihn ebenfalls schwarz –, und eine Zeit lang bemühte er sich um das, was Johanna in der Regel unter angestrengtem Small-Talk-Gequatsche verbuchte und nicht ausstehen konnte. Statt gezielt zur Sache zu kommen, vergeudeten nicht wenige Leute – häufig Kollegen und/oder Vorgesetzte – wertvolle Arbeits- und Lebenszeit mit öden Allerweltsbetrachtungen und seichten Statements, noch dazu in der irrigen Annahme, dadurch für eine entspannte, vertrauensvolle oder sogar anheimelnde Atmosphäre zu sorgen.

Johanna hörte stirnrunzelnd zu, strich Samthofs Pluspunkt wieder und trank ihren Kaffee, während er das Autoabfackelthema und die Börsenturbulenzen in einem Abwasch rauf- und runterbetete und sichtlich irritiert war, dass die Kommissarin so gar nichts dazu beizutragen hatte. Nicht mal ein empörtes Durchatmen oder missbilligendes Schnalzen.

Schließlich hielt Grimichs Vertretung inne und räusperte sich. »Nun, wie dem auch sei …«

Johanna seufzte innerlich auf – endlich.

»Lassen Sie uns zur Sache kommen.«

»Gerne.«

»Ich möchte Ihnen eine Sonderaufgabe übertragen. Frau Grimich betonte, dass Sie die Richtige seien, wenn es um … tja … knifflige Fälle geht, die sich möglicherweise erst auf den zweiten Blick erschließen.«

Das hat sie garantiert so nicht gesagt, kommentierte Johanna in Gedanken, aber sie sparte sich eine diesbezügliche Bemerkung und warf Samthof einen auffordernden Blick zu.

»Wir haben in Berlin und in Niedersachsen eine Reihe von Todesfällen zu verzeichnen, die ich persönlich beunruhigend finde. Strafrechtlich relevante Hinweise ließen sich bislang nicht feststellen, aber einige Fragen bleiben dennoch offen oder werden nicht hinreichend beantwortet«, begann er zu berichten. »Das reicht zwar nicht für eine offizielle Ermittlung, aber ich möchte dennoch, dass sich ein kritischer Geist noch einmal in aller Ruhe damit auseinandersetzt.«

Die Kommissarin hob eine Braue, entschied sich aber, Samthof nicht zu unterbrechen, nachdem er nun endlich beschlossen hatte, zur Sache zu kommen. Die Bezeichnung »kritischer Geist« gefiel ihr. Der dezente Hinweis auf eine inoffizielle Ermittlung weniger – das bedeutete, dass die örtlichen Dienststellen nicht unbedingt mit Begeisterung auf sie reagieren würden. Konflikte waren damit vorprogrammiert, aber Johanna war Kummer gewöhnt.

Samthof schob seinen Stuhl ein Stück zurück. »Es geht um fünf tote Polizisten«, erklärte er knapp. »Vier Männer und eine Frau.«

»Oh«, entfuhr es Johanna. Ad hoc erinnerte sie sich an keine passende Schlagzeile und auch an keinen aktuellen internen Bericht, der gleich fünf tote Beamte zum Gegenstand hatte.

»Ein Kollege starb bereits Mitte Mai, die anderen erst kürzlich im Juli und August, und abgesehen davon, dass sie den gleichen Beruf ausübten, gibt es noch eine weitere Parallele: Sie begingen Suizid, zumindest auf den ersten Blick. Einer erschoss sich, zwei nahmen sich unter dem Einfluss von harten Drogen das Leben, eine Kollegin sprang von einer Brücke, und der fünfte Beamte stürzte sich vor gut einer Woche aus einem Hochhaus in die Tiefe«, setzte Udo Samthof seinen Bericht mit bemerkenswerter Sachlichkeit fort, während es bei Johanna nun doch zu klingeln begann.

»Die beiden Berliner Polizisten waren beim LKA und beim KDD tätig, ein Kripomann war aus Peine, zwei lebten in Ihrer Geburtsstadt Wolfsburg. Vielleicht haben Sie davon gehört.« Er brach ab und warf ihr über den oberen Rand seiner Brille hinweg einen langen fragenden Blick zu.

Johanna lehnte sich zurück und atmete laut aus. »Ja, jetzt erinnere ich mich, zumindest an einige Fälle …«

Jörg Rauth vom LKA hatte sich vor drei Monaten mit seiner Dienstwaffe erschossen, und der Kollege Bernd Lange war beim Kriminaldauerdienst tätig gewesen, bevor er Mitte Juli seinem Leben ein Ende gesetzt hatte. Soweit Johanna sich entsann, hatte er die hochgefährliche Modedroge Badesalz geschluckt, war völlig ausgerastet und hatte sich selbst die Kehle durchgeschnitten. Die Kommissarin schluckte. In Wolfsburg hatte es zwei Wochen später einen ähnlichen Fall gegeben … Die Behörden waren bemüht gewesen, die offizielle Berichterstattung über die toten Polizisten so knapp wie möglich zu halten, und Johanna hatte nur am Rande von den Todesfällen mitbekommen, da sie im Urlaub gewesen war, als die Nachricht die Runde machte. Darüber hinaus blendete sie Suizide unter Kollegen – egal, wo und wie oder unter welchen Umständen sie verübt worden waren – liebend gern aus.

»Ich habe Ihnen schon mal die bisher vorliegenden Ermittlungsberichte zusammenstellen lassen. Ich möchte, dass Sie mit den Beamten sprechen, die seinerzeit mit den jeweiligen Fällen beschäftigt waren oder noch sind«, fuhr Samthof fort, während er hinter sich nach einem Stapel Akten griff und ihn auf dem Schreibtisch platzierte. »Gucken Sie sich vor Ort um, stellen Sie Fragen, lassen Sie die Fälle auf sich wirken, recherchieren Sie, wenn Ihnen etwas seltsam vorkommt – allerdings behutsam und umsichtig, denn wir haben, wie gesagt, vorerst keine Möglichkeit, offen neue Ermittlungen einzuleiten. Teilen Sie mir Ihre Eindrücke mit.«

Johanna nickte langsam. »Vermuten Sie, dass es einen Zusammenhang zwischen den Fällen gibt?«

Samthof schob seine Brille nach oben. »Lassen Sie es mich so ausdrücken: Das würde mich nicht wundern, aber Beweise für diese These müssten erst gefunden werden.«

»Befürchten Sie, dass es sich um gestellte Suizide handelt?«

Samthof überlegte lange. »Dito«, sagte er dann.

»Aber es gibt bislang nicht die geringsten Indizien?«

»Nein – nichts deutet auf Fremdeinwirkung hin. Bemerkenswert ist aber, dass die Beamten bis dato nicht als psychisch labil, geschweige denn suizidgefährdet aufgefallen waren. Die Ermittlungen haben allenfalls bei Jörg Rauth größere private Probleme zutage gefördert. Und Drogen hatte bis dahin keiner konsumiert – jedenfalls wusste niemand etwas davon …«

Wen soll das denn wundern, dachte Johanna. »Ich muss Ihnen nicht sagen, dass viele Kollegen still und leise und oft zur Flasche greifen, und Tabletten –«

»Ich weiß, aber das ist etwas anderes«, unterbrach Samthof sie energisch. »Badesalz ist eine tödliche Droge, vor der inzwischen eindringlich gewarnt wird. Sie nimmt die Leute auf Horrortrips mit und ist garantiert nicht zum lockeren Workout geeignet.«

Johanna ließ die Stellungnahme unkommentiert im Raum stehen. »Gut. Ich gehe dem nach«, versicherte sie dann und stand auf. Samthof erhob sich ebenfalls und drückte ihr den Aktenstapel in die Hände.

»Ich habe Sie bei den einzelnen Dienststellen bereits angekündigt und um Kooperation gebeten. Ich hoffe sehr, dass man Ihnen entgegenkommt.«

»Ich auch«, seufzte Johanna. Jürgen Reinders von der Wolfsburger Polizeiinspektion würde sich bestimmt schon auf sie freuen. Vor ungefähr einem Jahr hatten sie das letzte Mal im Zusammenhang mit der verschwundenen Kati Lindner aus Königslutter und dem angeblichen Unfall des verdeckten Ermittlers Lennart Wiebor sehr erfolgreich zusammengearbeitet. Aber Reinders würde nie ein Fan von ihr werden. So viel stand fest.

»Falls Sie Unterstützung aus unserem Hause brauchen, lassen Sie es mich wissen.«

»Mach ich. Danke.«

Johanna benötigte keine fünf Minuten, um sich in der Cafeteria mit frischem Kaffee und einer Packung ihrer Lieblingskekse zu versorgen und in ihr Büro zurückzugehen. Eine Weile kaute sie auf der Frage herum, wie Udo Samthofs Engagement einzustufen war. Ging er tatsächlich lediglich einem unguten Gefühl nach? Das allein wäre bei einem leitenden BKA-Beamten ungewöhnlich, aber letztlich kein Gegenargument. Hatte er versteckte Hinweise erhalten, die er überprüfen musste? Waren vielleicht Fehler gemacht worden, unter Umständen gravierende, die nun klammheimlich ausgeräumt werden sollten? Oder wollte er Grimichs Abwesenheit nutzen und sich schlicht und ergreifend profilieren?

Johanna biss in ihren Keks. Wie auch immer … Vielleicht erschloss sich der Hintergrund, wenn sie in die Fälle eingestiegen war. Sie ordnete die Akten in chronologischer Reihenfolge auf ihrem Schreibtisch. Jörg Rauth und Bernd Lange waren die ersten. Beide Fälle waren von Kommissarin Katryna Nowak bearbeitet worden. Johanna studierte ihre Berichte in aller Ruhe, griff dann zum Telefon und ließ sich mit dem LKA verbinden.

Kommissarin Nowak hatte vorgeschlagen, die Einzelheiten nicht am Telefon, sondern am späten Vormittag bei einem Imbiss am Mehringdamm in Kreuzberg zu besprechen, was Johanna nur allzu recht war. Sie nutzte jede Gelegenheit, ihr ödes Büro zu verlassen. Als sie das indische Lokal betrat, winkte Nowak ihr von einem Tisch im hinteren Bereich zu und erhob sich schwungvoll, um die ältere Kollegin zu begrüßen.

Katryna Nowak trug einen luftigen weinroten Hosenanzug und war dezent geschminkt, das dunkle, perfekt geschnittene Haar schimmerte seidig. Die Stimme passte zu der auffällig aparten Frau, neben der Johanna sich zumindest in modischer Hinsicht wie ein lebendig gewordener Fauxpas vorkommen würde, käme sie je auf die absurde Idee, sich mit ihr zu vergleichen. Die Kollegin würde auch als Mitarbeiterin eines eleganten Damenoberbekleidungsgeschäfts durchgehen, dachte Johanna, die im Vorfeld natürlich nachgeforscht hatte, mit wem sie es zu tun bekam.

Beim LKA hatte man der modisch aufgepeppten Katryna Nowak den Spitznamen »Püppchen« gegeben. Er passte vortrefflich, sofern er sich auf Äußerlichkeiten bezog, fand Johanna. Nowak war Mitte dreißig, stammte aus Duisburg und war vor ungefähr anderthalb Jahren erstmals an die Berliner Kollegen ausgeliehen und zu Beginn alles andere als herzlich aufgenommen worden. Seinerzeit hatte sie gemeinsam mit Piet Reinhardt ausgesprochen beherzt die Hundekampfszene aufgemischt, was ihr kaum jemand zugetraut hatte, und war in der Folge immer wieder zu Einsätzen in die Hauptstadt gebeten worden, um schließlich vor einigen Monaten endgültig an die Spree zu wechseln. Kurzum: Nowak hatte sich nach anfänglichen Schwierigkeiten viel Respekt erworben und war zur Hauptkommissarin aufgestiegen. Wenn Johanna es richtig verstanden hatte, kam beim LKA längst niemand mehr auf die Idee, ihren Spitznamen in abfälligem Ton zu verwenden.

»Danke, dass Sie gleich Zeit für ein Gespräch gefunden haben«, bemerkte Johanna nach kurzer Begrüßung, während sie sich setzten.

»Keine Ursache. Ich bin gespannt, worum es geht, und nutze jede Möglichkeit, dem Kantinenessen zu entfliehen.« Nowak lächelte aus grünen, leicht schräg stehenden Augen und ließ Johannas eindringlich forschenden Blick gelassen über sich ergehen. »Wollen wir eine Kleinigkeit essen?«

Johanna stimmte zu und entschied sich für eine scharfe Suppe.

»Ja, die ist gut, nehme ich auch«, meinte Nowak und rieb sich die Hände. Sie schien sich aufs Essen zu freuen.

Johanna verzichtete auf einleitendes Geplänkel und zog die Akte aus ihrem Lederrucksack, sobald der Kellner ihrem Tisch den Rücken gekehrt hatte. »Lassen Sie uns der Reihe nach vorgehen. Kannten Sie Jörg Rauth eigentlich persönlich? Wenn ja – welchen Eindruck hatten Sie von ihm?«

Katryna Nowak schüttelte den Kopf. Falls sie der flotte Einstieg verblüffte, ließ sie es sich nicht anmerken. »Ich kannte ihn zwar vom Sehen«, erwiderte sie, »habe aber nie mit ihm zusammengearbeitet – er war Springer und in allen möglichen Teams tätig: Einbruch, OK, Gewaltdelikte, Drogen. Rauth war erfahren und galt bis zur Tat als zuverlässig und so souverän, wie man es sich von einem sechsundvierzigjährigen Beamten wünscht. Er war verheiratet und Vater von zwei Kindern im Alter von sechzehn und zwölf Jahren. Nach außen hin schien alles in nahezu bester Ordnung.«

»Ärger unter Kollegen?«

»Ist mir nicht zu Ohren gekommen. Das muss aber nicht unbedingt etwas heißen – ich bin noch nicht so lange in Berlin.«

»Ja, ich weiß. Sie sind das Ruhrpott-Püppchen.«

Nowak lächelte. »So ist es.«

»Haben Sie im Laufe Ihrer Ermittlungen auch nur einen Augenblick daran gezweifelt, dass Rauth sich selbst umgebracht hat?«, fuhr Johanna fort.

Nowak warf ihr einen verblüfften Blick zu. Bevor sie antworten konnte, servierte der Kellner die dampfenden Suppenschalen und einen Korb mit Brot. Die LKA-Beamtin griff sich eine Scheibe, biss gedankenverloren ab und nahm den Löffel zur Hand.

»Nein, und zwar aus dem einfachen Grund, weil sich dafür kein einziger Anhaltspunkt fand und sehr schnell klar wurde, dass Rauth seinem Umfeld die heile Welt nur vorgespielt hatte«, erwiderte sie dann. »Der Mann hat abgewartet, bis seine Familie an jenem Abend ausgeflogen war, dann griff er zu seiner Dienstwaffe, drückte sie an die Schläfe … und so weiter – ich erspare uns an dieser Stelle die Einzelheiten der kriminaltechnischen Untersuchung. Es gab zwar keinen Abschiedsbrief, zumindest fanden wir keinen, und bis dahin war der Kollege auch nicht als depressiv und konfliktbeladen bekannt, aber nach wenigen Gesprächen wurde klar, dass die Ehe längst den Bach hinuntergegangen war und Rauth einen Haufen Schulden gemacht hatte, im knapp sechsstelligen Bereich, um genau zu sein.« Nowak hob eine Braue.

»Er hatte bei Sportwetten einige Male kräftig danebengelegen und mehrere Konten überzogen«, fuhr sie fort. »Das hatte niemand gewusst, und seiner Frau war erst kurz zuvor das ganze Ausmaß bekannt geworden. Daraufhin hat sie ihm klargemacht, dass es keine Zukunft mehr für ihre Ehe geben würde …«

Johanna probierte die Suppe – sie war genauso scharf wie brühend heiß – und ließ Katryna Nowaks Erörterungen sacken. Das also waren die privaten Probleme gewesen, von denen Samthof gesprochen und die in der Akte nicht im Detail aufgeführt worden waren. Wahrscheinlich aus Rücksicht auf den Kollegen beziehungsweise seine Hinterbliebenen, dachte sie.

»In Ihrem Bericht steht, dass Sie am Tatort neben der Ehefrau Maria Rauth Staatsanwalt Robert Scheidner angetroffen haben«, setzte sie das Gespräch fort und griff sich ebenfalls ein Stück Brot.

»Richtig, Scheidner und Rauth waren Freunde. Die Ehefrau hatte ihn gebeten, zu kommen und sie zu unterstützen, nachdem sie uns verständigt hatte.«

»Verstehe.«

Nowak suchte Johannas Blick. »Kollegin, worum genau geht es eigentlich? Hab ich Mist gebaut? Etwas Wichtiges übersehen? Warum –«

Johanna winkte ab. »Wie ich am Telefon schon erwähnte, gab

es in den letzten Monaten mehrere Suizide von Polizisten – nicht nur in Berlin, aber hier ging es mit zwei Fällen los«, fiel sie ihr ins Wort. »Die Geschichten ähneln sich in dem einen oder anderen Punkt, und das BKA will auf Nummer sicher gehen und die Einzelheiten noch mal genauer unter die Lupe nehmen, das ist alles.«

Nowak hob diesmal beide Brauen, was nach Johannas Empfinden ziemlich keck aussah. »Von den Todesfällen habe ich gehört. Wenn ich Ihnen nicht mehr entlocken kann …«

»Im Moment nicht, nein.«

Katryna Nowak wirkte unzufrieden. »Na schön.« Sie nahm sich ein zweites Stück Brot und biss herzhaft ab. »Viel mehr kann ich Ihnen zu Rauth nicht sagen. Die KTU hat anhand der Schmauchspuren und des Einschusswinkels eindeutig festgestellt, dass er selbst abgedrückt hat – das haben Sie sicher längst nachgelesen. Es gab keine Spuren, keine verdächtigen Telefonate, Mails oder sonstigen auffälligen Kontakte. Nicht das Geringste wies auf Fremdeinwirken hin, und Sie können mir glauben, dass wir sehr aufmerksam und mit scharfem Blick recherchiert haben. Rauth hat keine Möglichkeit gesehen, seinem Leben noch einmal eine entscheidende Wendung zu geben, seine Frau zurückzugewinnen, und er hat die Nerven verloren. Ende, aus. So was passiert. Leider.«

Ende, aus. »Ja, ich weiß.« Johanna sah kurz zum Fenster hinaus. Zu Beginn ihrer polizeilichen Laufbahn hatte sie einen Kollegen auf ähnliche Weise verloren. Er hatte nicht verkraftet, bei einer Kindesentführung Fehler gemacht zu haben, die das Kind das Leben gekostet hatten – zumindest war er davon überzeugt gewesen, ursächlich für dessen Tod verantwortlich gewesen zu sein. Johanna hatte seinerzeit lange darüber nachgedacht, den Dienst zu quittieren. Eines Morgens war sie aufgewacht und hatte sich dagegen entschieden. Einfach so. Aus dem Bauch heraus. Im Laufe der Jahre hatte sie ihre Entscheidung so manches Mal einer erneuten Überprüfung unterzogen, um aber stets zum selben Ergebnis zu kommen. Aufhören konnte sie immer noch. Wahrscheinlich würde sie eines Morgens aufwachen und wissen, dass der Tag gekommen war. Sie würde keine Minute zögern.

»Haben Sie mal nachgefragt, was Rauths letzte Ermittlungen anging? Besondere Vorkommnisse?«, hob sie wieder an.

Nowak schob ihre geleerte Schüssel zur Seite. »Nein. Es lief alles völlig unauffällig und normal, soweit man bei Verbrechen von Normalität sprechen möchte – ein paar Einbrüche, schwere Körperverletzung mit Todesfolge, Drogendelikte mit Hausdurchsuchungen und so weiter. Der Kollege benahm sich im Einsatz wie immer und ließ sich von seinen privaten Problemen nichts anmerken – so berichtete man mir.«

»Hatte Rauth engere Freunde?«

»Den Staatsanwalt, wie schon erwähnt. Außerdem hatte er privaten Kontakt zu zwei Kollegen, mit denen er regelmäßig an kleineren Motorcross-Rennen teilnahm. Beide sagen aus, dass ihnen nichts Besonderes an Rauth aufgefallen sei.«

Johanna bestellte einen Kaffee beim gerade vorbeieilenden Kellner, Nowak entschied sich für einen Espresso. Sie hingen schweigend ihren Gedanken nach, bis die Getränke serviert worden waren.

»Hat es je einen Verdacht gegeben, dass Rauth Kontakte zu den falschen Leuten gepflegt haben könnte?«, nahm Johanna den Faden wieder auf. Kein Polizist mochte diese Frage, aber sie musste sie der Vollständigkeit halber stellen.

Nowak drehte ihre Tasse eine Weile auf dem Unterteller, bevor sie hochblickte. »Nein. Mir ist nichts zu Ohren gekommen, geschweige denn dass es Hinweise gegeben hätte.« Ihr Blick wurde plötzlich scharf. »Steht etwa eine interne Ermittlung gegen Rauth bevor?«

»Nichts dergleichen«, wiegelte Johanna ab. »Ich fische im Trüben und stelle alle möglichen Fragen – nicht mehr und nicht weniger. Das werde ich bei allen anderen Fällen auch tun. Vielleicht stoße ich dabei auf Parallelen, vielleicht auch nicht.«

Nowak seufzte. »Ja, ich verstehe.«

»Schön. Machen wir mit Bernd Lange weiter.«

»Okay. Die Sache ist jetzt gut vier Wochen her«, berichtete Nowak mit leiser Stimme. »Ein ganz anderes Kaliber, wenn auch mit dem gleichen Ergebnis. Ich träume immer noch davon – und ich kannte ihn lediglich flüchtig.«

Johanna betrachtete sie aufmerksam. Der Fall war ihr nahegegangen. Nowak rührte zwei gehäufte Löffel Zucker in ihren Espresso. »Der Mann hat sich massiv verletzt – Einzelheiten lesen Sie bitte im Bericht des Rechtsmediziners nach –, seine Bude auseinandergenommen und sich schließlich die Kehle durchgeschnitten. Die Kollegen vom KDD fanden ein Schlachtfeld vor, als sie, von den Nachbarn verständigt, in die Wohnung eindrangen. Ich hatte Bereitschaft und bin wenig später eingetroffen.«

Johanna atmete tief durch und wischte die Bilder beiseite, die vor ihrem inneren Auge aufgestiegen waren. »Er wohnte allein?«

»Ja, seit mehreren Jahren. Seine letzte Beziehung wird als kurz und flüchtig beschrieben. Die Aussage der Frau, die zum Zeitpunkt des Geschehens nicht in Berlin, sondern für einige Wochen verreist war, bestätigt das. Sie konnte sich, wie alle anderen auch, überhaupt nicht vorstellen, was geschehen war«, erläuterte Nowak. »Lange war vor Jahren auch mal verheiratet, aus der Ehe stammt eine Tochter. Er war kein Typ, der unter Liebeskummer oder Ähnlichem in der Preisklasse litt, wie mir versichert wurde. Der Mann war gerade mal vierzig, galt als umtriebig und reisefreudig, spielte Volleyball in der Polizeimannschaft, ging gerne ins Kino, kümmerte sich um sein Kind und besuchte regelmäßig seine Eltern, die in Brandenburg leben.«

»Demnach führte er ein vergleichsweise harmonisches und abwechslungsreiches Leben«, resümierte Johanna. »Zumindest für einen Polizisten.«

»Kann man so sagen«, bestätigte Nowak. »Umso schockierter waren alle. Und diese Badesalznummer, also nee …« Sie runzelte die Stirn. »Bernd hat bei einer Party mal ganz gern was getrunken oder auch mal eine geraucht. Und ich denke, das eine oder andere Gramm Cannabis dürfte er in seiner Jugend konsumiert haben, aber der Mann galt als völlig clean – was auch von der Rechtsmedizin bestätigt wird. Es fanden sich keine Spuren eines längeren Drogenmissbrauchs oder Hinweise auf weitere Drogen, welcher Art auch immer, in seiner Wohnung. Wie es aussieht, hat er einmalig Badesalz eingeworfen beziehungsweise geschluckt.«

»Ist das üblich?«

»Man kann das Zeug auch schniefen wie Kokain oder rauchen.«

»Haben Sie feststellen können, wo er es herhatte?«

»Nein. Falls er es sich übers Internet bestellt hat oder entsprechende Kontakte nutzte, war er geschickt genug, keine Spuren zu hinterlassen. Es ist allerdings auch nicht besonders schwer, da ranzukommen, schon gar nicht für einen Polizisten«, erläuterte Nowak. »Die gerade in der letzten Zeit kursierenden Meldungen über die Gefährlichkeit der Droge, die unter verschiedenen Namen bekannt ist und weltweit bereits mehrere Todesopfer gefordert beziehungsweise aufgrund der Horrortrips Suizide der übelsten Sorte provoziert hat, haben den Handel nicht einbrechen lassen. Bei manchen gilt so was perverserweise als zusätzlicher Kick. Das muss man sich mal vorstellen!« Sie schüttelte empört den Kopf.

»Der Ausdruck Badesalz leitet sich übrigens davon ab, dass die Drogen in Tütchen verkauft werden, die mit dem Zusatz ›Duftpulver‹ oder ›Badezusatz, nicht zum Verzehr geeignet‹ versehen sind. Erschwerend für die Behörden kommt hinzu, dass bunte Mixturen im Umlauf sind und lediglich die Substanz Mephedron bislang bei uns verboten ist.« Nowak brach ab und biss sich auf die Unterlippe.

»Alle, die mit Lange zu tun hatten und ihn näher kannten, betonen, dass sie sich nicht erklären können, warum er das Zeug genommen hat«, setzte sie ihren Bericht fort. »Er hätte nicht mit seiner Gesundheit, geschweige denn seinem Leben gespielt, und natürlich war ihm die Gefährlichkeit des Zeugs bewusst. Es ging ihm gut, sogar bestens. Wenn es nicht so absurd klänge – bitte zitieren Sie mich nicht! –, würde ich glatt darauf tippen, dass er das Zeug aus Versehen geschluckt hat.«

»Oder dazu gezwungen wurde?«

Nowak spitzte die Lippen. »Interessanter Gedanke.«

»Sind die Nachbarn nach Auffälligkeiten befragt worden?«, fuhr Johanna fort. »Vielleicht hat Bernd Lange Besuch bekommen, womöglich zu einem Zeitpunkt, als er selbst noch gar nicht zu Hause war.«

Nowak nickte langsam. »Ich ahne, worauf Sie hinauswollen. Wir haben die Hausbewohner natürlich nach ungewöhnlichen Vorgängen befragt, sogar mehrfach und eindringlich, aber aufgefallen ist niemandem etwas, bis Lange zu randalieren anfing. Allerdings waren viele entweder im Urlaub oder sonst wie aushäusig, und die sichergestellten Fingerabdrücke brachten auch keine weiterführenden Erkenntnisse.«

Johanna rief sich den Bericht der Rechtsmedizin in Erinnerung. War es zumindest ein theoretisch denkbarer Ansatz, dass sich jemand Zutritt zu Langes Wohnung verschafft und ihn gezwungen hatte, die Droge zu schlucken? Die massiven Schnittwunden, die der Beamte sich am ganzen Körper beigebracht hatte, konnten andere Spuren von Gewalteinwirkung überdeckt haben, aber diesbezüglich fanden sich keine Hinweise im Bericht. Oder war es möglich, dass ihm jemand die Droge unters Essen gemischt hatte?

»Im Bericht ist vermerkt, dass Lange kurz vorher noch Pizza gegessen hat«, griff Johanna den Gedanken auf.

»Ja, eine gute Stunde vorher hat er sich eine Pizza vom Bringdienst liefern lassen«, erläuterte Katryna weiter. »Viel Appetit hatte er aber nicht, denn mehr als die Hälfte war noch übrig. Wir haben die Reste untersuchen lassen: nichts. In seinem Magen befand sich jedoch neben der Pizza sowie einigen Keksen und Kaffee die Droge in einer Dosis, die einen Elefanten niedergestreckt hätte, wie sich Doktor Mohl, der Rechtsmediziner, äußerte. Wir haben selbstverständlich den Pizzaladen sowie die Angestellten durchleuchtet und auch mit dem Mann gesprochen, der sie geliefert hat. Der Bote beschrieb Lange zum Zeitpunkt der Lieferung als völlig normal; er selbst ist dort seit zwei Jahren als Aushilfsjobber beschäftigt, gilt als zuverlässig und ist ein völlig unbeschriebenes Blatt. Der ist fast hinten übergekippt, als wir ihm andeuteten, was passiert war.«

Johanna lehnte sich zurück. »Fassen wir also zusammen: Lange kommt abends nach Hause, lässt sich eine Pizza kommen, isst, schluckt zwischendurch oder anschließend eine Überdosis der Droge, tickt kurz danach ab und ...«

»Ja, die Fakten lassen genau diese Schlussfolgerung zu – absurd, aber wahr«, ergriff Nowak wieder das Wort. »Wenn Sie bei Ihren Ermittlungen auf neue Erkenntnisse oder Erklärungen für Langes Verhalten stoßen, würde ich mich freuen, davon zu erfahren – wobei freuen, das ist mir klar, unter Umständen der falsche Ausdruck ist.«

»Ich weiß, was Sie meinen.«

Wenige Minuten später verabschiedete Johanna sich von der Kollegin, um ins BKA nach Treptow zurückzukehren.

Eine erschreckende Selbsttötung, für die sich jedoch im Nachhinein durchaus überzeugende Motive fanden, und eine auf den ersten Blick unerklärbare Drogeneinnahme, die den Suizid ausgelöst hatte – so fasste Johanna das dürftige Ergebnis ihres ersten Gesprächs zu den Berliner Opfern zusammen. Damit konnte sie den bisherigen Erkenntnissen nichts Neues hinzufügen. Dass sie Langes Selbsttötungsabsicht bezweifelte war keine Erkenntnis, sondern eine Vermutung, für die es im Moment keinerlei Beweise gab.

Staatsanwalt Robert Scheidner war nicht zu erreichen, aber der Gerichtsmediziner Dr. Mohl war zu einer telefonischen Besprechung bereit. Er erläuterte Johanna kurz nach deren Rückkehr ins Büro, dass Badesalz eine Teufelsdroge sei, deren Wirkung sich überaus schnell entfalte, und Langes Dosis ausgereicht hätte, sechs Leuten einen stundenlangen Horrortrip zu verschaffen.

»Dieser Trip ist so höllisch, dass die Betroffenen häufig nur noch einen Ausweg sehen: Suizid, und zwar in einer höchst gewalttätigen Form«, beschrieb er die Wirkung. In der Szene kursiere Badesalz auch unter Ivory Wave, Lava Red, Cloud 9, Magic, M-Cat, Meow oder Mephe, führte Mohl weiter aus. Die Zusammensetzung der Designerdroge könne ohne große Mühe im Labor geändert werden, sodass das Betäubungsmittelverbot nicht mehr greife. Zurzeit entwickelten Forscher einen Schnelltest, mit dem der Wirkstoff Mephedron unkompliziert und zügig nachweisbar sein würde.

»Könnte der Kollege es eigentlich unbewusst geschluckt haben?«, griff Johanna Katryna Nowaks Gedanken auf.

»Tja … die meisten Konsumenten schniefen es fein gehackt oder rauchen es in speziellen Glaspfeifen. Manche spritzen es sogar, wieder andere bevorzugen die orale Variante – dazu wickelt man die Substanz in ein Stück Zigarettenpapier oder Ähnliches. So dürfte Lange es auch gemacht haben, und wenn Sie mich fragen, haftet dem nichts Unabsichtliches oder Zufälliges an.« Mohls Tonfall ließ vermuten, dass er sich über Johannas Frage amüsierte.

»Und wenn einem jemand was Böses will?«

Eine Weile blieb es still am anderen Ende.

»Rein theoretisch«, fügte Johanna schließlich hinzu.

»Kommissarin Krass, rein theoretisch ist so ziemlich alles möglich, fragt sich nur, wie realistisch die einzelnen Annahmen sind.«

»Aha.« Johanna gab sich keine Mühe, den ironischen Unterton zu verschleiern.

»Ich denke, man muss eher davon ausgehen, dass der Kollege in Probierlaune war und keinen Gedanken an die Konsequenzen verschwendete oder bezüglich der Dosierung einen gravierenden Fehler machte«, erörterte Dr. Mohl kühl.

»Hm. Ein Junkie war er aber eindeutig nicht.«

»Darin stimme ich Ihnen zu, aber wenn theoretisch alles möglich ist, dürfen Sie nicht ausschließen, dass Lange schlicht eine große Dummheit begangen hat. Diese Gefahr besteht immer, bei jedem.«

Wie wahr. »Ich gebe zu, dass der Gedanke was hat, Doktor. Ich stoße Tag für Tag auf Beispiele, die das untermauern, aber mich beschäftigt noch ein anderer Aspekt«, wandte Johanna unbeirrt ein. »Sind Langes Verletzungen hundertprozentig auf seine Selbstzerstörung zurückzuführen? Oder anders gefragt: Wären Spuren einer körperlichen Auseinandersetzung, die er kurz vor der Drogeneinnahme mit wem auch immer gehabt hätte, überhaupt festzustellen gewesen?«

»Wahrscheinlich nicht«, entgegnete Mohl zögernd. »Er hat sich tiefe Schnittwunden am gesamten Körper zugefügt, auch im Gesicht. Er hat seine Einrichtung demoliert und sich dabei verletzt. Ich könnte nicht hundertprozentig ausschließen, dass die eine oder andere Druckstelle oder ein blauer Fleck unter Umständen von Handgreiflichkeiten mit einer anderen Person herrührten. Zweifelsfrei fest steht jedoch, dass er sich die Schnittwunden selbst zugefügt hat – Ansatzwinkel, Schnittführung und –«

»Ich weiß, worauf Sie hinauswollen«, unterbrach Johanna die anschauliche Beschreibung. »Er hat sich selbst verstümmelt und getötet.«

»So ist es.«

»Danke für Ihre Hinweise.« Johanna begnügte sich mit einem kurzen Abschiedsgruß und legte auf.

Dr. Mohl, mit dem sie nicht zum ersten Mal zu tun hatte, war kein Freund von Gedankenspielen, sondern ein kühler, sachlicher und gradliniger Analytiker mit bemerkenswerten Kompetenzen und einem breitgefächerten Wissen, das er ihrer Einschätzung nach manchmal etwas zu ausschweifend und gern von oben herab präsentierte. Sie machte sich eine Notiz, als das Telefon klingelte.

»Robert Scheidner«, erklang eine dunkle, angenehme Stimme, kaum dass sie sich gemeldet hatte. »Sie haben versucht, mich zu erreichen, Kommissarin Krass.«

»Danke für den Rückruf.« Johanna war bass erstaunt. Sie erlebte es nicht allzu häufig, dass Staatsanwälte, noch dazu zeitnah, selbst zum Hörer griffen und ihre Telefonliste abarbeiteten – es sei denn, es war etwas schiefgegangen und sie suchten einen Schuldigen.

»Keine Ursache. Wir hatten bislang noch nicht das Vergnügen einer Zusammenarbeit, wenn ich mich nicht irre?«

Meine Güte, der Mann war ja richtig charmant! Johanna räusperte sich. »Nein, Staatsanwalt Scheidner, das hatten wir nicht – ich arbeite als Sonderermittlerin beim BKA und bin häufig außerhalb von Berlin tätig.«

»Ich verstehe. Meine Sekretärin sagte mir, dass Sie einige Fragen zu einem zurückliegenden Fall haben.«

»Richtig.« Johanna erläuterte ihren Auftrag mit knappen Worten, die der Staatsanwalt unkommentiert zur Kenntnis nahm. »So beschäftige ich mich gerade unter anderem mit dem Suizid von Jörg Rauth. Er war ein Freund von Ihnen, wenn ich richtig informiert bin«, rundete sie ihre Einleitung ab.

»Sind Sie. Wir kannten uns einige Jahre.«

»Sie waren am Tatort, bevor die Polizei eintraf.«

»Auch das ist korrekt. Maria, seine Frau, rief mich an, und ich war ganz in der Nähe, sodass ich schneller als die Kollegen bei ihr eintraf«, erwiderte Scheidner.

»Ich spare mir die Fragen, ob Sie irgendwas angefasst oder verändert haben«, fuhr Johanna nach kurzem Überlegen fort. »Nur so viel: Sind Sie felsenfest davon überzeugt, dass Rauth Suizid begangen hat?«

»Ja«, erwiderte Scheidner, ohne zu zögern. »Absolut. Ich hätte ihn zwar vorher auf eine entsprechende Frage nicht als gefährdet bezeichnet, aber unter Berücksichtigung der bekannt gewordenen Umstände ist sein Verhalten nachvollziehbar. Jörg hatte eine Menge Schulden – wie viel habe ich erst später von Maria erfahren –, und sie wollte ihn verlassen. Das hat er nicht verkraftet.«

»Wussten Sie, dass Rauth häufig gewettet hat und dadurch in finanzielle Bedrängnis geriet?«

»Ich hab's geahnt, aber wenn wir uns sahen – in den letzten Jahren in der Regel einmal im Monat oder auch alle zwei Monate beim Stammtisch –, war das nie ein Thema. Ich möchte hinzufügen, dass wir auch nicht so eng befreundet waren, dass ich ein Insistieren für angemessen gehalten hätte. Im Nachhinein bereue ich das natürlich, aber hinterher ist man immer schlauer.«

»Eine Freundschaft zwischen Polizist und Staatsanwalt ist nicht an der Tagesordnung«, stellte Johanna zögernd fest. Ihr war bewusst, dass eine derart persönliche Anmerkung nicht unbedingt angemessen war, aber manchmal kam man nur mit Indiskretion weiter, und sie war gespannt, wie Scheidner, der bisher bemerkenswert sachlich Rede und Antwort gestanden hatte, reagieren würde.

»Mag sein. Wir haben uns über unsere Ehefrauen näher kennengelernt und den Kontakt dann vertieft«, entgegnete er gleichbleibend freundlich.

»Ich verstehe. Hat Ihre Frau vielleicht mal eine Andeutung gemacht, dass es noch andere Probleme in Rauths Familie gab?«

Der Staatsanwalt räusperte sich. »Mein Frau lebt nicht mehr, Kommissarin Krass.«

Johanna schloss kurz die Augen. »Tut mir … Herr Scheidner, das wusste ich nicht …«

»Schon gut, Kommissarin Krass. Ich habe noch einige andere Telefonate zu erledigen. Wenn Sie keine Fragen mehr haben, würde ich jetzt –«

»Eine einzige noch – kennen Sie Kommissar Bernd Lange vom KDD?«

»Auf Anhieb sagt mir der Name nichts … nein.«

»Gut. Danke erst mal für Ihre Geduld, Herr Staatsanwalt.«

»Gerne.«

Johanna legte auf. Wenn ihr Gefühl sie nicht trog, lag der Tod von Scheidners Frau noch nicht allzu lange zurück. Außerdem hatte sie sich in einen ziemlich großen Fettnapf gesetzt – in den größten, der gerade in Reichweite gewesen war. Aber das war nichts Neues.

Eine halbe Stunde später erfuhr sie von Antonia Gerlach, genannt Tony, die im Innendienst für Recherchen zuständig war und so schnell, umfassend und, wenn es nötig sein sollte, auch spurlos wie keine zweite beim BKA Informationen zu Gott und der Welt beschaffen konnte, dass Scheidners Frau im Mai letzten Jahres gestorben war.

»Ziemlich üble Geschichte«, erläuterte Tony. »Sahra ist vergewaltigt worden und hat sich einige Wochen später das Leben genommen. Sie war Ende dreißig und schwanger. Hast du das damals nicht mitbekommen?«

Johanna stöhnte leise auf. »Um Gottes willen … Nein, ich kann mich nicht daran erinnern. Vielleicht war ich gerade mal wieder nicht in Berlin.« Oder ich habe es vorgezogen, mich nicht mit einem weiteren bösen Verbrechen zu beschäftigen, noch dazu aus dem erweiterten Kollegenkreis.

»Sie hat, wenn ich mich recht erinnere, an der Volkshochschule unterrichtet: Arabische Literatur und Religionsgeschichte.«

Vielleicht hatten sich Rauths und Scheidners Ehefrauen in diesem Zusammenhang kennengelernt, überlegte Johanna. »Ist der Vergewaltiger gefasst worden?«

»Nein. Es waren übrigens mehrere. Sahra Scheidner konnte keine eindeutigen Angaben machen, sodass die Ermittlungen eingestellt werden mussten.«

»Oh Scheiße.«

»Du sagst es. Kann ich sonst noch was für dich tun?«

»Im Moment nicht, aber du hörst ganz sicher von mir. Ich fahre morgen nach Wolfsburg und benötige garantiert deine Unterstützung.«

»Nette Gegend«, kommentierte Tony. »Viel Spaß.«

2

Jürgen Reinders, inzwischen zum stellvertretenden Leiter der Polizeiinspektion in Wolfsburg aufgestiegen, empfing sie am nächsten Vormittag in seinem Büro. Sein Lächeln war genau mit der Mischung aus Höflichkeit, Neugier und Skepsis durchsetzt, die Johanna erwartet hatte. Sie ließ ihm fünf Minuten, um sich leutselig nach ihrer Anreise zu erkundigen und von seinem Urlaub in Kroatien zu erzählen, wo glücklicherweise, wie er schwärmte, wundervolles Sommerwetter geherrscht hatte. Mit derlei Ausführungen konnte man sich in diesem Sommer bei so manch Daheimgebliebenem richtig unbeliebt machen.

Als die üblichen Allgemeinplätze folgten, bat sie ihn um einen Kaffee und fragte, wie es Colin Sander ging, dem jungen Kommissar, der sie im letzten Jahr in Königslutter unterstützt und den sie im Stillen Johnny Depp getauft hatte, weil er stets ein Kopftuch à la Captain Jack Sparrow um seinen Kopf geschlungen hatte und außerdem ähnlich verwegen aussah, wie Johanna sich vergnügt erinnerte.

Als sie Colin das erste Mal zu Gesicht bekommen hatte, war sie felsenfest davon überzeugt gewesen, dass Reinders ihr eins auswischen wollte, indem er ihr einen pubertären, selbstgefälligen Jüngling zur Seite stellte, der zu viel Navy CIS gesehen hatte. Aber Sander war nicht nur frech und unkonventionell gewesen, sondern auch ziemlich pfiffig. Und es war ihm bemerkenswert schnell gelungen, Johanna aus der Reserve zu locken. Das konnten nicht viele von sich behaupten. Sie spendierte Reinders ein kleines Lächeln.

»Sander nimmt gerade an einer Fortbildung beim LKA in Hannover teil«, erklärte Reinders, während er aufstand und eine Kaffeemaschine in Gang setzte, die auf einer Anrichte hinter seinem Schreibtisch thronte – eins von diesen angesagten und hyperschicken Geräten, das in keinem modernen Haushalt oder Büro fehlen durfte. Wahrscheinlich beherrscht sie auf Zuruf zwölf verschiedene Kaffeevarianten, mutmaßte Johanna, die sich zu Hause ihren Kaffee noch von Hand aufgoss, wie ihre Mutter.

»Macht sich gut, der junge Mann«, ergänzte Reinders.

»Kann ich mir denken.«

»Espresso? Latte macchiato? Oder vielleicht –«

»Einfach nur schwarzen Kaffee … und ein paar Kekse, wenn Sie schon so nett fragen.«

»Sie sind also immer noch auf dem Süßigkeitentrip?«

»Ja. Andere Schwächen gönne ich mir nicht.« Johanna grinste, als Reinders ein etwas angestrengtes Lächeln zeigte.

»Na ja, Sie können es vertragen.«

Johanna war nach wie vor knochig und hager wie alle Frauen der Krass-Familie. Aber selbst wenn ihr Hang zu Süßigkeiten sich inzwischen an den Hüften bemerkbar gemacht hätte, wäre sie kaum bereit gewesen, darauf zu verzichten. Warum und für wen auch?

Reinders wartete, bis das Fauchen seiner Brühmaschine mit einem letzten lang gezogenen Zischen erstarb, um ihre Tassen und eine Schale mit Gebäck zu servieren.

»Danke. Kommen wir zur Sache, Reinders«, sagte Johanna salopp. »Sie wissen so in etwa, worum es geht …«

»Nicht nur in etwa«, versicherte Jürgen Reinders eilig und gab sich Mühe, seine Empörung zu kaschieren. Johanna hätte jede Wette gehalten, dass ihm allein schon ihre einleitenden Worte auf die Nerven gingen.

»Und ich denke, Sie haben sich umsonst herbemüht.« Er hob die Hände. »Ich will nicht unhöflich sein oder vorgreifen, aber die von Ihrem Vorgesetzten angesprochenen Fälle sind völlig eindeutig. Nicht das Geringste weist auf Fremdverschulden hin und …«

»… und dennoch werde ich einen zweiten Blick werfen, Kollege«, gab Johanna lässig zurück. »Genau darum bin ich nämlich hier.«

»Ja, ich weiß, nur –«

»Reinders, wir verzeichnen seit Mai in Niedersachsen und Berlin fünf tote Polizisten, Suizide in letzter Konsequenz – den letzten gab es in Peine, er liegt erst zehn Tage zurück –, und das BKA sieht es als seine Aufgabe an, noch einmal sehr genau hinzugucken, zumal es Parallelen gibt, was die Wahl der Mittel angeht«, fiel Johanna ihm energisch ins Wort. »Sollte nur der Hauch eines Zweifels daran bestehen, dass die Beamten aus eigenem Entschluss aus dem Leben schieden beziehungsweise die Überdosis einer brandgefährlichen Droge einnahmen, dann müssen wir handeln, und zwar schnell. Und damit meine ich: so richtig schnell.«

»Das habe ich schon verstanden, Kommissarin Krass, nur diesen Zweifel gibt es nicht, und auch nicht den Hauch, zumindest nicht, was unsere Fälle angeht«, blieb Reinders bei seinem Standpunkt. Er verschränkte die Arme vor der Brust und hob unmerklich das Kinn. »Der Wolfsburger Kollege Günther Ansdorf hat Ende Juli eine Überdosis Badesalz geschluckt …«

»So einen Fall hatten wir in Berlin auch.«

»Das hat Udo Samthof mir bereits erörtert. Damit erschöpfen sich aber auch schon die Übereinstimmungen, und Suizide nach der Einnahme von Badesalz gibt es weltweit, noch dazu nach einer Überdosis«, entgegnete Reinders mit einer gewissen Schärfe in der Stimme. »Unsere Kollegin Ulrike Huhlmann, die übrigens in Wolfsburg wohnte, aber bei der Braunschweiger Polizei arbeitete, ist Anfang August von einer Fußgängerbrücke über der Schnellstraße in Richtung Braunschweig direkt vor ein Auto gesprungen – kurz vor der Ausfahrt Detmerode und Westhagen. Und der Beamte aus Peine hat sich aus einem Hochhausfenster gestürzt. Als suizidgefährdet oder drogenabhängig galt zwar keiner der drei Polizisten, aber das muss gar nichts heißen, wie Sie wissen … Tragische Selbsttötungen, die auf den ersten Blick unerklärbar scheinen, und der Wunsch, sich zu betäuben, völlig abzuschalten, kommen gerade unter Polizisten immer wieder vor – unser Beruf ist mit großen Belastungen verbunden, das muss ich Ihnen kaum erklären. Darüber hinaus halten sich die Ähnlichkeiten der Fälle in Grenzen, und es gibt nicht mal den kleinsten Hinweis, dass da jemand nachgeholfen hätte.«

»Ich bin über die Aktenlage ganz gut im Bilde, Reinders, und ich hoffe, Sie haben recht«, erklärte Johanna. »Dennoch: Im Gegensatz zu Ihnen bin ich vom Tagesgeschäft befreit und habe die Möglichkeit, in aller Ruhe die Akten zu studieren, die fünf Fälle eingehend miteinander zu vergleichen, alle möglichen Fragen zu stellen, ein paar Gespräche zu führen und so weiter und so fort.«

»Und so weiter und so fort«, murmelte Reinders. Es klang, als schwante ihm Schreckliches.

Johanna wappnete sich innerlich. Der Einstieg beim Wolfsburger Beamten war zäher, als sie befürchtet hatte. Wenn die Kollegen in Peine und Braunschweig genauso drauf waren, verbrächte sie die Hälfte der Zeit mit endlosen Diskussionen und absurden Rechtfertigungsmanövern … und das Ganze nur, weil die Befürchtung im Raum stand, dass die BKA-Frau zu anderen Ergebnissen kommen und damit die korrekte Vorgehensweise der örtlichen Polizei in Zweifel ziehen könnte.

Reinders starrte sie einen Moment finster an, dann öffnete er eine Schreibtischschublade und reichte ihr eine Visitenkarte. »Na schön. Kommissar Luca Mareni hat in beiden Wolfsburger Fällen die Ermittlungen geleitet. Er ist allerdings heute nicht im Dienst. Am besten, Sie rufen ihn auf dem Handy an. Und was den Peiner Fall betrifft, so müssen Sie Einzelheiten dort –«

»Das werde ich. Danke.«

Johanna trank ihren Kaffee aus und nahm sich noch zwei Kekse, bevor sie Reinders von ihrer Gegenwart befreite. Auf dem Parkplatz blickte sie unschlüssig die Heßlinger Straße in Richtung Innenstadt hinunter. Sie würde nicht umhinkommen, ihrer Mutter einen Anstandsbesuch abzustatten. Nicht dass Gertrud Krass großen Wert darauf legte – zumindest brachte sie Derartiges nie zum Ausdruck –, doch wenn Johanna sich drückte, hatte sie prompt ein schlechtes Gewissen. Das war albern, aber nicht wegzudiskutieren, genauso wenig wie die Tatsache, dass ihre Mutter, so lange Johanna zurückdenken konnte, eine verbitterte und zynische Frau gewesen war, die den Sonnenseiten ihres Lebens nie eine Chance gegeben hatte.

Großmutter Käthe lebte nach wie vor im Seniorenheim, wo sich Phasen des Dahindämmerns mit bemerkenswert hellen Momenten abwechselten. So hatte man Johanna bei ihrem letzten Anruf jedenfalls berichtet. Manche Dinge änderten sich nie. Wenn sie eines Tages geht, und sei es mit hundert, werde ich am Boden zerstört sein, durchfuhr es Johanna. Weil Oma Käthe immer eine sichere Bank gewesen war. Wenn sie stirbt, ist alles anders. Was für seltsame Gedanken. Das passierte ihr in Wolfsburg häufiger.

Ihre Mutter ging nicht ans Telefon. Johanna war erleichtert und fuhr nach Alt-Wolfsburg, wo sie ein Zimmer im »Alten Wolf« gebucht hatte. Sie würde auch in Peine und Braunschweig zu tun haben, aber sie schätzte Wolfsburg mit zwei Fällen am aufwendigsten ein und würde hier ihr Lager aufschlagen. Zum Leidwesen von Reinders.

Luca Mareni sah genauso südländisch aus, wie sein Name klang: schwarze Locken, braune Augen, strahlend weiße Zähne. Er dürfte kaum eins siebzig groß sein, wirkte aber durchtrainiert und sehr schlank. Der Mann ist noch verdammt jung, dachte Johanna. Sie schätzte ihn auf höchstens dreißig.

»Zweiunddreißig«, korrigierte Mareni später mit einem charmanten Lächeln.

Johanna hatte den Kommissar nach einer kurzen Verschnaufpause im Liegestuhl auf dem Balkon angerufen und um ein Treffen gebeten. Er hatte nicht lange gezögert und Johanna den Vorschlag gemacht, in der Autostadt, wo er ohnehin gerade unterwegs war, gemeinsam eine Kleinigkeit essen zu gehen und dabei über die Fälle zu reden.

Die Kommissarin war kein Fan dieser Location, und als Treffpunkt für eine polizeiliche Besprechung stellte sie nicht gerade ihre erste Wahl dar. Aber erstens hatte Johanna Hunger, zweitens konnte sie vom Hotel aus zu Fuß durch den Schlosspark zur Autostadt hinübergehen, und drittens musste sie zugeben, dass das Ambiente immer wieder sehr beeindruckend war und die Wolfsburger keine Mühe scheuten, Gäste mit attraktiven Angeboten und besonderen Veranstaltungen zu locken. Mareni schwärmte südländisch engagiert über die Wasser- und Lichtshow dieses Sommers, während sie auf das Restaurant mit dem klangvollen Namen »TachoMeter« zusteuerten.

»Sie müssen die Original VW-Currywurst probieren!«, beschwor er Johanna eindringlich. Er benutzte Hände und Füße, um ihr klarzumachen, was sie verpassen würde, wenn sie seinen Vorschlag unberücksichtigt ließ. »Sie werden nie wieder eine andere essen wollen!«

Ein Wolfsburger mit italienischen Wurzeln, der für Currywurst schwärmte – das war ja mal was Neues. Johanna grinste. Er grinste zurück. »Scusi, ich esse nicht nur Pizza und Spaghetti, auch wenn meine Großmutter beides perfekt zubereitet.«

»Das konnte ich Ihren Ausführungen entnehmen. Ich bin übrigens gebürtige Wolfsburgerin, Kommissar Mareni«, erklärte sie dann amüsiert, »und habe während meiner Zeit in der VW-Stadt mehr Werks-Würste verdrückt, als ich zählen kann. Aber der Vorschlag gefällt mir trotzdem. Lassen Sie uns bestellen.«

Er war sichtlich beeindruckt. »Ach, ich wusste gar nicht, dass Sie aus der Gegend sind … Reinders hätte mich ja mal informieren können«, meinte er, nachdem die Kellnerin ihre Bestellung aufgenommen hatte.

Johanna hob eine Augenbraue. »Apropos Reinders. Er sprüht nicht gerade vor Begeisterung, dass ich seiner Ansicht nach völlig unnötig abgeschlossene Fälle hinterfrage, aber das tut er, ehrlich gesagt, ohnehin selten. Und glauben Sie mir – es ist nötig.«

»Kann ich mir denken.«

»Wie darf ich das verstehen?«

»Nun, sonst wären Sie kaum hier.«

»Richtig.«

»Und ich persönlich halte es nicht für die schlechteste Idee, eine zweite Meinung einzuholen«, schob Mareni ein wenig zögernd, aber doch zustimmend nach.

»Umso besser.«

Johanna erörterte die Ausgangssituation. Kurz darauf wurde das Essen serviert, und eine Weile herrschte das, was Großmutter Käthe immer als gefräßige Stille bezeichnet hatte. Johanna konnte nicht sagen, was ihr besser schmeckte: Wurst oder Soße. Sie trank einen Schluck von ihrem alkoholfreien Bier und seufzte wohlig. »Wirklich sehr lecker.«

Mareni stimmte ihr zu.

»Erzählen Sie einfach mal«, forderte sie den jungen Kommissar schließlich auf.

»Beide Fälle sind tragisch, und so eindeutig sie auch scheinen mögen, was die reinen Fakten angeht …« Er schüttelte den Kopf. »Niemand, der mit den Kollegen zu tun hatte, versteht, was in den beiden vorgegangen ist, oder hat auch nur einen blassen Schimmer, was der Auslöser für ihr Handeln gewesen sein könnte. Günther Ansdorf war fünfzig, verheiratet – eine ganz normale Ehe, ohne die mehr als üblichen Eheprobleme –, hatte zwei erwachsene Kinder, die ihm viel Freude machten, war Vorsitzender im Kegelverein und Fan der Wölfe …« Der Kommissar unterbrach und sah sie kurz prüfend an. »Ich meine unsere Fußballer vom VfL.«

»Ist mir klar.«

Mareni nickte zufrieden. »Ein sympathischer Kollege, nicht der fleißigste und mutigste, aber zuverlässig und hilfsbereit. Was der mit einer Droge wie Badesalz wollte, ist mir unbegreiflich.«

Johanna schob ihren blankgeputzten Teller zurück. »Gab es bei ihm je ein Drogen- beziehungsweise Suchtproblem?«

»Na ja – Günther hat ganz gern einen getrunken, bei Feten auch mal über ein vernünftiges Maß hinaus, und früher hat er gequalmt wie ein Schlot, aber ansonsten … Nein. Ich war nicht eng mit ihm befreundet, aber ich kannte ihn seit ungefähr sieben Jahren. Glauben Sie mir, wir waren alle ziemlich perplex. Reinders meinte abschließend, dass Menschen nun mal unberechenbar sind …«

Ja, und manchmal ziemlich bescheuert, dachte Johanna. »Wie genau hat er sich umgebracht?«

Mareni zerknüllte seine Serviette. »Er hat sich mit einer Rasierklinge aufgeschlitzt und ist innerhalb kürzester Zeit verblutet. Meinen Recherchen nach war sein Verhalten nicht unüblich: Horrortrip der übelsten Sorte. Der Rechtsmediziner meinte, er hätte Stoff für drei intus gehabt.«

Johanna nickte nachdenklich. »Genauso ist es bei unserem Berliner Kollegen auch abgelaufen. War Ansdorf allein zu Hause?«

»Ja. Seine Frau hatte einen Termin. Die Kinder wohnen nicht mehr zu Hause. Niemand hat gesehen, ob er Besuch hatte, und die Spusi konnte nichts feststellen, was auf Fremdeinwirken hinwies. Es war nur gruselig … Alles voller Blut.«

»Wie hat er das Zeug zu sich genommen?«

»Er hat es geschluckt.«

Johanna atmete tief durch. Die Currywurst lag ihr ganz schön schwer im Magen. »Irgendwelche besonderen Fälle, an denen er in letzter Zeit mitgearbeitet hat und die Ihnen jetzt zu denken geben?«

Luca Mareni überlegte nur kurz. »Nein, alles wie immer – Einbruch und Brandstiftung, schwere Körperverletzung, Mordversuch und Ähnliches. Wir waren zwar nur hin und wieder in einem Team, doch soweit ich das beurteilen kann und bei den Kollegen erfragt habe, gab es keine Abweichungen in seinem Verhalten oder Ermittlungen, die ihm besonders zu schaffen machten.«

Eine Weile schwiegen sie.

»Okay, so weit erst mal dazu. Und was haben Sie zu Ulrike Huhlmann?«, fuhr Johanna fort.

»Genauso wenig. Sie ist am späten Abend von der Fußgängerbrücke in Höhe Detmerode auf die Braunschweiger Straße gesprungen und von einem Wagen erfasst worden. Sie war sofort tot. Keinerlei Hinweise, dass jemand in ihrer Nähe war, keine Abwehrverletzungen, nichts … Sie wohnte in Detmerode und ging dort öfter nach ihrem Dienst spazieren oder joggen, versicherte uns ihr Freund, der zur Tatzeit nicht in Wolfsburg war.«

»Alibi?«

»Und ob – der arbeitet beim NDR-Hörfunk und hatte nachweislich in Hannover zu tun.«

»Beziehungsprobleme?«

»Nicht mal ansatzweise. Die beiden waren seit zwei oder drei Jahren zusammen und wollten in absehbarer Zeit heiraten, Häuschen bauen …«, entgegnete Luca Mareni prompt. »Das klang für mich alles sehr überzeugend. In ihrem Team bei den Braunschweiger Kollegen gab es hin und wieder mal Ärger, allerdings nichts Weltbewegendes – Huhlmann war manchmal etwas streitlustig, aber dennoch anerkannt, hat man mir gesagt. Sie galt als psychisch stabil, auch wenn ihr Fälle zwischendurch richtig an die Nieren gingen – aber das ist ja wohl normal in unserem Job. Sie war hauptsächlich mit schweren Gewalttaten befasst, und man erwartete, dass sie Karriere machen würde.«

Johanna traktierte ihre Unterlippe mit den Zähnen. »Nehmen Sie es mir nicht übel, Herr Mareni – da es nach Ihren Erläuterungen zumindest bisher keine schlüssige Erklärung für den Suizid oder die Drogeneinnahme gibt und mir die alleinige Begründung, dass der Mensch unberechenbar sei und Polizisten besonders gefährdet, nicht ausreicht, müssen auch andere Möglichkeiten in Betracht gezogen werden. Sind Sie mal der Frage nachgegangen, ob Ansdorf und Huhlmann Kontakte ins Milieu gehabt haben könnten?«

»Dafür gab und gibt es nicht mal einen Anfangsverdacht«, entgegnete Mareni rasch. »Und nach den tragischen Geschehnissen vollkommen grundlos mit einer entsprechenden Nachfrage herumzustochern … also, das schien mir unangemessen und wäre gar nicht gut angekommen, das können Sie mir glauben.«

Muss man immer gut ankommen? Mareni schien ihr die stumme Anmerkung an der Nasenspitze abzulesen. Er schüttelte wieder seine Locken. »Nichts in der Richtung, Kommissarin Krass«, beteuerte er. »Günther war okay und sauber, davon bin ich überzeugt – so wie alle anderen auch. Der hatte nie mit irgendwelchen zwielichtigen Geschichten zu tun. Bei der Huhlmann kann ich natürlich nur wiedergeben, was die Braunschweiger Kollegen über sie erzählt haben …«

Auf gut Deutsch: Verbrenn dir selbst das Maul.

»Vielleicht sollten wir mal festhalten, was wir an Erkenntnissen haben, und genau dort ansetzen, statt ständig zu beteuern, welche Beweise oder Hinweise nicht vorliegen oder wofür es keinerlei Anhaltspunkte gibt«, schlug Johanna vor. »Eine Vergiftung mit Badesalz gilt nicht gerade als gängige Suizid-Methode, darauf können wir uns wohl einigen. Einen solchen Trip unternimmt niemand freiwillig in genauer Kenntnis dessen, was ihn erwartet, auch wenn er sterben will, davon bin ich jedenfalls überzeugt. Und Sie dürfen ruhig zugeben – selbst wenn man die Droge relativ problemlos besorgen kann, wirkt die Situation doch anders, als wenn Ansdorf eine Überdosis Schlaftabletten genommen hätte, oder?« Sie wartete ab, bis Mareni eine Art zustimmendes Nicken andeutete.

Wenn Ansdorf und auch Lange Schlaftabletten genommen hätten, gäbe es immer noch fünf tote Polizisten, überlegte Johanna. Die Vorgehensweise wäre unauffälliger gewesen, und sie hätten sehr wahrscheinlich einen leichteren Tod gehabt … Wenn sie hätten sterben wollen. Genau das bezweifelte Johanna. Warum bei diesen beiden dieser überaus grausame und ungewöhnliche Tod? Oder war eine solche Wertung der falsche Ansatz? Ließ sie sich verleiten, ungeprüft Zusammenhänge herzustellen? Sie kaute eine

Weile unschlüssig auf diesen Fragen herum und schob sie schließlich beiseite. Nichts, was sie jetzt klären konnte.

»Darüber hinaus ist das Zeug auch keine Einstiegsdroge, schon gar nicht für einen älteren Polizeibeamten«, fuhr sie fort. »Dass Ansdorf sich bei der Dosierung schlicht vertan hat, klingt für mich jedenfalls ziemlich absurd, insbesondere weil es zufälligerweise in Berlin einen verdammt ähnlichen Fall gibt.«

»Ja, schon, ich weiß ja, was Sie meinen, aber … Ich kann mich nur wiederholen: Ich habe keinen blassen Schimmer, was da vorgefallen ist, und wir haben keine Hinweise gefunden, die weitere Ermittlungen – in welche Richtung auch immer – gerechtfertigt hätten. Ich bedaure das sehr, aber der Rest ist Spekulation. Unter Umständen ist ein tragisches Unglück geschehen oder ein ganz fieser Mord, den wir nie aufklären werden. Das kommt vor. Manchmal enden die Ermittlungen genau an so einem Punkt, ob es uns passt oder nicht.«

»Danke für Ihre Einschätzungen, Kommissar Mareni«, sagte Johanna nach einer langen Pause, die dem Lockenkopf nicht angenehm schien. »Ich komme in nächster Zeit bestimmt noch mal auf Sie zurück.«

»Klar, gerne.«

Johanna mutmaßte, dass Mareni nicht in Tränen ausbrechen würde, wenn sie bei ihren weiteren Nachforschungen ohne seine Hilfe auskäme, aber sie war sich bewusst, dass sie oftmals vorschnell und hart urteilte. Polizisten im Tagesgeschäft hatten oft gar keine Zeit, lange über Hintergründe zu spekulieren, die unter Umständen eine Straftat beeinflusst haben könnten. Sie ermittelten und forschten nach Beweisen und Indizien. Ende.

Die Stippvisiten in der Braunschweiger und Peiner Dienstelle, die Johanna noch am selben Nachmittag und frühen Abend absolvierte, boten zumindest einen Lichtblick: Man empfing sie mit kollegialer Freundlichkeit, und der Kaffee war hervorragend. Darüber hinaus ergaben sich jedoch weder neue Fragen, noch deuteten sich Zusammenhänge oder Einschätzungen an, die über die sattsam bekannte Aktenlage hinausgingen oder in eine neue Richtung wiesen.

Ulrike Huhlmann war eine Karrierepolizistin gewesen, die Haare auf den Zähnen gehabt hatte – so hatte Johanna jedenfalls zwei, drei Anmerkungen verstanden –, aber ihr Leben war im Fluss gewesen, wie ein Beamter es so schön formuliert hatte. Der Suizid hatte alle überrascht und entsetzt. Ähnliche Reaktionen hatte die Selbsttötung des zweiundvierzigjährigen Kommissars Karsten Vogt aus Peine hervorgerufen. Er hatte die Wohnung seiner Tochter in der Luisenstraße renoviert und war aus dem Fenster im zwölften Stock gesprungen. Die Ermittlungen waren zwar noch nicht abgeschlossen, da das Geschehen kaum anderthalb Wochen zurücklag und einige rechtsmedizinische Analysen und der Abschlussbericht des leitenden Ermittlers ausstanden. Dennoch: Bisher gab es weder Zeugen noch Spuren oder verdächtige Hinweise, die ein Verbrechen nahelegten. Ebenso wenig waren Anhaltspunkte zu erkennen, die die Entscheidung für einen Suizid begründeten. Der Mann hatte ein ähnliches Leben wie Günther Ansdorf geführt und war im Kollegenkreis sehr beliebt gewesen.

Als Johanna am späten Abend mit einem Glas Rotwein und ihrem Laptop auf den Knien auf dem Balkon ihres Hotelzimmers saß und an einem Kurzbericht für Samthof feilte, war sie davon überzeugt, dass sie, wenn sich nichts Entscheidendes mehr tat, in höchstens zwei Tagen wieder in Berlin sein würde. Die Überlegung löste Unruhe in ihr aus. Unzufriedenheit. Normalerweise gab sie nicht so schnell auf, schon gar nicht ohne zuvor in die Details vorgedrungen zu sein. Vielleicht sind fünf Fälle drei bis vier zu viel, grübelte sie. Vielleicht verliere ich den Überblick bei all den Toten und ihren so ähnlich klingenden Schicksalen. Natürlich zeigte sich ein Muster, ein bizarres noch dazu, das sich nicht so ohne Weiteres als Zufall abhaken ließ. Andererseits: Nicht hinter jeder merkwürdigen Parallele verbarg sich ein Verbrechen.

Johanna beendete ihr Schreiben mit dem Hinweis, dass sie beabsichtige, sich um Kontakt zu einzelnen Hinterbliebenen zu bemühen, um so mehr über das persönliche Umfeld zu erfahren und dabei eventuell auf Widersprüchlichkeiten zu stoßen, und Verbindung zur Staatsanwaltschaft in Braunschweig aufzunehmen. Im letzten Jahr hatte sie mit Staatsanwältin Annegret Kuhl hervorragend zusammengearbeitet. Vielleicht bot sich die Möglichkeit, daran anzuknüpfen und dabei auf Interna zu stoßen, die in Polizeikreisen nicht bekannt waren – oder nur hinter vorgehaltener Hand besprochen wurden.

Und Tony muss ein bisschen schnüffeln, dachte sie, nachdem sie den Bericht verschlüsselt über den BKA-Server abgeschickt hatte. Das würde sie Samthof allerdings nicht auf die Nase binden. Zum einen dürfte ihm klar sein, dass sie alle möglichen Kanäle zur Informationsbeschaffung nutzen würde und sogar darauf angewiesen war, zum anderen konnte er es ihr nicht untersagen, wenn er nicht offiziell dazu befragt worden war. Was er nicht weiß, macht ihn nicht heiß.

Nach kurzem Grübeln schickte sie Tony eine Mail mit der Bitte, die toten Berliner Beamten hinsichtlich ihrer letzten Fälle zu durchleuchten, Zeitraum: mindestens sechs Monate. Was die Wolfsburger Kollegen anging, würde Reinders garantiert keine Notwendigkeit sehen, die zurückliegenden Aktivitäten seiner Mitarbeiter preiszugeben, und kaum bereit sein, Johanna ohne einen entsprechenden Beschluss von oben unbürokratisch entgegenzukommen. Bei Mareni war sie sich nicht sicher. Der Mann war um seinen guten Ruf ähnlich besorgt wie um den perfekten Sitz seiner ohne Zweifel prachtvollen Locken, andererseits hatten ihn die Ereignisse durchaus nachdenklich gestimmt. Sie hoffte, dass er ihr die Unterstützung nicht verweigern würde.

Johanna trank ein zweites Glas Wein. Sie brauchte lange, um abschalten und einschlafen zu können.

***

Sie loggte sich exakt um dreiundzwanzig Uhr unter der E-Mail-Adresse ein, die ihr der Anrufer am Mittag samt Benutzername und Passwort genannt hatte. Staatsanwältin Hannelore Maurer hatte schweißnasse Hände und schaffte es kaum, den Cursor ruhig zu halten, als sie die im Ordner Entwürfe gespeicherte Nachricht öffnete.

»Wenn du nicht die sechste sein willst, finde heraus, wer dahintersteckt! Finde es schnell heraus.«

Die Nachricht war nicht unterschrieben. Das war auch nicht

nötig. Es war immer derselbe Mann, der sich mit ihr in Verbindung setzte, telefonisch und per Mail, und dessen Befehlen sie Folge zu leisten hatte. In dringenden Fällen hatte sie auf exakt vorgeschriebene Weise Kontakt zu ihm aufzunehmen. Sein Name spielte keine Rolle. Sie erkannte seine Stimme und seinen Schreibstil, und sie wusste, dass sie in wenigen Minuten keinen Zugang mehr zur Mailadresse haben würde. Er änderte nach jedem Kontakt die Zugangsdaten oder löschte den Account. Manchmal hörte sie viele Wochen oder gar Monate nichts von ihm, aber kaum begann sie, die zarte Hoffnung zu schöpfen, alles könnte ein Ende gefunden haben – welches auch immer –, war er wieder da: mit einem Anruf und einer Nachricht, aus der hervorging, was sie zu tun oder zu lassen hatte.

Sie loggte sich wieder aus und fuhr den PC herunter. Fünf waren tot. Sie hatte nicht einen Moment an Suizid geglaubt, als die Fälle bekannt wurden und die Einzelheiten durchsickerten. Wer immer tätig geworden war, hatte es verdammt geschickt angestellt. Die Polizei tappte im Dunkeln, sie selbst tappte im Dunkeln und die anderen auch. Das war das eigentlich Interessante. Oder war das alles nur ein besonders mieser Trick, um sie einzuschüchtern oder zu überprüfen? Hatten die fünf unverzeihliche Fehler begangen? War sie dabei, auch einen zu begehen? Möglich war alles.

Hannelore Maurer stand auf und schenkte sich an der Bar im Wohnzimmerschrank einen Wodka ein. Der dritte am heutigen Abend. Mehr durften es nicht werden, sonst würde sie morgen mit Tränensäcken im Gericht erscheinen. Richter Merseburg würde sie mit anzüglichem Blick mustern. Und ein schnelles Urteil fällen – in jeder Hinsicht.

Vor vier Jahren, mit einundvierzig, war sie schwanger geworden. Nicht aus heiterem Himmel, aber völlig überraschend und noch unerwünschter. Frisch geschieden, hatte sie sich im Skiurlaub in den Dolomiten eine Affäre gegönnt, bei der kein sexueller Wunsch offen geblieben war. Der Mann war phantastisch gewesen – im Bett. Mehr hatte sie nach einigen auch in erotischer Hinsicht öden Ehejahren nicht im Sinn gehabt, und er auch nicht. Unglücklicherweise hatte sie erst viel zu spät gemerkt, dass das Ausbleiben ihrer Regel keine der üblichen Schwankungen darstellte, an die sie seit geraumer Zeit gewöhnt gewesen war und die sie als Vorboten des Klimakteriums achselzuckend abgetan hatte.

Hannelore hatte nie ein Kind gewollt, nicht nur weil im Fokus ihres Lebens ihre persönliche Entwicklung stand, und das hieß auch oder sogar vorrangig: Karriere. Sie war gut in ihrem Beruf, und sie hatte vor, alle Chancen zu nutzen, die sich ihr boten. Aber noch viel entscheidender war, dass sie nichts für Kinder empfand. Sie waren ihr schlichtweg egal. Sogar das Lachen oder Weinen von Babys ließ sie kalt, vielleicht fehlte ihr das entsprechende Mütterlichkeits-Gen, und herumtobende Kleinkinder auf dem Spielplatz musste sie ebenso wenig haben wie pubertierende Jugendliche mit Pickeln. Kurzum: Sie hätte sonst was dafür gegeben, den Fötus loszuwerden. Aber es war zu spät gewesen für eine Abtreibung, selbst bei einer Engelmacherin.

Als Mirko mit schwersten körperlichen und geistigen Behinderungen zur Welt kam, war Hannelore fest davon überzeugt, dass sie allein an seinem Zustand schuld war. Ein zutiefst abergläubischer Gedanke, über den sie niemals mit jemandem sprach. Er klang umso absurder, wenn man bedachte, dass sie eine erfolgreiche, nüchtern analysierende und faktenorientierte Juristin war. Aber der Gedanke blieb. Er war hartnäckig und kraftvoll und nistete sich mitsamt seiner Absurdität und Dummheit in ihr ein wie eine zweite Schwangerschaft, die nicht neun Monate, sondern vielleicht ein Leben lang währen würde.

Hannelore hatte ihren Sohn in einer kirchlichen Betreuungseinrichtung untergebracht, in der rund um die Uhr für ihn gesorgt wurde und wo sie ihn zweimal in der Woche besuchte, manchmal auch häufiger. Sie wusste nichts mit diesem Wesen anzufangen, das kaum allein atmen konnte, niemals sprechen und laufen lernen würde und dessen Lebenserwartung schätzungsweise zwischen zehn und zwanzig Jahren lag. Nach und nach hatte sie begriffen, dass sie Mirko ebenso wie ihre eigenen abwehrenden Gedanken und verstörenden Gefühle fürchtete, doch je übermächtiger ihr innerer Widerstand gegen das Kind wurde, umso überzeugender war sie nach außen hin als unbeirrbar fürsorgliche Mutter aufgetreten. Niemand von den Ärzten und Pflegenden oder aus ihrem Freundes- und Kollegenkreis wäre je auf die Idee gekommen, dass

Hannelore Maurer ihren Sohn lieber heute als morgen zu Grabe getragen hätte.

Dass dieser Wunsch eines Tages von einem Augenblick auf den anderen wie ein Bumerang zu ihr zurückkommen könnte, hätte sie niemals für möglich gehalten.

3

Johanna saß noch beim Frühstück – das wirklich grandios war –, als Tony auf ihrem Handy anrief. Normalerweise ließ die Kommissarin sich nicht beim Essen stören, aber da sie in ihrem Zimmer aß und die Kollegin einen guten Grund haben würde, sich so früh zu melden, machte sie eine Ausnahme.

»Dir dürfte doch wohl klar sein, dass ich da nicht so ohne Weiteres rankomme«, sagte Tony nach denkbar knapper Begrüßung, und der brummige Unterton war deutlich herauszuhören. »Die Jungs vom LKA und KDD wollen da ganz bestimmt auch ein Wörtchen mitreden.«

»Ach, das kriegst du schon hin«, versicherte Johanna. »Davon bin ich überzeugt.«

»Außerdem sind sechs Monate ein verdammt langer Zeitraum – dir ist schon klar, dass ich auch noch was anderes zu tun habe?«, meckerte Tony unbeirrt weiter. »Weiß Samthof überhaupt von der Aktion?«

Johanna trank einen Schluck Kaffee. »Nun, er hat mir Unterstützung zugesichert, aber es wäre wunderbar, wenn du einfach schon mal vorab –«

»Na toll, es gibt also noch keine Genehmigung. Das wird ja immer besser.«

»Ich komme nicht weiter, Tony«, entgegnete Johanna in beschwichtigendem Tonfall. »Schon gar nicht auf die Schnelle. Hier hat unter Umständen jemand ganze Arbeit geleistet. Jeder einzelne Fall scheint völlig klar und so eindeutig, dass trotz des allgemeinen Entsetzens immer nur an der Oberfläche gekratzt wurde. Rein faktisch betrachtet, könnte ich hier noch zwei, drei Gespräche führen, vielleicht der Rechtsmedizin in Hannover einen Besuch abstatten, wenn überhaupt, und mich dann unverrichteter Dinge wieder auf den Heimweg machen, wozu ich durchaus Lust hätte. Aber wir haben nicht ein oder zwei, sondern inzwischen fünf tote Polizisten, allesamt Kriminalbeamte übrigens, die nicht gerade mit Kleinkram beschäftigt waren und die in den letzten drei Monaten auf vergleichbare Weise aus dem Leben schieden«, erörterte Johanna weiter. »Wer sagt uns eigentlich, dass es dabei bleibt? Vielleicht folgen demnächst Nummer sechs und sieben … Ich denke, Samthof hat mich nicht losgeschickt, um ein bisschen zu plaudern und mir Gelegenheit zu geben, mich wie üblich über Reinders zu ärgern und mit einem schicken Kommissar italienischen Einschlags in der Autostadt Currywurst zu futtern.«

»Nicht der schlechteste Job, wenn du mich fragst«, kommentierte Tony. »Bring mir eine mit!«

Johanna lächelte. »Tu ich natürlich gerne. Hör zu, ich will einfach sichergehen –«

Tony stöhnte. »Ja, ja, schon gut, ich hab's verstanden – ein intensiver Blick auf Rauth und Lange und ihre Ermittlungen und sonstige Auffälligkeiten in den letzten sechs Monaten, es dürfen auch gern mehr sein, und solange kein offizieller Beschluss vorliegt, sollte ich unauffällig agieren. Habe ich das richtig wiedergegeben?«

»Goldrichtig. Und wenn du schon dabei bist, frag auch bei den Jungs und Mädels vom OK-Dezernat nach.«

»Super Idee«, bemerkte Tony süffisant. »Damit mir nicht langweilig wird, oder wie? Noch was?«

»Grad nicht.«

»Wie beruhigend. Ich melde mich, sobald ich –«

»Das wäre ungefähr wann?«

Tony brummte etwas Unverständliches ins Telefon und verabschiedete sich. Das war auch eine Antwort. Johanna nickte zufrieden. Tony war schnell, auch wenn sie sich aufregte und ihr Schreibtisch gerade überquoll vor Arbeit.

Wenig später versuchte Johanna, Annegret Kuhl zu erreichen, aber die Staatsanwältin befand sich im Urlaub – leider –, und ihre Vertreterin hatte gerade im Gericht zu tun. Johanna nahm sich vor, es später noch einmal zu versuchen, und schlug die Akten Ansdorf und Huhlmann auf.

Das Ehepaar Günther und Silvia Ansdorf hatte fast fünfundzwanzig Jahre gemeinsam in einem Einfamilienhaus in Ehmen gelebt, während die Braunschweiger Kommissarin mit ihrem Lebensgefährten in Detmerode zu Hause gewesen war. Warum eigentlich? Sie arbeitete in Braunschweig und der Lebensgefährte beim NDR in Hannover – Wolfsburg war als Wohnort in diesem Fall rein logistisch denkbar ungünstig.

Johanna bezweifelte zwar, an einem normalen Wochentag morgens jemanden zu Hause zu erreichen, dennoch wählte sie die angegebene Festnetznummer von Ulrike Huhlmann und ihrem Freund Daniel Beuten. Nach dem zweiten Klingeln meldete sich eine zarte Frauenstimme. »Ja bitte?«

»Mein Name ist Johanna Krass. Könnte ich Daniel Beuten sprechen?«

»Tut mir leid, er ist unterwegs. Worum geht es denn?«

»Um den Tod seiner Lebensgefährtin.«

Schweigen. »Was haben Sie damit zu tun?«, fragte die Frau schließlich, wobei ihre Stimme nun deutlich kräftiger klang.

»Ich bin Beamtin des Bundeskriminalamtes und untersuche unter anderem den Suizid von Frau Huhlmann. Darf ich meinerseits fragen, mit wem ich spreche?«

»Ich bin Karina Huhlmann, Ulrikes Schwester.«

Zu Johannas Erstaunen war Karina sofort zu einem persönlichen Gespräch bereit, und wenige Minuten später machte die Kommissarin sich auf den Weg. Sie fuhr durch die Innenstadt in südwestlicher Richtung stadtauswärts und legte direkt nach der Detmeroder Abfahrt einen Zwischenstopp ein, um die Fußgängerbrücke über der Braunschweiger Straße genauer in Augenschein zu nehmen.

Die Brücke war schmal und schwang sich in sanftem Bogen über die Straße. Johanna ging bis zur Mitte und warf einen Blick hinunter. Solange man sich nicht mit dem Gedanken befasste, dass vor gut zwei Wochen eine junge Frau an dieser Stelle in den Tod gesprungen war, bot die Aussicht wenig Aufregendes. Sonderlich hoch war das Geländer nicht. Es gehörte also keinesfalls besonderes Geschick oder Sportlichkeit dazu, über die Brüstung zu klettern. Johanna fröstelte. War es rein theoretisch denkbar, dass die Polizistin während ihres abendlichen Spazierganges verfolgt und überrascht worden war? Jemand könnte sie von hinten gepackt und über das Geländer gestoßen oder gezerrt haben. Wenn der Angreifer sich anschließend zusammengekauert hätte, wäre er von unten nicht zu sehen gewesen.

Beide Seiten der Braunschweiger Straße waren dicht bewaldet – wer im Schutz der Bäume und Büsche in Richtung Brücke schlich, hatte gute Chancen, nicht bemerkt zu werden, sowohl nach als auch vor der Tat und erst recht im Dunkeln. Derart übertölpelt hätte Ulrike Huhlmann sich kaum gewehrt, und selbst wenn: Sie war von einem Wagen überfahren und dabei so massiv verletzt worden, dass man Abschürfungen oder blaue Flecken aufgrund von Abwehrhandlungen garantiert nicht mehr hatte zuordnen können – ein Aspekt, der ihr bereits im Zusammenhang mit Bernd Lange durch den Kopf gegangen war und der bei allen Opfern eine Rolle spielen könnte.

Doch selbst wenn dieses Szenario denkbar war – warum? Und was bedeutete das für die anderen Fälle? Unter Umständen gar nichts, weil es keinen Zusammenhang gab. Johanna rieb sich die Schläfen und ging langsam weiter. Ein Wohnheim der Lebenshilfe befand sich direkt am Waldrand an der Ollenhauer Straße. Die Polizei hatte noch in der Nacht des Unglücks Personal und Bewohner des Heims befragt – wie sollte es anders sein: ohne Ergebnis.

Ulrike Huhlmann hatte am Kurt-Schumacher-Ring gewohnt, wenige Gehminuten von der Brücke entfernt. Johanna beschloss, ihren Wagen zurückzulassen und einen Spaziergang zu machen.

Nach dem Foto zu urteilen, das Johanna in der Huhlmann-Akte vorgefunden hatte, gab es kaum äußerliche Ähnlichkeiten zwischen Karina und ihrer vier Jahre älteren Schwester. Die sechsunddreißigjährige Ulrike war dunkelblond und mittelgroß gewesen und hatte einen kraftvollen Eindruck gemacht. Karina hingegen war schwarzhaarig, zierlich und kaum größer als eine Zwölfjährige. Die junge Frau war bleich und hatte dunkle Ringe unter den Augen. Sie bat die Kommissarin ins Wohnzimmer, bot ihr einen Tee an, den Johanna höflich, aber bestimmt ablehnte – sie trank Tee nur, wenn sie krank war –, und erläuterte ohne Aufforderung, dass Daniel Beuten sie gebeten hatte, ihm beim Aussortieren von Ulrikes Kleidung und ihrem persönlichen Kram behilflich zu sein.

»Er erträgt es kaum, ihre Sachen herauszulegen«, erklärte Karina, während sie in der Essecke im Wohnzimmer Platz nahmen. »Es ist alles noch so frisch …«

Der Raum war groß und lichtdurchflutet. Großformatige Schwarz-Weiß-Fotos von der Berliner Brücke, dem Allersee und der Porschestraße, wie sie vor circa dreißig Jahren ausgesehen haben dürfte, schmückten eine Wand. Ein altes Röhrenradio, das auf einem Stahlregal über einem Flachbildfernseher thronte, fesselte für einen Moment Johannas Aufmerksamkeit. Ein ähnliches Modell hatte in Oma Käthes Küche gestanden. Johanna erinnerte sich gut an den satten Klang und daran, dass sie als Kind immer ungeduldig gewartet hatte, bis die alte Kiste warmgelaufen war und endlich Musik erklang. Geduld war noch nie ihre herausragende Stärke gewesen.

»Wissen Sie, die beiden waren sehr glücklich«, unterbrach Karina Johannas Erinnerungen und sah auf ihre Hände. »Niemand versteht, was da passiert ist, warum sie …« Sie schüttelte den Kopf und blickte wieder auf. »Bislang ist die Polizei von Selbstmord ausgegangen. Hat sich daran etwas geändert?« Ihr Blick war plötzlich hellwach. »Sonst wären Sie ja kaum hier, nicht wahr?«

»An der Suizid-Annahme hat sich nichts geändert, das heißt, es liegen keine neuen Erkenntnisse vor«, erklärte Johanna. »Allerdings gab es in letzter Zeit auffällig viele Unglücksfälle beziehungsweise Suizide unter Polizeibeamten, und das BKA will das Ganze noch einmal überprüfen.«

Karina nickte nachdenklich. »Ja, ich erinnere mich, dass Ulrike einen Polizisten von der Wolfsburger Kripo erwähnt hat, der Ende Juli eine Überdosis Drogen genommen hatte. Das hat sie ziemlich beschäftigt.«

»Kannte sie den Beamten näher?«

»Näher? Nein, das wohl nicht. Sie kannte zwar seinen Namen, aber das ist wohl nicht ungewöhnlich. Die Sache hatte sich an dem Abend auch bei der Braunschweiger Polizei herumgesprochen«, entgegnete Karina. »Jedenfalls wirkte sie aufgewühlt, auch Tage später, aber Einzelheiten hat sie nicht erzählt. Ulrike sprach kaum über ihre Arbeit, darf sie ja gar nicht … ich meine, durfte sie nicht.« Karina biss sich auf die Unterlippe. »Das fand ich immer schade – ich hätte häufig gern mehr erfahren. Wissen Sie, ich arbeite als

Kauffrau bei VW, das ist zwar ein schöner und gut bezahlter, aber nicht gerade ein spannungsgeladener Job.«

Auf die eine oder andere Spannung könnte ich ganz gut verzichten, dachte Johanna, und öder Alltagskram ist auch Bestandteil der Polizeiarbeit, schluckte die Bemerkung aber hinunter. Sie musterte die junge Frau, die trotz ihrer Betroffenheit erfreulich wenig Scheu hatte, einer Kommissarin Rede und Antwort zu stehen. Im Gegenteil, sie schien froh zu sein, über Ulrike reden zu können. Der Verlust machte ihr schwer zu schaffen, und wenn Johanna nicht alles täuschte, stand ihr der schlimmste Teil der Trauerarbeit noch bevor. »Sie hatten ein enges Verhältnis zu ihrer Schwester?«

»Ja, und ob!« Ein Lächeln blitzte auf. »Wir konnten immer über alles quatschen – Stress im Job, Liebeskummer, Musik, Filme. Wir waren eher wie Freundinnen.« Sie schluckte und wischte sich mit der Hand über den Mund.

Johanna nickte. »Ihre Schwester war sehr ehrgeizig ...«

»Das stimmt – sie wollte hoch hinaus, und sie hatte das Zeug dazu«, erwiderte Karina sofort.

»Können Sie sich daran erinnern, wie genau sie sich zum Drogentod des Kollegen geäußert hat?«

Karina lehnte sich im Stuhl zurück. »Wie gesagt, sie war geschockt, und sie meinte, dass der Günther so einen Scheiß niemals nehmen würde.«

»Das klingt für mich, als hätte sie ihn doch näher gekannt«, wandte Johanna ein.

»Ja?«

»Nun, sie nennt ihn beim Vornamen, und sie meint einschätzen zu können, dass Günther keine Drogen nehmen würde. Weiß man so etwas, obwohl man noch nicht mal zusammen gearbeitet hat?«

Karina runzelte die Stirn und überlegte kurz. »Es klang, als hätte sie sich mit anderen Kollegen über den Beamten unterhalten und weitergegeben, was dort erzählt wurde.«

»Ja, möglich«, gab Johanna grübelnd zu und stützte ihr Kinn auf die Hand. Andererseits: Nennt man jemanden beim Vornamen, den man nicht persönlich kennt? »Wissen Sie, ob Ulrike versucht hat, Kontakt aufzunehmen – zu Günthers Familie oder zu Freunden?«

Karina sah sie verblüfft an. »Nein, keine Ahnung. Ich weiß nur, dass sie wegen der Sache ziemlich durcheinander war.«

»Sind Sie eigentlich im Rahmen der Ermittlungen zu Ulrikes Tod von der Wolfsburger Polizei befragt worden?«

»Ja, natürlich. Ein Beamter wollte von mir wissen, wie es ihr in letzter Zeit ging, wann ich sie gesehen hatte, wie ihre Beziehung zu Daniel war, ob es Stress in der Familie gegeben hätte und so weiter.«

»Haben Sie in diesem Zusammenhang erwähnt, wie Ihre Schwester auf den Fall Ansdorf reagiert hat?«

»Ja, zumindest in einem Nebensatz. Der Kommissar meinte, dass alle Kollegen deswegen geschockt seien …«

Johanna machte sich in Gedanken eine Notiz. Sie war gespannt, ob Luca Mareni eine Überprüfung der Telefonverbindungen und E-Mail-Kontakte veranlasst hatte. »Ihre Schwester ist häufig abends eine Runde Joggen gegangen oder hat noch einen Spaziergang gemacht«, fuhr sie dann fort.

»Ja, regelmäßig. Sie konnte dabei gut abschalten«, bestätigte Karina. Sie hatte die Hände in den Schoß gelegt und verschränkte die Finger ineinander. Plötzlich stieß sie den Kopf ruckartig nach vorn. »Ulrike hätte sich niemals in den Tod gestürzt!«, erklärte sie heftig. »Das habe ich der Wolfsburger Polizei auch gesagt. Niemals! Und wenn sie tatsächlich hätte sterben wollen, dann garantiert nicht so, nicht auf diese Weise.« Sie atmete heftig. »Tut mir leid, wenn ich …«

»Keine Ursache«, beschwichtigte Johanna. »Was macht Sie so sicher, dass Ulrike nicht auf diese Art hätte sterben wollen?«

Karina starrte sie einen Moment stumm an. »Sie hatte keinen Grund zu sterben. Sie hatte so viel vor«, erklärte sie schließlich. »Außerdem litt sie unter Höhenangst, was kaum jemand wusste, weil Ulrike nicht gerne über ihre Schwächen sprach. Über die Fußgängerbrücke ist sie immer gelaufen, um ihre Angst zu überwinden. In der Mitte blieb sie kurz stehen, wagte einen Blick in die Tiefe, oder auch zwei Blicke, und lief dann weiter … Glauben Sie, dass ein Mensch mit so einem Problem diesen Freitod wählen würde?«

Nein, das glaubte Johanna nicht. Sie war auf grausame Art und Weise und in allergrößter Panik aus dem Leben geschieden – es ging schneller als bei den Badesalzopfern, aber wahrscheinlich in ähnlicher Intensität. Nur: Um ihren Glauben ging es hier nicht, und auch nicht um den der Schwester. »Was hat der Wolfsburger Kommissar zu Ihrer Einschätzung gesagt?«

»Er meinte, dass wir nicht hundertprozentig wissen können, was in ihr vorgegangen sei und dass ihre Verzweiflung wohl sehr groß gewesen sein müsse. Aber wir hatten noch am Vortag telefoniert, und sie war nicht verzweifelt. Sie war wie immer ...«

Johanna war sich darüber im Klaren, dass Marenis Bewertung zutreffen konnte, zumal alle Fakten sie bestätigten und Menschen eigentümliche Wesen waren, die von einem Augenblick auf den anderen die seltsamsten und erschreckendsten Dinge taten, aber ihr Bauch sagte ihr immer deutlicher etwas ganz anderes.

»Frau Huhlmann, ich würde Sie gerne ein weiteres Mal kontaktieren, wenn sich noch Fragen ergeben.«

»Natürlich«, sagte Karina sofort und nestelte eine Visitenkarte aus ihrer Hosentasche.

»Und falls Ihnen noch etwas einfällt ...« Johanna zog ihr Kärtchen aus dem Rucksack und reichte es der jungen Frau. »Rufen Sie mich unbedingt an.«

»Das tue ich bestimmt.«

An der Wohnungstür drehte Johanna sich noch einmal um. »Ach, nur so nebenbei – wieso haben Ihre Schwester und deren Lebensgefährte eigentlich in Wolfsburg gewohnt? Die tägliche Fahrerei nach Braunschweig und Hannover muss doch ätzend sein.«

Karina zuckte mit den Achseln. »Daniel ist freier Rundfunkjournalist und ohnehin viel unterwegs. Außerdem hat er oft hier in der Gegend zu tun, und beide haben sich in Wolfsburg immer sehr wohlgefühlt.« Sie stutzte. »Anfang des Jahres hat Ulrike sich auf eine freie Stelle in der Mordkommission in Wolfsburg beworben, das Ganze dann aber doch wieder abgeblasen.«

»Kennen Sie den Grund dafür?«

»Sie war plötzlich unschlüssig und wollte doch lieber in Braunschweig bleiben, vorerst zumindest – so drückte sie sich aus. Ganz verstanden habe ich das nicht, aber na ja ...«

Vielleicht hat sie beim Gespräch mit Reinders festgestellt, dass sie es alles andere als erstrebenswert findet, ihn als zukünftigen Chef zu haben, dachte Johanna und bereute den bissigen Gedanken keine einzige Sekunde. Wenig später verabschiedete sie sich von Karina und bat sie, Daniel Beuten darüber in Kenntnis zu setzen, dass sie unter Umständen auch noch mit ihm reden müsse.

Auf dem Weg zum Auto rief sie Luca Mareni an. Der gab zwar vor, sich darüber zu freuen, so schnell wieder von der BKA-Kommissarin zu hören, aber Johanna war sicher, dass er ein bisschen dick auftrug – milde ausgedrückt.

Ulrike Huhlmanns Telefonverbindungen seien unauffällig gewesen, ebenso der E-Mail-Verkehr, erläuterte er auf Johannas Nachfrage, und ein persönlicher Kontakt zu Ansdorf oder seiner Familie habe zu keinem Zeitpunkt bestanden.

»Sie meinen, dass die Überprüfung der privaten Verbindungen diesbezüglich keinen Aufschluss gibt«, konkretisierte Johanna.

»Wenn Sie es so formulieren möchten: ja. Und Ansdorfs Verbindungsnachweise bestätigen das. Sie kannte ihn sehr wahrscheinlich lediglich vom Hörensagen, von Gesprächen unter Kollegen nach Ansdorfs Tod, und hat unter Umständen auch mal zufälligerweise dienstlich mit ihm zu tun gehabt. Durchaus möglich, aber deswegen nun jeden einzelnen Dienstkontakt zu prüfen, halte ich für Zeitverschwendung, zumal uns die Braunschweiger Kollegen versicherten, dass nichts Ungewöhnliches vorgefallen war, das im Zusammenhang mit Huhlmanns Tod bedeutungsvoll sein könnte. Was soll denn dabei herauskommen?«

»Manchmal erschließt sich die Bedeutung erst auf den zweiten Blick«, gab Johanna zu bedenken.

Mareni stieß einen leisen Seufzer aus. »Das kommt durchaus vor, aber ohne jeglichen begründeten Anfangsverdacht über Wochen und Monate hinweg in Dienstgesprächen oder Verbindungen herumzustochern, kann doch nicht das Mittel der Wahl sein … Ich bitte Sie! Wie kommen Sie eigentlich darauf, dass die Kollegin Ansdorf persönlich gekannt oder Kontakt zur Familie aufgenommen haben könnte? Allein aufgrund der Aussage der Schwester, sie hätte heftig auf seinen Tod reagiert?«, fragte er, und seine Stimme klang mehr als skeptisch. »Meine Güte, das haben schließlich alle – er war ein Kollege, das beschäftigt einen doch! Und selbst wenn sie so einen Gedanken hatte – vielleicht wollte sie einfach nur ihr persönliches Beileid aussprechen.«

»Das Argument ist nicht von der Hand zu weisen. Dennoch möchte ich dieser Äußerung nachgehen«, erklärte Johanna betont freundlich. »Die Schwestern waren sehr vertraut miteinander, und ich nehme Karinas Bemerkung überaus ernst.«

»Ich habe die Bemerkung auch ernst genommen.«

Johanna verdrehte die Augen. »Natürlich. Sie haben Ihren Job gemacht, und ich prüfe einzelne Aspekte noch einmal, angesichts von fünf toten Polizisten, die unter fragwürdigen Umständen ums Leben kamen. Das ist mein Job und keine schlechte Idee, wie Sie gestern selbst festgestellt haben. Und die Suizid-Annahme stellt für mich in Ermangelung anderer Erklärungen nur eine erste oberflächliche Beschreibung des Geschehens dar.«

»Aber …«

»Die Frau hatte Höhenangst, wussten Sie das?«

Mareni schwieg einen Moment. »Nein.«

»Glauben Sie allen Ernstes, dass ihr von null auf hundert die Sicherungen durchgebrannt sind und sie sich kurz entschlossen bei einem Abendspaziergang über die Brücke in den Tod gestürzt hat?«

»Von null auf hundert – nein. Aber ich denke, es ist wie so häufig: Kaum jemand kennt seinen Mitmenschen wirklich, auch nicht den Partner oder die Schwester. Wie oft hören wir, dass man dem Nachbarn, Freund, Ehemann, der Mutter dies und jenes niemals zugetraut hätte – egal, worum es geht?«, gab Mareni zu bedenken. »Und alle sind völlig von den Socken, wenn sich plötzlich Abgründe auftun.«

»Klar, das kenne ich auch«, bestätigte Johanna. »So was passiert häufig. Aber können Sie mit letzter Sicherheit ausschließen, dass nicht doch etwas anderes dahintersteckt? Ein tragischer Unfall, den wir uns im Moment nicht erklären können? Oder doch ein Mord, dessen Hintergründe sich nur noch nicht erschlossen haben?« Johanna wartete seine Antwort gar nicht erst ab. »Und noch etwas: Ulrike Huhlmann hatte sich bei der Mordkommission in

Wolfsburg beworben, zu Beginn des Jahres. Wissen Sie etwas darüber?«

»Hm … Ich wusste von einer neu zu besetzenden Stelle und auch, dass eine Bewerbung vorlag, aber nicht, dass Huhlmann sich dafür interessierte.«

»Könnten Sie die Angelegenheit in Ihrer Dienststelle recherchieren?«

»Ja.«

»Ich brauche noch mehr Informationen.«

»Das dachte ich mir schon …«

Johanna lächelte. Er gab sich Mühe, obwohl er skeptisch war, was ihre Vorgehensweise anbetraf. »Überprüfen Sie doch bitte Huhlmanns vorliegende Verbindungsnachweise noch einmal dahingehend, ob sie mit den anderen toten Polizisten in Berlin und Peine Kontakt hatte.«

»Glaube ich nicht – das wäre aufgefallen.«

»Mag sein, aber Glaube allein hilft hier nicht weiter. Ich muss es genau und konkret wissen.«

Mareni atmete am anderen Ende der Leitung zweimal tief durch, während Johanna inzwischen wieder auf der Brücke angekommen war.

»Außerdem muss ich wissen, welche Fälle Ansdorf in den letzten, sagen wir: sechs Monaten bearbeitet hat.«

Stille.

»Mareni?«

»Ja. Ist das Ihr Ernst?«

»Und ob.«

»Reinders wird das nicht gefallen.«

Dir gefällt das auch nicht, dachte sie. »Ich weiß. Reinders gefällt vieles nicht. Ich gehöre dazu.«

Seufzen. »Na schön. Ich kümmere mich darum. Kann aber ein bisschen dauern.«

»Danke. Sie haben was gut bei mir.«

»Ich komme darauf zurück. Aber wegen der Huhlmann und ihrer Ermittlungen müssen Sie selbst in Braunschweig nachhaken.«

»Danke für den Hinweis.« Johanna grinste. »Mach ich.«

Das kleine Einfamilienhaus der Ansdorfs im Westen Wolfsburgs wirkte abweisend. Obwohl der Vormittag weit fortgeschritten war, hatte es noch niemand für nötig befunden, die Rollläden hochzuziehen, und auf Johannas Klingeln und Klopfen rührte sich nichts. Sie setzte sich in den Wagen und beschloss, eine halbe Stunde zu warten. Währenddessen notierte sie sich Stichpunkte zum Gespräch mit Karina Huhlmann und rief bei der Staatsanwaltschaft in Braunschweig an, um erneut zu erfahren, dass Annegret Kuhls Vertreterin nicht zu sprechen sei – da sie im Gericht zu tun habe, wie die Sekretärin nach kurzer Pause schnippisch hinzufügte.

»Soll hin und wieder vorkommen, dass Staatsanwältinnen im Gericht zu tun haben«, entfuhr es Johanna, bevor sie die Verbindung unterbrach. So viel war klar: Eine neue Freundin hatte sie mit dem Spruch nicht gewonnen.

Sie legte ihr Handy beiseite und wollte gerade die Nummer von Familie Vogt aus Peine heraussuchen, als sie aus den Augenwinkeln mitbekam, wie sich die Haustür öffnete und eine ältere, stark übergewichtige Frau im Bademantel zum Briefkasten ging, der an der Gartenpforte angebracht war. Genauer gesagt, schlurfte sie durch den offensichtlich seit vielen Wochen vernachlässigten Garten, ohne auch nur einmal hochzublicken. Die Frau wirkte abgekämpft, niedergeschlagen, am Ende ihrer Kräfte, und es interessierte sie nicht die Bohne, wann sie das letzte Mal geduscht hatte und wie sie aussah.

Silvia Ansdorf, dachte Johanna und spürte, wie ihr Herz schwer wurde. Gespräche mit Angehörigen verliefen selten so problemlos und angenehm wie mit Karina Huhlmann. Das war eher die Ausnahme. Wenn sie Pech hatte, würde die Witwe nicht einmal abwarten, bis sie ihr Anliegen vorgebracht hatte, sondern sie einfach stehen lassen und zurück in ihr Haus gehen, in dem es wahrscheinlich keinen einzigen Schlupfwinkel gab, der sie nicht an ihren Mann erinnerte. Am schlimmsten waren die Gerüche, hatte ihr mal jemand gesagt. Noch nach Jahren löste ein Parfüm oder der Geruch eines Lieblingsessens tiefe Niedergeschlagenheit oder sogar Verzweiflung aus. Manchmal »nur« Traurigkeit.

Johanna stieg aus und trat an den Zaun, als die Frau den Briefkasten wieder schloss und sich gerade mit der Zeitung in der Hand umdrehen wollte. »Frau Ansdorf?«

Ein müder Blick streifte sie. »Ja?« Die Stimme klang nach völligem Desinteresse und zu viel Alkohol.

»Mein Name ist Johanna Krass. Könnte ich Sie ein paar Minuten sprechen?«

»Warum?«

»Ich bin Kommissarin des Bundeskriminalamtes und untersuche den Tod Ihres Mannes.«

Silvia Ansdorf starrte sie aus blutunterlaufenen Augen stumm an. »Er ist tot. Was gibt es da noch zu untersuchen?«, erklärte sie schließlich und wandte sich um. »Außerdem habe ich schon alles gesagt.«

»Erzählen Sie es mir noch mal.«

»Der Fall ist abgeschlossen. Keine Ahnung, wo er das Teufelszeug herhatte und warum er es schluckte.« Sie winkte ab und setzte sich in Gang.

»Ich gelte als Spezialistin für abgeschlossene Fälle.«

Die Schritte verlangsamten sich. Ansdorf drehte den Kopf über die Schulter. »Ich bin müde. Er ist tot – was soll das Gerede jetzt noch bringen?«

»Das ist eine gute Frage. Lassen Sie uns darüber sprechen.«

Silvia Ansdorf verzog das Gesicht. »Sie wollen mich in ein Gespräch verwickeln, damit ich Sie hier draußen nicht einfach stehen lasse, stimmt's?«

»Stimmt.«

»Ich bin nicht interessiert.«

»Sind Sie doch. Sonst wären Sie längst im Haus verschwunden.«

Silvia Ansdorf drehte sich Johanna frontal zu. Eine Windböe zerzauste ihr graues Haar. Die Frau musste innerhalb weniger Wochen um Jahre gealtert sein.

»Ich glaube nicht, dass Ihr Mann das Zeug freiwillig geschluckt hat«, erklärte die Kommissarin, nachdem sie den Blick der Witwe sekundenlang mit gespieltem Gleichmut ertragen hatte. »Wir haben in den letzten Monaten einige ungewöhnliche Todesfälle und Suizide zu viel gehabt, um einfach wieder zur Tagesordnung überzugehen.«

»Ich werde nie wieder einfach zur Tagesordnung übergehen, aber egal, was Sie herausfinden: Günther bringt es mir nicht zurück.«

»Stimmt. Aber vielleicht können wir weitere Todesfälle verhindern.«

Ansdorf schwieg eine volle Minute – so schien es Johanna zumindest –, bis sie schließlich eine Handbewegung machte, die wenigstens entfernt Ähnlichkeit mit einer einladenden Geste hatte. »Na schön, kommen Sie, aber bei mir sieht es aus wie Sau.«

»Ist mir völlig egal – Hauptsache, ich krieg einen Kaffee bei Ihnen.«

»Den müssen Sie selber kochen.«

»Tu ich gern.«

***

Der Mann war bildschön. Eine Mischung aus Brad Pitt und Ricky Martin. Und Charme hatte er für drei. Außerdem war er voller Verständnis für ihre Situation. Sie hörte nur mit halbem Ohr zu, nickte abwesend, gab beiläufige Antworten, während sie ihn betrachtete und seiner tiefen Stimme lauschte. Ja, sie erinnere sich, dass er schon einige Male angerufen habe, nein, sie habe noch nicht daran gedacht, nach den Videos und PC-Spielen zu suchen, die ihr verstorbener Mann sich ausgeliehen habe und deren Leihfrist bereits vor Monaten abgelaufen sei.

Es war ihr neu, dass Jörg regelmäßig Videos ausgeliehen hatte, einen ganzen Stapel, wie der junge Mann betonte, der sich als Stefan Muth vorgestellt hatte. Aber Jörg war immer für eine Überraschung gut gewesen – in der Regel unangenehme –, sogar jetzt noch, mehr als drei Monate nach seinem Tod. Auch wenn es schwer vorstellbar schien: Konnte sie tatsächlich ausschließen, dass er sich zum Beispiel reihenweise Pornos reingezogen und sich ansonsten die Zeit in seinem Zimmer mit Ballerspielen vertrieben hatte?

»Ich bin einfach noch nicht dazu gekommen«, erklärte Marie Rauth mit leiser Stimme.

»Das kann ich gut verstehen. Sie durchleben gerade eine schwere Zeit und haben andere Sorgen.«

Wie selbstverständlich er das sagte. Sie bat ihn nach kurzem Zögern herein und ging voran in die Küche. »Mögen Sie etwas trinken? Einen Kaffee? Ein Wasser?«

Stefan Muth schüttelte den Kopf. »Vielen Dank. Ich hoffe, ich halte Sie nicht auf.«

»Nein, ganz und gar nicht.«

Er lächelte, und sie spürte, dass sie verlegen war. Und sich geschmeichelt fühlte. Sein Blick war sehr direkt, und das gefiel ihr. Das schlechte Gewissen, das sich einstellen wollte, schob sie kurzerhand beiseite. Jörgs Tod war tragisch gewesen, und sie würde sich für den Rest ihres Lebens immer wieder mit der Frage auseinandersetzen müssen, ob sie für seinen Suizid verantwortlich war, weil sie die Trennung gewollt hatte. Aber ihre Ehe war seit Jahren eine Farce gewesen – er hatte gelogen, sie hintergangen und schließlich mit einem Haufen Schulden und der Gewissheit zurückgelassen, seit vielen Jahren neben einem Mann gelebt zu haben, der ihr irgendwann entglitten war, ohne dass sie den tieferen Grund dafür kannte. Warum sollte sie sich nicht im Lächeln dieses attraktiven Mannes sonnen?

»Vielleicht kann ich Ihnen ja helfen«, schlug Stefan Muth vor und zog einen Zettel aus der Gesäßtasche seiner Jeans. »Ich habe die Auflistung der Titel dabei, die Jörg Anfang Mai mitgenommen hat.«

Marie nahm das Blatt entgegen und studierte die Aufstellung: fünf Filme und zwei Spiele. Die Titel sagten ihr nichts – Actionfilme, wie Muth versicherte, aber er zwinkerte dabei. Das konnte alles Mögliche bedeuten.

»Wissen Sie, ich habe gar nicht mitbekommen, dass Jörg sich Filme ausgeliehen oder am PC gespielt hat«, meinte sie schließlich. »Und unter seinen persönlichen Sachen in seinem Zimmer habe ich nichts gefunden.« Außer Chaos, fügte sie in Gedanken hinzu.

»Na ja – das waren keine Filme, die man offen herumliegen lässt«, bemerkte Muth und gab seinem Lächeln eine süffisante Note. »Schon gar nicht als Polizeibeamter.«

»Ach?«

Er zog eine Braue hoch. »Würden Sie mir einen Blick in sein Zimmer gestatten?«

Der Gedanke gefiel ihr nicht. So charmant Ricky-Martin-Brad-Pitt-Stefan-Muth auch war, er blieb ein Fremder, und sein Ansinnen schien ihr unpassend. Andererseits hatte der Mann sehr viel Geduld und Verständnis bewiesen. Er hätte auch einfach eine saftige Rechnung schreiben können.

»Wir könnten zusammen einen Blick werfen«, meinte sie schließlich zögernd.

Muth behielt sein Lächeln. »Das wäre klasse. Vielleicht habe ich eine Idee, wo er das Ganze gehortet haben könnte. Wissen Sie, die Dinger kosten eine ganze Stange Geld …«

»Ja, ich verstehe schon – kommen Sie mit.«

Sie ging voran in das kleine Zimmer, das Jörg sich vor Jahren im Dachgeschoss ihres Reihenhäuschens in Berlin-Tempelhof ausgebaut hatte. Es war eher eine Kammer, in die er sich zurückgezogen hatte, wenn er seine Ruhe haben wollte – vor den Kindern und ihr, ihrem Gemecker, ihren vielen Fragen und all den Ansprüchen, denen er nie vorhatte, gerecht zu werden. Sie schob die Tür auf, und Stefan Muth trat sofort ein, um sich aufmerksam umzusehen.

Auf einem Regal stapelten sich neben einigen Aktenordnern und bunten Kartons mit PC-Zubehör Motorrad-Zeitschriften und Fachbücher zu unterschiedlichen Themen; auf einer schmalen Kommode stand ein Fernseher, und auf der weinroten Couch im Fünfziger-Jahre-Look hätte Johanna sich am liebsten gleich niedergelassen. Der winzige Schreibtisch unter dem Dachfenster war mit Papieren übersät, die Marie noch nicht die Kraft gefunden hatte, wegzuräumen, nachdem die Polizei sie durchgesehen hatte – Versicherungskram, offizielle Schreiben, die man irgendwann abheftete und nie wieder herausholte, Notizen.

Marie zuckte mit den Achseln. »Ehrlich gesagt kann ich mir überhaupt nicht vorstellen …«

Stefan Muth drehte sich zur ihr um und trat plötzlich dicht an sie heran. Sein Lächeln war wie weggewischt, und der charmante Brad-Pitt-Ricky-Martin-Junge schien nie existiert zu haben. »Sie gehen jetzt nach unten und lassen mich hier ganz alleine und in aller Ruhe suchen, kapiert?«, sagte er in scharfem Ton.

Marie schnappte nach Luft. »Wie bitte? Aber …«

»Jörg hat eine Menge Mist gebaut, darüber sind wir uns einig, oder?«

Sie starrte ihn perplex an. »Schuldet er Ihnen auch Geld?«, flüsterte sie dann.

»Der Mann schuldet mir alles Mögliche.«

»Aber wonach genau suchen Sie …«

Muth packte ihren Oberarm. Sein Griff war grob. »Wenn Sie keinen Ärger wollen, dann gehen Sie jetzt. In einer halben Stunde sind Sie mich wieder los, und es wäre eine richtig gute Idee, sich nicht an mich und meinen Besuch zu erinnern, klar?« Er drängte sie aus dem Zimmer und schloss die Tür.

Marie blieb einen Augenblick entgeistert stehen. Was für eine riesengroße Scheiße hast du verzapft?, murmelte sie stumm. Gut, dass die Kinder nicht zu Hause waren und das miterleben mussten. Sie ging langsam, mit ungelenken Schritten die Treppe hinunter und ließ sich auf einen Stuhl am Küchentisch fallen. Minutenlang starrte sie ins Leere und wusste nicht, was größer war: Schreck und Beklemmung oder Wut und Entsetzen.

Jörg hatte einen Haufen Wettschulden, das war ihr kurz vor seinem Selbstmord klar geworden – dass sie nicht früher dahintergekommen war, lag schlicht und ergreifend daran, dass er seine Leidenschaft eine ganze Weile gut hatte finanzieren können beziehungsweise Gewinne und Verluste sich einigermaßen die Waage gehalten hatten. Angeblich hatte er anfangs satt im Plus gelegen und im letzten Jahr sogar das Motorrad finanzieren können, wie er ihr mit stolzgeschwellter Brust versichert hatte. Was für ein Idiot! Aber dann war eine Menge schiefgegangen, mehrere sogenannte tausendprozentige Tipps hatten ihn dazu verführt, sich Geld zu leihen, die Konten zu überziehen, das Haus zu belasten, Notfallreserven anzugreifen, kurzum, alles zu verspielen, was sie sich in dieser Ehe im Laufe der Jahre zumindest an wirtschaftlicher Stabilität erarbeitet hatten. Er hatte ihr versichert, dass er sich um alles kümmern würde, und sie händeringend beschworen, ihm noch eine letzte Chance zu geben. Doch sie hatte die Nase endgültig voll gehabt.

Als sie ihn an jenem Abend tot aufgefunden hatte, war ihr erster Gedanke gewesen, dass er sich mit den falschen Leuten eingelassen hatte, die keinen Spaß verstanden, wenn man sich nicht an die vereinbarten Regeln hielt … Ihr zweiter Gedanke war gar kein Gedanke gewesen, sondern ein eisiger Luftstrom aus tiefschwarzem Schuldbewusstsein. Der dritte galt Robert Scheidner. Sie bat ihn zu kommen.

Früher waren sie mal eng befreundet gewesen. Dass der Kontakt nach dem Tod seiner Frau immer oberflächlicher und sporadischer geworden war, hatte sie immer bedauert, wenn sie auch nachvollziehen konnte, dass Robert sich zurückzog. Sie hatte eine Freundin und Kollegin verloren, Robert seine große Liebe. Er war sofort zur Stelle gewesen, als sie ihm gesagt hatte, worum es ging.

»Ich befürchte, dass Jörg ein paar dunkle Geheimnisse mit sich herumschleppte«, hatte sie ihm zugeflüstert. »Bitte guck dich in seinem Zimmer um, bevor die Polizei kommt. Du weißt, worauf du achten musst. Ich ertrage keine weiteren Überraschungen.«

Scheidner hatte nicht eine Sekunde gezögert und war nach oben geeilt. Die Polizei hatte sie erst angerufen, als Robert nach ungefähr fünfzehn Minuten wieder nach unten gekommen war. Kopfschüttelnd. Zusammengebrochen war sie erst viel später – nachdem die Spurensicherung im Haus abgeschlossen gewesen war, sie ein erstes Gespräch mit einer Kommissarin überstanden und Robert die Kinder mit zu sich nach Hause genommen hatte.

Marie schrak aus ihren Gedanken hoch, als sie Schritte auf der Treppe hörte, und lauschte atemlos in die Stille, als sie verklangen. Der Mann war direkt vor der Küchentür stehen geblieben. Sekunden später vernahm sie erneut Schritte, dann fiel die Haustür ins Schloss. Marie sah auf ihre zitternden Hände. Sie würde nie erfahren, ob und was Stefan Muth entdeckt hatte. Und sie wollte es auch gar nicht. Sie verwarf den Gedanken, Robert zu informieren, im gleichen Augenblick, in dem er ihr durch den Kopf schoss. Er hatte genug für sie getan.

4

Die Küche machte einen aufgeräumteren Eindruck, als Johanna erwartet hatte. Es roch zwar nach abgestandener Luft, schmutziges Geschirr stand in der Spüle, Obst vergammelte in einer Schüssel auf dem Esstisch, und der Fußboden war schon lange nicht mehr gründlich gewischt worden, aber Johanna hatte schon in vielen Küchen gesessen, die grundsätzlich so aussahen. Silvia Ansdorf ließ sich in einen Stuhl fallen, der unter ihrem Gewicht ächzte. »In dem Schrank über der Spüle finden Sie Kaffee und Filtertüten.«

Johanna setzte die Kaffeemaschine in Gang, die auf der Arbeitsplatte zwischen Gläsern und Tassen, leeren Wein- und Schnapsflaschen ihren Platz behauptet hatte, und wusch zwei Kaffeebecher mit Smiley-Motiven ab, während Silvia Ansdorf sich eine Zigarette anzündete.

»Ich war vom Job gleich zu meinem Frauenabend aufgebrochen«, begann sie ohne Aufforderung mit müder Stimme zu erzählen und nahm einen gierigen Zug aus der Zigarette. »Ich bin Verkäuferin in einem Spielwarengeschäft und arbeite in Fallersleben. Unser Frauenabend – meist vier, fünf, sechs Freundinnen – findet einmal im Monat statt, seit über fünfundzwanzig Jahren, wir nennen ihn Püppiabend. Ich lass ihn mir nie entgehen, so wie Günther immer zum Fußball ging und keinen Kegelabend verpasste …« Sie streifte die Asche ab und sah kurz hoch, als die Kaffeemaschine zu schnaufen anfing. »Muss mal wieder entkalkt werden …«

Johanna nickte und setzte sich zu ihr.

»Es war nichts Besonderes an dem Tag – alles wie immer: Günther hatte einigermaßen pünktlich Feierabend machen können und war noch einkaufen gegangen. Er rief mich von unterwegs an, um zu fragen, ob ich noch was bräuchte oder mir noch was fürs Wochenende einfiele … Wissen Sie, er war nicht gerade ein perfekter Hausmann, aber wenn es ums Einkaufen ging oder den ganzen Technik- und Autokram, konnte ich mich immer auf ihn verlassen. Wir haben eine recht altmodische Ehe geführt, aber sie war nicht schlecht.« Sie schüttelte den Kopf. »Sie war gut. Wir hatten ein gutes Leben, und wir ließen es uns gut gehen. Selbst als ich fett wurde, hat Günther nichts auf mich kommen lassen … Na ja, das nur so nebenbei.«

Eine Weile herrschte Schweigen. Johanna stand auf und goss den Kaffee ein. »Brauchen Sie Milch, Zucker?«

Silvia Ansdorf nickte. »Kaffeesahne – steht im Kühlschrank. Zucker hab ich hier.«

Der Kühlschrank war mäßig gefüllt. Im Gemüsefach lagerten verschrumpelte Karotten. Ein würziger Käse verströmte sein aufdringliches Aroma. »Kümmert sich jemand um Sie?«, fragte Johanna und reichte Ansdorf die Sahne.

»Meine Kinder wechseln sich ab. Der Sohn studiert in Hamburg und kommt, so oft er kann. Die Tochter und ihr Mann haben gerade in Gifhorn gebaut, und sie ist schwanger … Na ja, es bleibt wenig Zeit, aber sie ruft fast jeden Tag an.«

»Und Ihre Freundinnen?«

Silvia Ansdorf lächelte leise. »Sie geben sich Mühe. Aber der Tod bringt manches zum Schweigen. Noch dazu so ein Tod.« Sie zog den Gürtel ihres Bademantels enger und trank einen Schluck Kaffee. »Der ist gut. Danke.«

Johanna erwiderte das Lächeln. »Ihr Mann war also einkaufen. Und Sie hörten zum letzten Mal von ihm, als er Sie anrief?«

»So ist es. Am Abend, es war schon nach zehn, und ich wollte gerade nach Hause aufbrechen, meldete sich dann die Polizei.«

Johanna zog ihr Notizheft hervor. »Wo war Ihr Mann einkaufen?«

»Er ist meist vom Dienst kommend gleich bei dem großen Edeka am Berliner Ring gewesen.«

»War er allein?«

»Wie meinen Sie das denn?«

»Hatten Sie den Eindruck, dass er mit jemandem unterwegs war, als Sie miteinander telefonierten?«

Silvia Ansdorf überlegte einen Moment angestrengt. »Nein. Er saß allein im Wagen und telefonierte über Headset. Ich bin jedenfalls ziemlich sicher …«

»Wissen Sie noch, was er besorgt hat?«

Die Witwe warf ihr einen verblüfften Blick zu. »Ist die Frage ernst gemeint? Mein Mann hat irgendeine neue fürchterliche Droge genommen, von der ich bis dahin noch nie etwas gehört hatte und die ihn in den Selbstmord trieb – im Supermarkt wird er sie kaum besorgt haben, auch wenn die Bezeichnung Badesalz so etwas vermuten lässt.« Das klang sarkastisch, und es half, die bodenlose Verzweiflung zu überdecken.

»Wir haben in Berlin einen ähnlichen Fall mit der Badesalz-Droge, und mich interessieren sämtliche Details«, entgegnete Johanna unbeirrt. »Der Berliner Kollege hat sich noch eine Pizza bestellt. Eine derartige Droge hätte ihm, genau wie Ihrem Mann, niemand zugetraut, und auch bei ihm fanden sich keinerlei Hinweise auf früheren Drogenkonsum oder Kontakte zu entsprechenden Leuten. Hier muss natürlich kein Zusammenhang bestehen …« Johanna hob kurz die Hände. »Der Mensch an sich ist ein merkwürdiges Wesen, und Polizisten verstehen es natürlich sehr gut, ihre Spuren zu verwischen, aber –«

»Günther hat einen ganz normalen Wochenendeinkauf erledigt – und alles weggeräumt, bis auf die Kekse.«

»Kekse?«

»Ja, er hat davon gegessen. Günther hat gerne genascht. Die angebrochene Packung lag auf dem Wohnzimmertisch.«

»Hat man sie auf Spuren untersucht?«

»Soweit ich weiß, ja, aber herausgekommen ist dabei nichts.« Silvia Ansdorf runzelte die Stirn. »Glauben Sie etwa …«

Johanna schüttelte rasch den Kopf. »Ich suche nach Ansatzpunkten und nach einer Erklärung für ein Muster, das ich nicht verstehe«, erörterte sie behutsam. Es war nicht der richtige Moment, um die Witwe mit ihren weitreichenden Befürchtungen zu konfrontieren. Vielleicht würde es diesen Moment nie geben. Wenn Johanna sich recht erinnerte, hatte Bernd Lange auch Kekse gegessen. Das musste gar nichts bedeuten, aber sie registrierte den Aspekt.

»Vielleicht gibt es nichts zu verstehen«, meinte Ansdorf lapidar. »Vielleicht ist es so, wie der Kommissar sagte: Manche Dinge passieren einfach, aus dem Nichts heraus. Vielleicht habe ich Günther viel weniger gut gekannt, als ich annahm – das geht vielen

Paaren nach jahrzehntelanger Ehe so –, und er hat sich doch was aufschwatzen lassen, ohne die Wirkung einschätzen zu können.«

»Ja, mag sein, aber wenn sich mir im Laufe von Ermittlungen zu viele Vielleichts in den Weg stellen und Mister Zufall ein ums andere Mal als Erklärer bemüht werden muss, werde ich stutzig. Und kaum etwas passiert aus dem Nichts heraus – meine Erfahrung und meine Meinung.«

Dazu mochte Silvia Ansdorf nichts mehr sagen. Langsam, Schluck für Schluck trank sie ihren Kaffee und starrte Löcher in die Luft. Johanna hörte plötzlich das eindringliche Ticken der Küchenuhr und sah hinüber zum Fenster. Eine grün-schwarze Fliege erklomm die Scheibe. Die Kommissarin räusperte sich, legte ihre Visitenkarte auf den Tisch und verabschiedete sich. Ihr war elend.

Im Auto setzte sie ihr Headset auf und schlug den Weg in Richtung Autobahn ein. Obwohl sie alle Register ihrer Überredungskünste zog, war von den Angehörigen des toten Polizisten Karsten Vogt aus Peine niemand zu einem Treffen mit der Kommissarin bereit. Die Witwe legte sofort wieder auf, ein Bruder ließ sich nicht mehr als zwei Sätze entlocken. Johanna drosselte das Tempo und entschied sich, nach Wolfsburg zurückzufahren, während sie – ohne große Hoffnung auf erhöhte Gesprächsbereitschaft – Vogts achtzehnjährige Tochter Lilly zu erreichen versuchte, in deren Wohnung der Beamte mit Renovierungsarbeiten beschäftigt gewesen war, bevor er aus dem Fenster sprang. Auch Lilly lehnte ein Treffen ab, und es imponierte ihr auch nicht sonderlich, dass Johanna vom BKA war.

»Ich habe weder Zeit noch Kraft noch die Ruhe«, sagte sie schlicht. »Mein Vater ist erst zehn Tage tot, und ich habe alles zu Protokoll gegeben, was mir im Zusammenhang mit seinem Tod eingefallen ist.«

Für eine Achtzehnjährige wählte sie ihre Worte ausgesprochen überlegt. Sie klingt reif, fast gesetzt, dachte Johanna verblüfft. »Manchmal fallen einem erst hinterher Details ein, die sich als bedeutsam erweisen«, wandte sie ein und fuhr langsam weiter, um sich besser auf das Telefonat konzentrieren zu können.

»Wenn das passiert, werde ich mich an die Polizei wenden.«

»Ich verstehe, dass Sie Abstand gewinnen möchten –«

»Ich möchte keinen Abstand gewinnen«, fiel Lilly Vogt ihr ins Wort. »Ich möchte mich ungestört von ihm verabschieden. Das leere Gequatsche über seinen Tod verhindert das.«

»Frau Vogt, man sagt mir alles Mögliche nach, darauf können Sie sich verlassen, aber leeres Gequatsche gehört garantiert nicht dazu«, entgegnete Johanna in scharfem Tonfall. »Ihr Vater ist nicht der einzige tote Polizist, der uns zu denken gibt, und ich bin in Wolfsburg, um nach Hinweisen in mehreren Fällen zu suchen. Bei den bisherigen Ermittlungen hat die Polizei keine Spuren gefunden, die der Suizid-Annahme faktisch widersprechen und ein Verbrechen nahelegen, aber das BKA will ganz sichergehen und wagt einen zweiten Anlauf … Der kann aber nur etwas bringen, wenn auch die Angehörigen eine gewisse Kooperationsbereitschaft an den Tag legen. Geben Sie mir bitte zumindest fünf Minuten am Telefon, um einige Fragen zu klären – nicht mehr, aber auch nicht weniger.«

Lilly Vogt brauchte offensichtlich einige Sekunden, um nach dieser klaren Ansage eine Entscheidung zu treffen. »Na schön«, meinte sie schließlich. »Fünf Minuten.«

Wie gütig von dir, dachte Johanna, schluckte die bissige Bemerkung aber herunter. »Was genau hat Ihr Vater am Tag des Unglücks gemacht?«

»Er hatte frei und ist morgens in meine Wohnung gefahren, um Wände zu streichen und Türen zu schleifen und tausend andere Dinge zu erledigen, wie in den Tagen zuvor auch schon. Ich hatte Dienst und überhaupt keine Zeit – ich bin Krankenpflegeschülerin. Er hat den ganzen Tag allein vor sich hin gewerkelt. Abends ist er aus dem Fenster gesprungen.«

Das ist doch absurd, dachte Johanna.

»Das hört sich verrückt an, oder?«, fragte Lilly, und ihre Stimme war auf einmal lebhafter, angespannter. Verzweifelt. »Ich wache jeden Morgen auf und denke, dass alles nur ein Alptraum war, und meine Mutter ist völlig am Ende …«

»Sie haben noch nicht in der Wohnung gewohnt?«, fragte Johanna nach kurzer Pause.

»Nein. Ich habe noch bei meinen Eltern gelebt. Die Wohnung sollte meine erste eigene werden … Ich hab sie wieder gekündigt.«

Hätte ich auch, dachte Johanna. »Haben Sie an jenem Tag zwischendurch noch mal Kontakt mit Ihrem Vater gehabt? Hat er mal angerufen?«

»Ja«, bestätigte Lilly erstaunt. »Er wollte wissen, ob er das Bad nicht doch neu fliesen sollte. Er hätte im Baumarkt ein tolles Angebot gesehen. Ich hab mich ein bisschen geziert – wissen Sie, mein Vater ist immer sehr großzügig gewesen: Führerschein, Auto, Urlaub, alles Mögliche hat er mir gerade in letzter Zeit gesponsert, und für meine Wohnung hatte er auch schon eine ganze Stange Geld ausgegeben. Aber er ließ sich nicht beirren, meinte lachend, er hätte eine Sonderzulage bekommen und könnte es sich problemlos leisten, seine einzige Tochter zu verwöhnen. Dann ist er noch mal losgefahren, um die Fliesen zu besorgen. Er klang so fröhlich …«

»In welchem Baumarkt hat er eingekauft?«

»Um Gottes willen, warum ist das denn wichtig?«

»Ich weiß nicht, ob es wichtig ist. Ich sammle Details. Manchmal höre ich sie mir nur an und vergesse sie gleich wieder, manchmal werden sie zu einem späteren Zeitpunkt wichtig.«

Lilly nannte ihr einen Baufachmarkt in Peine, wenige Fahrminuten von der Wohnung in der Luisenstraße entfernt.

»Noch eine letzte Frage – hatte Ihr Vater Höhenangst?« Johanna hörte, dass Lilly kurz die Luft anhielt.

»Soweit ich weiß – nein«, antwortete sie dann jedoch prompt. »Er hat jedenfalls nie davon gesprochen, und aufgefallen ist mir so was auch nicht.«

»Okay. Danke, dass Sie sich die Zeit genommen haben, Frau Vogt.«

»Ja … schon gut. Wenn Sie etwas herauskriegen …«

»Erfahren Sie davon, natürlich.«

Es war später Mittag, als Johanna in den »Alten Wolf« zurückkehrte. Ihr Schädel brummte, und ihr Magen knurrte. Sie notierte sich etliche Stichpunkte, während sie auf das Essen wartete: hausgemachte Nudeln in Basilikumsahnesauce mit gebratenen Lachstranchen, dazu Wasser und eine Kanne Kaffee. Auf Gebäck verzichtete sie ausnahmsweise.

Mareni rief an, als Johanna sich gerade zehn Minuten auf dem Bett ausgestreckt und mit geschlossenen Augen ihre weitere Vorgehensweise überdacht hatte, während sie das hervorragende Essen verdaute. Sie griff nach dem Handy, stellte die Verbindung her und ließ sich wieder aufs Bett sinken. Huhlmann habe keine privaten Kontakte zu den anderen toten Beamten gehabt, wie schon erwähnt, betonte der Kommissar. Johanna schätzte, dass er ziemlich erleichtert darüber war, seine ursprüngliche Behauptung nicht revidieren zu müssen.

»Ich habe aber eine Telefonnummer zu einem Festnetzanschluss in Berlin überprüfen lassen«, fügte Mareni hinzu.

Johanna schlug die Augen auf. »Ach? Warum?«

»Hm. Na ja. Huhlmann hat einen Tag nach Ansdorfs Tod in einem Videoladen in Berlin angerufen. Vielleicht hat sie sich nur verwählt, vielleicht spielt das gar keine Rolle, aber Sie legen ja Wert auf alle möglichen Details ...«

»Sie sagen es.« Johanna richtete sich auf und griff nach ihrem Notizheft. »Haben Sie den Namen parat?«

»Geschäftsführer ist ein gewisser Stefan Muth«, antwortete Mareni. »Der betreibt mehrere Videogeschäfte in Berlin und Braunschweig, wo die Huhlmann sich übrigens ab und an Filme auslieh.«

»Hm.«

»Vielleicht hat sie einen bestimmten Titel gesucht. Vielleicht kennt sie den Typen ...«

Johanna hatte sich den Namen notiert. »Danke, Mareni. Haben Sie noch mehr?«

»Im Moment nur noch eins: Die Huhlmann hätte die Stelle in Wolfsburg haben können. Sie ist Knall auf Fall wieder abgesprungen, angeblich aus persönlichen Gründen, sagt Reinders. Er hat's nicht so ganz verstanden, weil die Kollegin sich beim Vorstellungsgespräch ziemlich ins Zeug gelegt hatte.«

»Wissen die Braunschweiger Kollegen dazu mehr?«

»Nein. Huhlmann hat mit niemandem darüber gesprochen, das hat sie Reinders gegenüber betont, was ich gut nachvollziehen kann: Man macht sich ja nicht unbedingt beliebt mit Abwanderungsplänen.«

»Und Reinders hat wirklich keine Ahnung, warum …?«

»Nein. Sie hat über ihre Beweggründe nicht gesprochen.«

»Na schön. Lassen wir das erst mal so stehen. Höre ich wieder von Ihnen?«

»Ich bin dran an Ansdorfs Akten, wenn Sie das meinen.«

»Das meine ich.«

Auch Daniel Beuten, den Johanna zehn Minuten später übers Handy erreichte, hatte keine zündende Idee, ob es für die Entscheidung seiner Lebensgefährtin, die Wolfsburger Kommissariatsstelle schließlich doch auszuschlagen, tiefer liegende Motive gab. Genauer gesagt, maß er ihr keinerlei Bedeutung bei.

»Sie hat es sich eben anders überlegt«, fügte er lapidar hinzu, und in seinem Ton schwang mit, dass er die Nachfrage für ziemlich überflüssig hielt, zumal in Anbetracht der Ereignisse. Die Hintergrundgeräusche ließen darauf schließen, dass er im Auto unterwegs war. Er schien es eilig zu haben.

»Vielleicht ist es Ihnen möglich, in den nächsten Tagen ein paar Minuten Zeit für ein persönliches Gespräch zu erübrigen«, bemerkte Johanna, bevor er auflegen konnte.

»Nur, wenn es wirklich sein muss. Wissen Sie, Frau Kommissarin, ich bin froh, wenn ich …«

»Ja, ich weiß. Sie wollen von all dem nichts mehr hören«, unterbrach Johanna ihn. »Dennoch kann ich Ihnen das nicht ersparen. Es gibt Fragen, die nur Sie beantworten können«, entgegnete sie liebenswürdig und bestimmt zugleich.

Schweigen. »Na schön«, meinte Beuten schließlich. »Ich versuche, einen Termin freizuschaufeln.«

»Danke.« Damit war das Telefonat beendet.

Anschließend schrieb Johanna Tony eine Mail mit der Bitte, Stefan Muth und seine Läden in ihre Recherchen einzubeziehen.

***

Er legte das Telefon beiseite und starrte zum Fenster hinaus. Eine Mischung aus Verblüffung und Wut machte sich in ihm breit. Von der Angst ganz zu schweigen. Aber die war eigentlich seine ständige Begleiterin. Manchmal wusste er nicht, was schlimmer war:

die Angst in all ihrer Schärfe und Unerbittlichkeit oder die Scham über sein Unvermögen, sie endlich abzustreifen oder zumindest auf ein Maß zu reduzieren, das sich besser beherrschen ließ.

Auch Monate nach dem Überfall verließ Karim abends das Haus nicht allein. Wenn er Fußballtraining hatte, richtete er es so ein, dass er direkt nach der Arbeit vom VW-Werk aus auf den Platz fuhr und anschließend mindestens zwei Mannschaftskameraden in seinem Wagen mitnahm. Zum Freitagsgebet ging er in Begleitung von ein, zwei Freunden in die Moschee des Islamischen Kulturzentrums, wo sie anschließend noch im Café zusammensaßen und Karim so tat, als wäre alles wie immer. Nichts war wie immer und würde es nie wieder sein.

Er war kein ängstlicher Typ, kein Mann, der sich schnell einschüchtern ließ. Aber in jener Nacht hatte er Todesangst ausgestanden. Eine nie gekannte und mit nichts zu vergleichende Furcht, die in seine Seele eingebrochen war und aus einem selbstbewussten, erfolgreichen und fröhlichen jungen Mann eine winselnde Kreatur gemacht hatte, die vor ihrem eigenen Schatten erschrak. Falls das ihr Ziel gewesen war, hatten sie es mit Bravour erreicht. Nichts manipulierte stärker und nachhaltiger als Angst.

Es war spät gewesen, als er die Diskothek verlassen hatte – verschwitzt, müde und guter Dinge, nichts Böses, eigentlich gar nichts ahnend – und sich zu Fuß auf den Heimweg gemacht hatte. Bis zum Mühlenpfad am Schillerteich hatte er es nicht weit. An der Friedrich-Ebert-Straße trat plötzlich ein Mann aus dem Schatten eines Hauseinganges, und Karim zuckte zusammen.

»Hast du Feuer?«

Karim schüttelte erleichtert den Kopf und lächelte. »Nein, tut mir leid. Ich rauche nicht.«

»Wirklich nicht?«

»Nein.« Karim lächelte erneut.

Der Mann lächelte zurück und nickte. »Auch gut.« Er war ungefähr in seinem Alter, Mitte zwanzig, groß gewachsen, breitschultrig, helles kurzes Haar, Lederjacke, Jeans. Er kam zwei Schritte näher, machte eine unbestimmte Handbewegung, und zwei weitere Männer traten aus der Dunkelheit.

Erst jetzt fiel Karim auf, dass keine Menschenseele außer ihm und den drei Männern auf der Straße zu sehen war. Es war eine kühle Nacht, der Frühling schien in weiter Ferne. Sein Herz verfiel in einen schnelleren Rhythmus. Er wollte sich umdrehen, doch der Lederjackentyp packte mit hartem Griff seinen Oberarm, und bevor Karim reagieren konnte, trat einer der beiden anderen hinter ihn und drückte ihm einen Gegenstand in den Rücken, der sich wie ein Messer oder eine Pistole anfühlte. Der dritte Mann ging zu einem Wagen am Straßenrand und öffnete die Tür, wobei er leise pfiff. Eine Melodie, die Karim kannte. Irgendein angesagter Gute-Laune-Hit aus dem letzten Sommer, nach dem es sich wunderbar tanzen ließ. Er war verblüfft, was ihm durch den Kopf ging. Absurd wie die ganze Situation.

»Maul halten und einsteigen!«, zischte der Mann in seinem Rücken.

»Aber …«

Der Lederjacken-Mann wuchtete ihm den Ellenbogen in die Rippen. Karim wurde speiübel vor Schmerz, und er schnappte mühsam nach Luft, während er zum Bordstein stolperte.

»Hast du nicht gehört: Maul halten und einsteigen!«

Sie nahmen ihn auf der Rückbank in die Mitte, und einer verband ihm die Augen. Als er wieder aus dem Wagen gestoßen wurde, hatte er keine Ahnung, wie viel Zeit vergangen war und wo er sich befand. Kies knirschte unter seinen Schuhen, und ein eiskalter Windzug streifte sein Gesicht. Ein Nachtvogel schrie, dann knarzte eine Tür. Als man ihm die Binde abnahm, befand er sich in einem kahlen, fensterlosen und muffig riechenden Raum. In der Mitte stand ein Holzstuhl. Den sollte er in den folgenden Stunden nicht mehr verlassen.

Am nächsten Morgen fand ihn ein Spaziergänger bewusstlos am Schillerteich. Karim konnte sich nicht erinnern, wie er dorthin gelangt war, es war ihm auch egal, er entsann sich nur der Schmerzen und der Brutalität der drei Schläger sowie des Hasses, der ihm entgegengeschlagen war, und er wusste noch, wie eindringlich sein Wunsch gewesen war, endlich das Bewusstsein zu verlieren.

Zwei Tage später war er vernehmungsfähig und erfuhr, dass es bisher keine Tatverdächtigen gab. Die Spuren, die die Polizei hatte sichern können, brachten keinerlei Erkenntnisse, Zeugen gab es nicht, oder ihre Aussagen waren zu ungenau. Mit Karims Beschreibung der drei Männer, des Tatherganges und des Entführungsortes konnte die Polizei auch nicht viel anfangen.

Der Beamte, der sich seines Falls als leitender Ermittler annahm, ließ durchblicken, dass er als Hintergrund eine Fehde unter jungen Männern vermutete, eine zerstrittene Familie, die ihre Konflikte auf die Art zu lösen versuchte, die ihrem religiös-kulturellen Selbstverständnis entsprach. Karim stand noch zu sehr unter Schock, um sofort zu realisieren, was er meinte. Als er einige Stunden später begriff, dass Kommissar Ansdorf seinen Schilderungen nur bedingt glaubte und davon ausging, Karim befände sich in einer Art türkischem Clan-Krieg, griff er zum Telefon und rief ihn an.

»Ich bin in Wolfsburg geboren, Herr Kommissar«, sagte er ohne großartige Einleitung. »Ich arbeite im VW-Werk, mein Vater führt ein kleines Restaurant, in dem auch meine Mutter, mein Bruder und seine Frau arbeiten.«

»Ist mir bekannt. Und?«

»Ich bin überfallen, entführt und stundenlang zusammengeschlagen worden – von Leuten, die ich nicht kenne. Ich führe keine Fehden oder Privatkriege auf der Grundlage irgendeines obskuren Brauchtums, wie Sie wohl andeuten wollten, und ich habe keine Feinde …«

»Vielleicht wissen Sie nur nichts von ihnen. Denken Sie mal darüber nach. Die Leute, die Ihnen das angetan haben, sind Ihnen jedenfalls nicht besonders wohlgesonnen, Herr Celik.«

In diesem Punkt hatte der Kommissar zweifellos recht. Einige Tage später erkrankten mehrere Restaurantgäste von Karims Vater an Salmonellen, und das Lokal musste bis zur endgültigen Klärung des Vorfalls geschlossen bleiben. Karim war davon überzeugt, dass es einen Zusammenhang mit dem Überfall auf ihn gab, doch die Polizei fand keine verwertbaren Hinweise. Die einzige Spur führte zu einem Gast, der sich in der Vergangenheit mehrfach über die schlechte Qualität des Essens aufgeregt hatte, aber ihm war nichts nachzuweisen. Das Lokal konnte einen Monat später wieder eröffnet werden, doch ein Großteil der Gäste blieb aus.

Von einem Freund aus dem Islamischen Kulturzentrum erfuhr Karim einige Zeit später hinter vorgehaltener Hand, dass unlängst in Braunschweig ein Architekt ermordet worden war, dessen Büro den Entwurf für eine neue Moschee eingereicht hatte. Die Ermittlungen waren im Sande verlaufen … Der Freund hob bedeutungsvoll eine Braue. Vor noch gar nicht allzu langer Zeit hätte Karim abgewunken – er spekulierte nicht und war auch kein Freund von Verschwörungstheorien, geschweige denn dass er sich an der Verbreitung von Gerüchten beteiligte. Doch nun spürte er Beklemmung aufsteigen, gepaart mit einer Hilflosigkeit, wie er sie noch nie empfunden hatte.

Und jetzt dieser Anruf von Kommissar Luca Mareni. Dass Ansdorf tot war, war eine Sache. Dass ausgerechnet zu Karims Fall Fragen offen geblieben waren, die Monate nach den Geschehnissen einer Erörterung bedurften, war ihm ganz und gar nicht geheuer.

5

Annegret Kuhl hatte ein Café am Bohlweg in Braunschweig vorgeschlagen. Johanna parkte in der Tiefgarage am Schlossplatz. Sie war gespannt. Es kam nicht eben alle Tage vor, dass eine Staatsanwältin ihren wohlverdienten Urlaub unterbrach, um sich mit einer ebenso eifrigen wie manchmal – da war sie durchaus selbstkritisch – nervigen BKA-Beamtin aus Berlin zu verabreden, und zwar ohne Johannas Anliegen vorab telefonisch zu erörtern. Um genau zu sein, hatte Kuhl lediglich angerufen, um den Termin zu vereinbaren. Während der Fahrt waren Johanna mehrere Erklärungsvarianten durch den Kopf gegangen, die definitiv nicht in Frage kamen. Annegret Kuhl würde kaum vor Langeweile die Decke auf den Kopf fallen, und drängende Sehnsucht nach Johanna fiel als Motiv für ihren Vorstoß genauso aus. Davon war die Kommissarin zumindest überzeugt.

Annegret Kuhl wirkte noch genauso tough und schick wie bei ihrer ersten Begegnung im letzten Jahr und begrüßte Johanna mit offenem Blick und feinem Lächeln. »Schön, Sie wiederzusehen.«

»Danke, das höre ich nicht allzu oft. Und das Vergnügen ist natürlich ganz auf meiner Seite.« Meine Güte, ich kann ja richtig charmant sein, wenn ich will, wunderte Johanna sich, während sie sich setzte.

Sie bestellten Kaffee und Käsekuchen, den Annegret Kuhl in den höchsten Tönen lobte, und tauschten nur so lange Artigkeiten und Allgemeinplätze aus, bis ihre Bestellung serviert worden war.

»Ich habe nicht damit gerechnet, noch von Ihnen zu hören«, sagte Johanna und kostete den Kuchen. Er war in der Tat hervorragend.

»Ich bin erst ab nächster Woche wieder im Dienst, aber als ich im Büro anrief, um mich schon mal auf den neuesten Stand bringen zu lassen, erfuhr ich, dass Sie nach mir gefragt haben und auch meine Kollegin Hannelore Maurer nicht erreichen konnten …« Die Staatsanwältin lächelte plötzlich spitzbübisch.

»Lassen Sie mich raten – Ihre Sekretärin ist nicht mit dem Vorschlag herausgerückt, mich für die Wahl der sympathischsten Kommissarin in Niedersachsen ins Rennen zu schicken.«

Kuhl hob die Hände. »Na ja …«

»Vergessen Sie es. Ich bin gerade diesbezüglich Kummer gewöhnt.«

Die Staatsanwältin lehnte sich zurück und setzte wieder eine ernste Miene auf. »Sie recherchieren die Fälle der toten Polizisten, wenn ich richtig informiert bin.«

»Sind Sie.« Johanna war sicher, dass die Kuhl sogar sehr gut informiert war.

»Beunruhigend.«

»Findet das BKA auch.«

»Kaum hatte man einen irgendwie verdaut und war wieder zur Tagesordnung übergegangen, passierte der nächste. Womit genau kann ich Ihnen helfen?« Die Staatsanwältin klang besorgt.

»Ich nehme an, dass Ihnen die Kommissare Huhlmann und Ansdorf zumindest namentlich bekannt sind.«

Annegret Kuhl nickte. »Natürlich. Mit Ulrike Huhlmann hatte ich sogar mehrfach direkt zu tun.«

»Das trifft sich gut. Ich benötige dringend Hintergrundwissen und nach Möglichkeit Interna zu abgeschlossenen Fällen, nachdem die üblichen Recherche-Ansätze im Sande verlaufen.«

»Ich verstehe.«

Johanna lächelte. »Das glaube ich Ihnen aufs Wort. Reinders ist nicht besonders froh, dass ich meine Nase auch mal wieder in Wolfsburger Angelegenheiten stecke, das ist nichts Neues, und seine Unterstützung hält sich in den sattsam bekannten, nämlich engen Grenzen, zumal er nicht einsieht, dass weitergehende Nachforschungen wirklich nötig sind«, erläuterte sie. »Aber immerhin konnte ich einen seiner jungen Kommissare davon überzeugen, sich, soweit für ihn greifbar, mit Ansdorfs zurückliegenden Ermittlungen in Wolfsburg zu befassen und mal einen neugierigen Blick in diese oder jene Akte zu werfen. Ich bin gespannt, was dabei herauskommt, oder anders formuliert: Wenn sich dabei auch keine Ansatzpunkte finden, kann ich meine Sachen packen und nach Berlin zurückfahren, weil die Überprüfung der Todesfälle nichts eingebracht hat – außer vielleicht noch mehr Skepsis, und die allein bringt mich nicht weiter. Insbesondere was Huhlmann angeht, hoffe ich nun, von Ihnen mehr zu erfahren. Was war Sie für ein Typ?«

Annegret Kuhl legte ihre Stirn in Falten. Sie konnte es sich leisten, fand Johanna. »Eine ehrgeizige Polizistin«, erörterte Kuhl. »Manchmal etwas forsch und übereifrig, gab sich Mühe, keine Gefühle zu zeigen. Es war zu spüren, dass sie vorankommen wollte.«

»Ist Ihnen vielleicht bei Ermittlungen, an denen sie beteiligt war, in der letzten Zeit etwas aufgefallen, was Ihnen möglicherweise erst jetzt im Nachhinein zu denken gibt?«

»Interessante Frage …«

Johanna beugte sich vor. Interessante Antwort, entgegnete sie stumm.

Kuhl erwiderte ihren Blick. Sie zögerte kurz. »Nichts Konkretes, aber ja: Da war etwas, was mir jetzt zu denken gibt und Sie unter Umständen auch aufhorchen lassen wird.«

Davon bin ich überzeugt, dachte Johanna.

»Ich hatte bei zwei Fällen in den letzten Monaten ein ungutes Gefühl, so möchte ich es mal zurückhaltend beschreiben.« Kuhl winkte ab. »Doch ungute Gefühle allein sind im schnöden juristischen Alltag nicht gerade gefragt, wie ich Ihnen kaum zu erläutern brauche.«

»In der Tat.«

»Ich hätte wahrscheinlich nicht wieder darüber nachgedacht, doch angesichts Ihrer Nachforschungen …« Sie brach ab und trank einen Schluck Kaffee. »Seit Anfang des Jahres mussten zwei Ermittlungsverfahren mangels Spuren und Beweisen eingestellt werden – meine Kollegin Maurer hat die jeweiligen Verfahren als Staatsanwältin begleitet, Huhlmann war die verantwortliche Kommissarin bei der Braunschweiger Straftat, Ansdorf kümmerte sich als leitender Kommissar um den Wolfsburger Fall.«

Johanna griff eilig nach ihrem Rucksack, um ihr Notizheft hervorzukramen.

»Ende Januar ist der Braunschweiger Architekt Ben Samet am späten Abend auf dem Heimweg überfallen und niedergeschlagen worden, sehr wahrscheinlich von mehreren Angreifern. Seine Verletzungen waren so stark, dass er eine Hirnblutung erlitt, ins Koma fiel und drei Tage später starb«, berichtete Kuhl weiter. »Die Ermittlungen brachten: nichts. Keine Zeugen, keine verwertbaren Spuren, nur ein paar dünne Indizien, die aber allesamt ins Leere liefen. Kommissarin Huhlmann zog das übliche Prozedere durch, sprach mit Familienangehörigen, Freunden und einigen Kollegen und stieß auf keinen einzigen handfesten Hinweis bezüglich Motiv und Hintergrund der Tat, worauf Maurer das ganze Verfahren einstellte. Für meinen Geschmack ein bisschen sehr zügig, aber … nun, wir sind ja durchaus dankbar, wenn wir Akten schließen können.«

»Ja, das hat was«, stimmte Johanna zu.

»Ich erhielt übrigens nur deswegen Einblick in den Vorgang, weil er im Zuge einer routinemäßigen Nachprüfung einige Zeit später noch einmal auf meinem Schreibtisch landete – reiner Zufall also«, fuhr Kuhl fort. »Ebenso zufällig ist mir der Name des Architekten irgendwie bekannt vorgekommen, und ich habe nachgefasst. Sein Büro ist spezialisiert auf den Bau von Moscheen in Niedersachsen – darüber war ein Zeitungsartikel erschienen –, aber dieser Aspekt hat bei den Ermittlungen keine Rolle gespielt. Er wurde nicht mal erwähnt, und genau das hat mich stutzig gemacht. Auf meine Nachfrage erklärte mir Huhlmann mit großer Bestimmtheit, dass nichts, aber auch rein gar nichts auf einen antimuslimischen Hintergrund oder einen Zusammenhang mit einem geplanten Moscheebau hingedeutet habe, sodass der Staatsschutz oder wenigstens eine übergeordnete Dienststelle hätte eingeschaltet werden müssen. Maurer teilte diese Ansicht. Also habe ich mein Häkchen gemacht.«

Hätte ich auch, dachte Johanna. Nichts konnte den Blick mehr verstellen als der Hang zu Überinterpretationen.

»Der zweite Fall, der die Wolfsburger Polizei ungefähr zwei Monate später beschäftigte, ist vergleichbar gelagert«, fuhr Kuhl fort, nachdem sie einen Schluck Kaffee getrunken und ihren Kuchenteller beiseitegeschoben hatte. »Ich wurde nur darauf aufmerksam, weil die Maurer krank war und die Akte bei mir landete. Ein junger Mann wurde nachts auf dem Heimweg angegriffen, entführt und stundenlang gefoltert, bevor man ihn bewusstlos am Schillerteich in Wolfsburg zurückließ. Er hatte Glück, dass er überlebte.

Seine Angaben führten ins Leere, nicht ein Verdächtiger konnte festgenommen werden. Wenig später musste das Lokal seiner Eltern wegen Salmonellenbefalls vorübergehend geschlossen werden. Sie meldeten den Vorfall der Polizei und erstatteten Anzeige, aber auch diese Ermittlungen verliefen im Sande und wurden zügig eingestellt.«

Johanna sah die Staatsanwältin unverwandt an.

»Die Eltern des jungen Mannes, der als Übersetzer im VW-Werk arbeitet, stammen aus der Türkei, und die Familie engagiert sich im Islamischen Kulturzentrum Wolfsburg, aber wie heißt es immer so schön: Die Celiks sind ein wunderbares Beispiel für gelungene Integration«, setzte Kuhl ihren Bericht fort. »Kommissar Ansdorf äußerte in einem abschließenden Aktenvermerk dennoch die persönliche Einschätzung, dass eine familiäre Auseinandersetzung vorliege und Karim Celik seiner Ansicht nach genau wüsste, wer ihn so übel zugerichtet habe.«

Einen Moment lang schwiegen beide Frauen. Johanna ließ die Darstellungen nachklingen.

»Das muss nicht zwingend etwas bedeuten. Eine einzige Parallele ist noch lange kein übergreifender Zusammenhang«, ergriff Kuhl schließlich wieder das Wort. »Aber vielleicht ist hier doch an irgendeiner Stelle etwas faul, oder es fällt ein Stichwort, auf das Sie im Laufe Ihrer Nachforschungen zurückgreifen können.«

»Gut möglich«, erwiderte Johanna grübelnd. »Danke für Ihre Offenheit. Ich werde der Sache auf jeden Fall nachgehen. Ansdorf, Huhlmann, hm … Welchen Eindruck haben Sie eigentlich von Ihrer Kollegin Maurer?«

»Sie ist integer, hochintelligent und korrekt – keine Staatsanwältin, die sich allseits beliebt macht, was in unserem Job unbedingt für sie spricht«, entgegnete Kuhl sogleich. »Manchmal, wie schon angedeutet, ein bisschen schnell in ihren Entscheidungen. Sie hat es nicht ganz einfach – ihr einziger Sohn ist schwerstbehindert, und sie verbringt einen großen Teil ihrer Freizeit in der Einrichtung, in der er untergebracht ist. Falls Sie vorhaben, mit ihr zu sprechen, wäre ich Ihnen sehr verbunden, wenn –«

»Schon klar«, versicherte Johanna schnell. »Ich beziehe mich nicht auf Sie.«

Annegret Kuhl bestellte bei der vorübereilenden Kellnerin noch zwei Espresso, und Johanna bat um die Rechnung, als ihr Handy klingelte. »Entschuldigung, aber …«

»Sie sind im Dienst, nur zu.«

Luca Mareni stand auf dem Display. »Na, Herr Kommissar, sind Sie fündig geworden?«, fragte Johanna.

»Möglicherweise. Es gibt einen Fall, den Sie sich noch mal ansehen sollten.«

»Lassen Sie mich raten: Karim Celik«, tippte Johanna und konnte sich ein Grinsen nur schwer verkneifen, als Mareni gefühlte zehn Minuten keinen einzigen Ton herausbrachte. »Sind Sie noch dran?«

»Ja. Sie verblüffen mich, Kommissarin Krass.«

»Das höre ich selten. Ich bin gerade unterwegs. Ist es Ihnen recht, wenn ich mich in Kürze noch mal melde?«

»Natürlich. Bis später.«

Johanna warf Annegret Kuhl einen langen Blick zu. »Luca Mareni, der junge Kollege aus Reinders Truppe, hat gerade Celiks Akte durchforstet und ist wohl der Meinung, dass dort noch ein paar Fragen offen geblieben sind.«

»Wie passend.«

»Finde ich auch. Wie sind eigentlich Ihre Verbindungen nach Peine beziehungsweise zur zuständigen Staatsanwaltschaft Hildesheim?«

»Ich nehme an, Sie fragen wegen Karsten Vogt?«

»Genau, der Mann ist nach allgemeiner Einschätzung ein sympathischer Kollege gewesen, der sich nichts zuschulden kommen ließ, die Tochter rühmt seine Hilfsbereitschaft und Großzügigkeit. Niemand hat eine Erklärung für seine Tat. Weitergehende Infos stehen mir bislang nicht zur Verfügung, geschweige denn ein Einblick in seine Fälle«, erwiderte Johanna.

»Ich werde meine Fühler ausstrecken«, versprach Kuhl, als der Espresso serviert worden war. »Unter Umständen bekomme ich aber nur inoffizielle Infos.«

»Damit kann ich leben. Danke schon mal im Voraus.«

»Keine Ursache. Halten Sie mich bitte unbedingt auf dem Laufenden.«

Zehn Minuten später eilte Johanna in die Tiefgarage und vereinbarte ein Treffen mit Mareni – diesmal zur Abwechslung ganz offiziell in seinem Büro in der Polizeiinspektion Heßlinger Straße.

***

Michael Rossbach klang verschnupft und dezent unterkühlt. Damit hatte sie gerechnet. Die Affäre mit ihm lag schon eine ganze Weile zurück – um genau zu sein, war es gut fünf Jahre her, dass Annegret Kuhl sich bei einer Fachtagung in München auf seine Avancen eingelassen hatte, um das Techtelmechtel nach ihrer Rückkehr rasch zu beenden. Staatsanwalt Rossbach war charmant und sah gut aus, er hatte Stil und Humor, und er war verheiratet. Sie wollte keinen Platz als Dauer-Geliebte, auch wenn es ein Stammplatz gewesen wäre. Außerdem, und dieser Aspekt war wohl der schwerwiegendste für ihn, hatten sich ihre Gefühle im Alltag zügig wieder abgekühlt. Immer wenn sie sich in den folgenden Jahren begegnet waren, hatte Rossbach durchblicken lassen, dass seine Enttäuschung über ihren Rückzug sehr groß war … Verlassene Männer konnten so unglaublich lange beleidigt sein. Verjährung kam nicht in Frage.

Annegret Kuhl war direkt nach dem Gespräch mit Johanna Krass nach Hause gefahren und hatte Rossbach angerufen, der beim Landgericht Hildesheim tätig war. Es dauerte einige Minuten, bis er schließlich zugänglicher wurde und bereit war, sich mit ihrem Anliegen zu befassen.

»Natürlich habe ich davon gehört«, erwiderte er, auf die Polizisten-Suizide angesprochen. »Wer nicht? Und was hast du damit zu tun?«

»Nun, aus meinem Bezirk stammen zwei Kommissare, aus deinem einer, und ich bin durchaus der Meinung, dass wir noch mal genauer hinsehen sollten, woran die Polizisten gearbeitet haben.«

»Tatsächlich? Und auf die Idee bist du mal eben so gekommen? Hast du sonst nichts zu tun?«

»Michael, das BKA hat seine Fühler ausgestreckt – das tut es nicht, weil denen langweilig ist. Die Beamtin aus Berlin recherchiert halb offiziell, im Moment jedenfalls. Ich kenne sie gut und würde ihre Arbeit gern unterstützen, auch wenn die Aktenlage zurzeit nichts oder nur sehr wenig hergibt.«

Rossbach schnaufte leise. »Hast du irgendeinen blöden Fehler gemacht, der ausgebügelt werden muss?«

»So was kann man nie ausschließen, und hinterher ist man immer schlauer, aber darum geht es gar nicht.«

»Nein?«

»Nein«, wiederholte Kuhl geduldig. »Falls die Opfer nämlich tatsächlich einen gemeinsamen Nenner haben, womöglich einen gefährlichen, den wir nur nicht erkennen, ist nicht auszuschließen, dass es weitere Tote geben wird.«

Kurzes Schweigen. »Na schön. Wie war der Name des Peiner Beamten?«

»Karsten Vogt.«

»Worauf soll ich achten?«

»Seine letzten größeren Ermittlungen und Hinweise darauf, ob er in irgendeiner Weise auffällig geworden ist.«

Rossbach stöhnte leise. »Allgemeiner geht es wohl nicht? Hast du vielleicht freundlicherweise zusätzlich ein Stichwort parat?«

»Doch, ja. Achte auf Verfahren, bei denen Muslime angegriffen wurden.«

Schweigen. »Das ist nicht dein Ernst, oder?«

»Ich hoffe nicht, aber …« Annegret Kuhl brach ab. »Falls dir in dieser Richtung etwas ins Auge sticht, guck noch mal genauer hin. Wie schnell kannst du mir Nachricht geben?«

»Am Wochenende, frühestens, und auch nur, weil du es bist.«

»Zu spät.«

»Hör zu …«

»Glaub mir, der Aufwand ist geringer, als du annimmst. Du guckst ein paar Akteneinträge in eurem Computer durch – ihr seid doch zumindest digital immer auf dem neuesten Stand, wenn ich mich nicht irre – und rufst mich in einer Stunde an. Das hat außerdem den Vorteil, dass du die Sache gleich wieder vom Tisch hast.«

Räuspern. »Warum sollte ich mir ein Bein ausreißen?«

Annegret Kuhl lächelte. »Weil du neugierig geworden bist und mir nicht widerstehen kannst. Bis nachher.«

Michael Rossbach meldete sich gut zwei Stunden später. Inzwischen hatte Annegret Kuhl eine Stunde auf ihrem Crosstrainer geschwitzt, zwanzig Minuten Yoga hinterhergeschoben und sich schließlich trotz der sommerlichen Wärme ein duftendes Schaumbad gegönnt. Als das Telefon klingelte, bereitete sie gerade Gemüse im Wok zu. Stift und Zettel lagen bereit. Sie setzte sich mit dem Telefon an ihren Schreibtisch im Arbeitszimmer. »Und? Hast du was gefunden?«

»Kann sein«, erwiderte Michael Rossbach. »Im März gab es einen Fall, der dich im genannten Zusammenhang wahrscheinlich interessieren dürfte. Eine junge Frau wurde von drei Männern vergewaltigt. Ziemlich widerliche Geschichte. Sie war mit einem Muslimen verlobt. Der junge Mann hatte zusehen müssen …«

Annegret Kuhl schloss kurz die Augen. »Und?«, fragte sie dann. »Keine Spuren aufgrund von DNA-Analysen?«

»Doch, aber es fanden sich keine Entsprechungen in der Datenbank, und die Beschreibungen der beiden waren zu ungenau – sie widersprachen sich teilweise. Kurzum: Die Täter konnten nicht ermittelt werden. Vogt hat den Fall recht flott abgeschlossen, und der zuständige Staatsanwalt, mein Kollege Frank Parsner, hatte dem nichts hinzuzufügen.«

»Eine junge Frau wird brutal vergewaltigt, und es findet sich nicht ein einziger verwertbarer Hinweis, dem nachgegangen werden kann?«, wandte Annegret Kuhl in nachdenklichem Ton ein.

»Du weißt doch, wie das manchmal ist – die drei Zeugen, die sich melden oder aufgetrieben werden können, reden nur Stuss oder widersprechen sich gegenseitig oder beides«, erörterte Rossbach. »Das überzeugt keinen Richter. Und selbst wenn sich ein Ansatzpunkt findet, tauchen plötzlich hervorragende Alibis auf, oder Fristen laufen ab. Was hilft's da, noch lange herumzusuchen? Und ich muss dir kaum erläutern, wie voll unsere Schreibtische sind – wir sind auch froh über jedes eingestellte Verfahren.«

Annegret Kuhl runzelte die Stirn. »Ja, ich weiß, was du meinst. Hast du sonst noch was über Vogt herausfinden können?«

»Ich hab mal ein paar alte Verbindungen spielen lassen«, erwiderte Rossbach, und eine Portion Selbstgefälligkeit schwang unüberhörbar in seiner Stimme mit. »Der Mann galt als ein bisschen protzig. Hat viel Geld ausgegeben und sich gerne in den Mittelpunkt geschoben. Aber ansonsten ein netter Kerl, den alle mochten.«

»Okay, Michael. Ich danke dir erst mal«, sagte Annegret. »Ich geb das ohne Namensnennung als Internes weiter.«

»Ich bitte darum. Ich hab keine Lust, wegen –«

»Hab ich verstanden, Kollege«, versicherte Kuhl rasch. »Deine unbürokratische Hilfe wird dir nicht auf die Füße fallen. Kann man dir eigentlich gratulieren? Wenn ich mich recht erinnere, wolltest du doch der nächste leitende Oberstaatsanwalt in Hildesheim werden.«

»Ja, will ich immer noch, aber daraus wird nichts«, brummelte Rossbach. »Wir kriegen Verstärkung aus der Hauptstadt. Ab Januar ist Robert Scheidner der neue Chef der Staatsanwaltschaft.«

»Oh, tut mir leid für dich.«

»Schon gut. Vielleicht ein anderes Mal. Oder ich bewerbe mich in Celle. Soll eine schöne Stadt sein.«

»Ich drück dir die Daumen.«

»Gehen wir mal essen, wenn ich in Braunschweig bin oder du in Hildesheim zu tun hast?«

Kuhl seufzte.

»Schon verstanden.«

Die Staatsanwältin beendete das Gespräch und setzte sich zum Essen auf den Balkon. Der ganz große Appetit war ihr jedoch vergangen.

***

Die Luft in Marenis Büro war stickig, und der Mann wirkte betreten. Seine Locken lagen auch nicht ganz so perfekt wie am Tag zuvor. Johanna musterte ihn abwartend, nachdem sie Platz genommen hatte.

»Woher wissen Sie von Karim Celik?«, fragte er leise.

»Spielt das eine Rolle?«

Er zuckte mit den Achseln.

»Erzählen Sie doch einfach, was Ihnen aufgefallen ist«, bat Johanna ihn in dezent ungeduldigem Ton. Der Tag war lang gewesen.

»Na schön. Celiks blutverschmierte Kleidung musste natürlich kriminaltechnisch untersucht werden«, hob Mareni an. »Ansdorf hat die Sachen höchstpersönlich aus dem Krankenhaus abgeholt, nachdem er dort ein erstes Gespräch mit Celik geführt hatte, und dafür gesorgt, dass sie ins kriminaltechnische Institut nach Hannover weitergeleitet wurden.«

Johanna zog beide Brauen hoch. »Und?«

»Bei der Rücksendung der Sachen fehlten aber sowohl Pullover als auch Jacke, wie sich aufgrund einer Rückfrage von Celik später herausstellte – eine Telefonnotiz in der Akte gibt Aufschluss über seinen Anruf. Die Rücksprache mit dem Institut ergab, dass beide Kleidungsstücke dort nie angekommen sind. So wurde jedenfalls behauptet. Ansdorf hat sich daraufhin beschwert – auch darüber gibt es einen Aktenvermerk –, doch das Institut verwahrte sich gegen irgendwelche Vorwürfe aufgrund mangelnder Sorgfalt, Ansdorf seinerseits wies jede Verantwortung von sich, und so ging das einige Male hin und her, um schließlich im Sande zu verlaufen. Der Aspekt ist übrigens im abschließenden Bericht des Kommissars völlig unter den Tisch gefallen.«

»Er hat es nicht mal erwähnt?«, fragte Johanna nach.

»Nein«, bestätigte Mareni. »Und das verwundert einigermaßen. Erst bemüht er sich eigenhändig, die Kleidung weiterzugeben – er weiß natürlich, wie wichtig die Spuren sind, um Rückschlüsse auf Täter und Tatort zu erhalten –, was ein durchaus angemessenes Verhalten war. Dann verschlampt jemand die Klamotten, er hat Zoff mit dem Institut, um schlussendlich nicht mal darauf zu verweisen, dass unter Umständen wichtige Beweisspuren verloren gegangen sind, was den Staatsanwalt sicher interessiert hätte.«

Die Staatsanwältin, dachte Johanna und lehnte sich zurück. »Wer außer Ansdorf hatte denn die Möglichkeit, an die Sachen heranzukommen?«

»Er hat sie persönlich eingetütet, in eine Kiste gepackt und einem Boten übergeben, der damit ins Institut düste.« Mareni hob eine Hand. »Bevor Sie nachfragen – der Bote kann nicht abschätzen, was oder wie viel Zeug in der Kiste war. Das habe ich bereits überprüft. Außerdem ist der Mann absolut vertrauenswürdig.«

»Somit gibt es nur zwei Möglichkeiten, nicht wahr?«

Mareni schwieg.

»Das Institut hat geschlampt und Ansdorf war so nett, den Vorgang unter den Tisch fallen zu lassen, um dort niemandem auf die Füße zu treten. So eine Gefälligkeit kann sehr nützlich sein.«

Der Kommissar schüttelte den Kopf. »Ich habe vorhin mit dem Mann gesprochen, der die Analysen gemacht hat. Er schwört, dass die Sendung keinen Pullover und keine Jacke enthielt und außerdem keine Einzelauflistung der Kleidungsstücke wie normalerweise üblich. Er hatte Schuhe, Hose, Strümpfe und Unterwäsche zur Verfügung, und die Ausbeute war mehr als dürftig – er betonte sogar, dass sie erstaunlich dürftig war.«

»Was darf ich mir darunter vorstellen?«

»Der Labortechniker meinte wörtlich, dass seine eigenen Schuhe selten so sauber seien ...«

Johanna schnalzte mit der Zunge. »Dann müssen wir wohl, ob es uns gefällt oder nicht, in Betracht ziehen, dass Ansdorf richtig Mist gebaut hat. Wie und warum auch immer.«

»Was verstehen Sie unter ›richtig Mist‹?«, fragte Mareni leise.

Sie sah an ihm vorbei zum Fenster hinaus und ignorierte die Frage. »Haben Sie Kontakt zu Karim Celik aufgenommen?«

»Ja. Er ist bereit zu einem Gespräch. Bei ihm zu Hause.«

»Lassen Sie uns hinfahren.«

Karim Celik war groß und breitschultrig wie ein Rugbyspieler. Dass der Mann sich unter normalen Umständen zu wehren wissen würde, stand außer Frage.

Johanna hatte während der Fahrt das Vernehmungsprotokoll gelesen. Die Grausamkeiten, die dem jungen Mann zugefügt worden waren, erschütterten sie zutiefst. Sie würde sich niemals daran gewöhnen, dass der Mensch die grausamste Kreatur auf Erden war und dies auf eindrucksvolle Weise ein ums andere Mal unter Beweis stellte.

Celik bot ihnen Tee und Wasser an, und sie nahmen im Wohnzimmer Platz, einem behaglich und farbenfroh eingerichteten Raum. Ein kleiner Wandteppich und eine sehr schöne islamische Kalligrafie fesselten Johannas Aufmerksamkeit für einen Moment, dann wandte sie sich Karim Celik zu und erörterte ihm in knappen Worten den Anlass für ihre Recherchen.

»In diesem Zusammenhang nehmen wir einzelne Fälle noch einmal genauer unter die Lupe«, erklärte sie schließlich.

»Aha.« Er runzelte die Stirn. »Wollen Sie damit andeuten, dass der tote Kommissar und die Angriffe auf mich und das Lokal meiner Eltern irgendwie miteinander zu tun haben könnten?«

»Ich will gar nichts andeuten. Ich möchte Ihnen nur ein paar Fragen stellen, die sich mir beziehungsweise uns«, sie wies auf Luca Mareni, der artig neben ihr saß, »bei der Beschäftigung mit Ihrem Fall aufgedrängt haben.«

»Nun gut. Fragen Sie. Aufklären werden Sie die Geschichte ohnehin nicht mehr.« Karims rechtes Augenlid zuckte, und er hatte Mühe, seine Hände ruhig zu halten.

Johanna war sicher, dass er nicht gut schlief. »Was haben Sie in jener Nacht getragen, als Sie die Diskothek verließen?«

Ein flüchtiges Lächeln huschte über Karims Gesicht. »Ich weiß, worauf Sie hinauswollen – meine Jacke und der Pullover sind in dem Techniklabor in Hannover verloren gegangen. Ich hatte den Kommissar darauf angesprochen. Er konnte sich das überhaupt nicht erklären.« Celik machte eine wegwerfende Handbewegung. »Es waren sehr schöne Kleidungsstücke, die ich sehr schätzte, aber wenn es weiter nichts –«

»Sie waren mit großer Wahrscheinlichkeit voller Blut und anderer Spuren, die für die Täterermittlung bedeutsam gewesen wären«, fiel Johanna ihm ins Wort.

Celik lehnte sich zurück. »Ich habe den Kommissar so verstanden, dass die Spuren durchaus gesichert wurden und die Sachen erst im Zuge der Rückgabe verschwanden«, wandte er erstaunt ein.

»Das haben Sie wohl missverstanden«, entgegnete Johanna zögernd, doch sie ging jede Wette ein, dass Celik sich nicht verhört hatte.

»Ich bin mir sicher, dass Kommissar Ansdorf sich genau so äußerte. Außerdem lagen meine anderen Sachen dem Institut doch auch vor«, beharrte der junge Mann.

»Die Spuren an Ihrer Hose, der sonstigen Wäsche und an den Schuhen waren für die entsprechenden Analysen kaum zu gebrauchen und führten zu keinerlei Ergebnissen, geschweige denn Erkenntnissen«, erwiderte sie betont sachlich.

Celik warf Luca Mareni einen Blick zu, als erhoffte er sich von ihm eine anderslautende Einschätzung. Dann zuckte er mit den Achseln. »Was soll's? Die haben Handschuhe getragen. Außerdem gab es ohnehin keine Spur, wie Sie ja wissen, auch nicht in Bezug auf das salmonellenverseuchte Restaurant meines Vaters.«

»Ja, so lautete das Resümee von Ansdorf«, stimmte Johanna lapidar zu. Ihr mulmiges Gefühl verstärkte sich von Minute zu Minute, und sie hoffte, dass es sich nicht auf ihrem Gesicht abzeichnete. »Seit den Geschehnissen sind mittlerweile einige Monate ins Land gegangen. Ist Ihnen inzwischen mal eine Idee gekommen, warum diese Leute ausgerechnet Sie angegriffen haben oder welche Ursache dem Ganzen zugrunde liegen könnte?«

»Nein.«

»Sie könnten sich unbeliebt gemacht haben«, schlug Johanna vor. »Gar keine Idee dazu?«

»Jetzt fangen Sie schon an wie Ansdorf«, entgegnete Celik leicht gereizt. »Der war der Meinung, dass ich die Typen kannte oder zumindest eine Ahnung hatte, woher der Wind wehte. Zwischen den Zeilen war deutlich zu hören, dass er auf einen muslimisch angehauchten Kleinkrieg tippte – irgendeine miese Türkengang überfällt eine andere miese Türkengang, und der Polizei sagt man natürlich nichts, Ehrensache ...« Er warf ihr einen provozierenden Blick zu, den Johanna gelassen wegsteckte. »Was er unberücksichtigt ließ, ist die schlichte Tatsache, dass wir nicht im tiefsten Kreuzberg oder Neukölln leben ...«

Johanna gönnte sich ein Lächeln, das Celik schlicht übersah.

»Außerdem bin ich gebürtiger Wolfsburger, arbeite bei Volkswagen und gehöre keiner Gang an, sondern spiele Fußball«, fuhr er unbeirrt und vergleichsweise lebhaft fort. »Ich pflege mich nicht herumzuschlagen, weder mit Türken noch mit Deutschen oder Italienern oder wem auch immer. Ich vermeide Gewalt, sie ist mir zuwider, um genau zu sein. Im Übrigen ...«

»Ja?«

»Diese Typen hatten einen unvorstellbaren Hass auf mich, und ich pflege keinen Umgang mit solchen Menschen.«

»Was haben sie gesagt?«

»Bitte?«

»Als die Männer Sie schlugen – haben sie dabei irgendetwas gesagt? Sie bedroht, beschimpft oder dergleichen?«

»Nein.« Celik kniff die Lippen zusammen. Die Frage irritierte ihn.

»Woraus schließen Sie dann diesen abgrundtiefen Hass?«

Celik überlegte eine Weile. »Es war nicht nötig, etwas zu sagen. Ihre Schläge fühlten sich an, als wollten sie mich zerstören.«

Johanna spürte, wie sich ihre Nackenhaare aufstellten. Sie hielt seinem dunklen Blick stand. »Werden Sie bedroht, Herr Celik?«

»Nein. Nicht von außen jedenfalls. Das ist auch gar nicht mehr nötig.«

Johanna ließ die Antwort nachklingen, dann wandte sie sich an Mareni. »Haben Sie noch eine Frage?«

»Nein, aber eine Idee. In vielen Diskotheken werden Fotos gemacht, wenn die Stimmung gut ist oder eine besonders tolle Party läuft, und an der Pinnwand ausgehängt. Ich gehe mal davon aus, dass die Schläger in der Nacht auch dort waren, oder zumindest einer von ihnen.«

»Das Ganze liegt Monate zurück«, gab Johanna zu bedenken.

»Ich weiß, aber wenn der Laden ordentlich geführt wird und an dem Abend Fotos gemacht wurden, sind die vielleicht archiviert worden. Diese Möglichkeit kann man zumindest nicht ausschließen.«

Johanna sah Karim Celik an. »Können Sie sich daran erinnern, ob damals Bilder gemacht wurden?«

»Nein, aber ich kann bestätigen, dass dort häufiger fotografiert und gefilmt wird – am Jahresende werden dann die schönste Frau und der tollste Typ gekürt.« Er nickte Mareni zu.

Der wandte sich wieder an Johanna. »Fragen kostet nichts, oder?«

»Nein, nur ein bisschen Zeit, und die nehmen wir uns.«

Wenig später brachen sie auf. Celik händigte Mareni ein aktuelles Foto von sich aus und versprach, sich zu melden, falls ihm noch etwas einfiel.

Auf dem Rückweg kaute Johanna nur kurz auf dem Gedanken

herum, warum Ansdorf nicht selbst auf die Idee gekommen war, gründlicher in der Diskothek zu recherchieren. Die Antwort lag auf der Hand, zumindest auf ihrer, aber sie verkniff sich eine Bemerkung. Es war noch zu früh, einen derart schwerwiegenden Verdacht offen zu äußern oder im Detail mit Mareni zu diskutieren, und nach einem langen und ausgefüllten Arbeitstag zu spät, sich den Kopf darüber zu zerbrechen, in welche Richtung sich ihre Ermittlungen entwickelten, falls sich bestätigen sollte, dass Ansdorf ein falsches Spiel getrieben hatte.

6

Am frühen Abend war wenig auf der Tanzfläche los. Gegen zehn, elf Uhr würde sich das ändern. Die Spätschichtler würden eintrudeln und sich freuen, dass sie am nächsten Morgen ausschlafen konnten.

Luca Mareni setzte sich an die Bar und bestellte einen Gin Tonic. Die Barfrau zeigte ein professionelles Lächeln.

»Ist Piero schon da?«, fragte Luca und erwiderte das Lächeln ebenso professionell.

»Ja, aber er hat in der Küche zu tun.«

»Sag ihm bitte, dass Luca ihn kurz sprechen möchte.«

»Mach ich.«

Piero – frühzeitig ergraut, dezent übergewichtig und schlecht rasiert – tauchte fünf Minuten später auf. Er arbeitete seit zehn Jahren im Diskothekengewerbe und hatte es inzwischen zum Geschäftsführer mehrerer Läden in Wolfsburg und Gifhorn gebracht. Dass er eher aussah wie ein schmieriger Aushilfskoch und überall mit anpackte, wo gerade Not am Mann war, durfte nicht darüber hinwegtäuschen, dass Piero ein gewiefter Geschäftsmann war, dem nichts entging. Er wirkte nicht übermäßig begeistert, Luca zu sehen, obwohl die beiden vor ewigen Zeiten gemeinsam die Schulbank gedrückt hatten. Luca begrüßte ihn überschwänglich auf Italienisch, aber Piero ging nicht darauf ein. »Du bist dienstlich hier, oder?«

»Wie kommst du denn darauf?«

»Was machst du sonst an einem Mittwochabend in der Disko?«, antwortete Piero mit einer Gegenfrage.

Luca grinste. »Na schön – erwischt. Ich hab 'ne Frage zu einer länger zurückliegenden Geschichte. Eine sehr hässliche Geschichte, die einer Überprüfung bedarf.«

»Ach?«

Luca zog das Foto von Karim aus der Tasche. »Kennst du den?«

»Sollte ich?«

Luca hob die Augen zur Decke. »Mach's mir nicht so schwer,

Piero! Der Mann ist vor einigen Monaten übel zugerichtet worden – nachdem er euren Laden verlassen hatte.«

»Vielleicht hätte er bleiben sollen.«

Darüber konnte Luca nicht lachen. Piero wischte sich die Hände an der Schürze ab und nahm die Aufnahme zwischen Daumen und Zeigefinger. »Kann sein, dass der öfter hier ist … oder war. Ich hab ihn schon eine ganze Weile nicht mehr gesehen.«

»Die hässliche Geschichte ist am 19. März, in der Nacht von Freitag auf Samstag passiert.«

Piero winkte ab. »Meine Fresse, das ist ewig her … Warte mal, deswegen war doch ein Bulle hier und hat Fragen gestellt.«

»Kommissar Ansdorf?«

Piero nickte. »Ja, gut möglich, dass der so hieß. Wollte wissen, ob es Streit gab oder sonst was Auffälliges im Gange war.«

»Und weiter?«

»Nichts weiter. Ich hab ihm gesagt, dass der Mann lange getanzt hat und irgendwann verschwunden war. Der tanzt immer. Und zwar ziemlich gut.« Piero zuckte mit den Achseln. »Ich habe nichts Ungewöhnliches beobachtet. Das genügte dem Kommissar.«

»Mir genügt es nicht«, sagte Luca mit breitem Lächeln.

»Fällt dir das nicht ein bisschen spät ein?«

»Besser spät als gar nicht. Ihr macht doch hier häufiger mal Fotos oder dreht sogar Videos, stimmt's?«

»Hm, ja, in der Regel machen wir an den Wochenenden zu vorgerückter Stunde ein paar Fotos«, antwortete Piero. »Einige Bilder kommen an die Pinnwand, und zweimal im Jahr veranstalten wir einen Wettbewerb: das schönste Tanzbein, das fürchterlichste Outfit, der besoffenste Typ, das schrägste Paar, der hübscheste Hintern, so was in der Art. Videos drehen wir nur an den Karaoke-Abenden.«

»Klingt richtig aufregend«, kommentierte Luca. »Wer fotografiert?«

»Nun … ich hab 'ne ganz gute Kamera und bin ein ganz passabler Fotograf – macht mir jedenfalls Spaß, die Leute zu knipsen.«

»Ich will alle Fotos sehen, die du in der besagten Nacht im März gemacht hast.«

Piero stöhnte. »Das ist –«

»Ewig her, schon klar. Aber ich kann mir gut vorstellen, dass du die Serie gespeichert hast. Du warst in solchen Belangen schon immer sehr ordentlich.«

Piero warf ihm einen schrägen Blick zu. »Muss das jetzt sofort sein?«

Luca lächelte. Eine Viertelstunde später verließ er die Diskothek mit ungefähr fünfzig Fotos, die Piero auf einen Datenstick mit dem Logo der Diskothek kopiert hatte.

***

Johanna hatte schlecht geschlafen und war um sechs Uhr zu einem langen Spaziergang um den Allersee aufgebrochen, der zu dieser frühen Stunde still zwischen den Wiesen dalag. Einige Segelboote schaukelten verträumt im Wind. Ein Zug bremste auf dem Weg zum Hauptbahnhof kreischend ab. Auf dem Mittellandkanal schipperte ein Kahn in Richtung Berlin.

Manchmal wünschte sie sich buddhistische Gelassenheit, die Fähigkeit, Gedanken und Stimmungen wie vorbeifahrende Züge kommen und gehen zu lassen, ohne sich davon beeindrucken zu lassen – friedlich in sich ruhend, nicht wertend. Doch allein das schien ein Widerspruch in sich, blieb ihr als Polizistin, die sich mit schwersten Straftaten beschäftigte, doch gar nichts anderes übrig als zu werten – wie sonst sollte sie Motiven und Zusammenhängen auf die Schliche kommen? Häufig bösartigsten Motiven und erschreckenden Zusammenhängen. Und den Frieden suchte sie vergeblich, wenn es um Macht und Grausamkeit, Verbrechen und Gewalt ging. Vielleicht war aber auch nur ihr Ansatz falsch. Das konnte sie nicht ausschließen, denn als Expertin für Spirituelles war sie nun weiß Gott nicht verschrien.

Als sie um kurz nach halb acht ins Hotel zurückkehrte, fühlte sie sich körperlich erfrischt, geistig ausgelüftet und hungrig. Das Frühstück stand bereit, es roch nach Kaffee und selbst gebackenem Brot. Sie stellte sich eine üppige Mahlzeit, die auch für zwei gereicht hätte, auf einem Tablett zusammen und nahm es mit auf ihr Zimmer. Ihr Notizheft lag bereit, und sie füllte einige Seiten mit Stichworten zu Karim Celik und Ansdorf.

Ihr mulmiges Gefühl vom Vorabend hatte sich nicht verflüchtigt, im Gegenteil, es verdichtete sich, während sie sich das Gespräch mit dem jungen Mann vergegenwärtigte, seiner Angst nachspürte und seine Schilderungen mit Annegret Kuhls Ausführungen zum Angriff auf den Braunschweiger Architekten verglich. Fehler wurden überall gemacht, Schlampereien, Notlügen und falsche Einschätzungen waren in jedem Beruf an der Tagesordnung, und menschliches Irren und Versagen gehörte nun mal zum Menschen dazu, so tragisch es auch häufig war. Aber hier ging es um etwas anderes, davon war Johanna inzwischen fest überzeugt, und der Gedanke gefiel ihr gar nicht. Ansdorf war schließlich nicht nur ein Kollege gewesen, er war auch auf grausige Art ums Leben gekommen. Johanna konnte den Toten nicht ruhen lassen.

Sie schob sich den letzten Bissen ihres Schinkenbrötchens in den Mund, als das Handy klingelte und ihre Grübelei unterbrach.

»Guten Morgen, Kommissarin Krass. Können Sie sprechen?«, fragte Annegret Kuhl.

Wenn ich den Mund wieder frei habe, dachte Johanna und schluckte eilig. »Natürlich.« Sie war, gelinde gesagt, verblüfft. »Ihnen auch einen guten Morgen.«

»Danke. Leider habe ich nicht besonders gut geschlafen. Sind Sie bereits aufnahmefähig, was schlechte Nachrichten angeht?«

»Das ist sozusagen mein Hauptjob.«

»Ich habe eine interne Info aus Peine für Sie.«

»Das ging aber schnell«, staunte Johanna.

Dazu sagte Kuhl nichts. »Karsten Vogt hat vor einigen Monaten im Fall einer besonders miesen Vergewaltigung, an der mehrere Männer beteiligt waren, ermittelt«, hob sie in sachlichem Ton an. »Die junge Frau war mit einem Muslimen verlobt, der gezwungen wurde, bei der Tat zuzusehen –«

»Lassen Sie mich raten – der Fall konnte nicht aufgeklärt werden«, fiel Johanna der Staatsanwältin ins Wort.

»So ist es. Kaum verwertbare Spuren, keine Zeugen und so weiter und so fort. Was folgte, war eine rasche Einstellung. Außerdem hat bei Vogt das Geld ziemlich locker gesessen. Hatten Sie dazu nicht etwas Ähnliches erwähnt?«

»Stimmt – die Tochter beschreibt ihren Vater als bemerkenswert großzügig und erwähnt, dass er etwas von einer Sonderzulage erzählt hätte, an der er seine einzige Tochter nur allzu gern teilhaben lassen wolle …«

Einen Moment herrschte Schweigen. Johanna machte sich Stichpunkte. Ihr Puls hatte sich deutlich beschleunigt, und das lag nicht an dem starken Kaffee.

»So weit zunächst dazu«, bemerkte Kuhl dann. »Konnten Sie bereits neue Erkenntnisse gewinnen, was Karim Celik angeht?«

»Und ob. Kleidungsstücke mit höchstwahrscheinlich entscheidendem Spurenmaterial sind auf unerklärliche Weise verschwunden, was in Ansdorfs Abschlussbericht aber mit keiner Silbe Erwähnung findet«, berichtete Johanna. »Der Kollege hatte sich persönlich ins Krankenhaus bemüht, um die Sachen abzuholen und nach Hannover weiterzuleiten. Als Celik sich später danach erkundigt, macht Ansdorf richtig Stunk, und zwar im Institut. Er schreibt sogar ganz artig und vorschriftsmäßig einen Aktenvermerk, der jedoch bis zum jüngsten Tag in einem Papphefter vor sich hin gegammelt hätte, wenn die Sache jetzt nicht noch mal Gegenstand von Ermittlungen geworden wäre.«

»Wenn ich Ihren Tonfall richtig zu deuten verstehe und um es auf den Punkt zu bringen, Kommissarin Krass: Sie nehmen ihm das nicht ab?«

»Nein, tue ich nicht. Ganz und gar nicht«, erwiderte Johanna. »Da ist richtig was faul. Das behaupte ich, auch wenn meine Einschätzung etwas vorschnell klingen mag …«

»Ein Versehen?«

»Nein. Dann hätte er es im Abschlussbericht für die Staatsanwaltschaft erwähnen müssen.«

»Also Absicht. Aber warum schreibt er überhaupt einen Vermerk?«

»Sicherheitshalber, denke ich. Er konnte nicht wissen, wie eifrig Celik nachfragen und damit unter Umständen auch noch mal einen anderen Kollegen beschäftigen würde«, mutmaßte Johanna. »Und vielleicht hatte er später vor, wenn kein Hahn mehr nach irgendwelchen Kleidungsstücken kräht, die Akte zu bereinigen und dem Abschlussbericht anzupassen.«

»Ganz schön perfide.«

»Allerdings. Dazu passen auch seine alles andere als eifrigen oder umfangreichen Ermittlungen sowie die abwiegelnde Einschätzung, dass eine Familienfehde oder Ähnliches vorliegen könnte – Celik verwahrt sich übrigens ganz entschieden dagegen«, betonte Johanna. »Er hat keinen blassen Schimmer, was die Männer von ihm wollten, und ich glaube ihm. Er sprach von unbändigem Hass, der ihm entgegenschlug.«

»Unbändiger Hass«, wiederholte Kuhl. »Welches Motiv steckt dahinter? Blinder, zerstörerischer Rassismus? Ist es das?«

»Gute Frage. Ich bin noch nicht mal sicher, ob ich das so genau wissen will«, entgegnete Johanna leise. »Fest steht im Moment, dass die Opfer der bislang näher beleuchteten Fälle einen muslimischen Hintergrund haben und jeweils keine Aufklärung der Straftaten erfolgte, sondern eine zügige Einstellung. Das kann kein Zufall sein. Ansdorf hat den Fall Celik schlichtweg verschleppt und manipuliert, und bei Vogts und Huhlmanns Ermittlungen klingt Ähnliches an, selbst wenn wir noch keine Einzelheiten zu ihrer Arbeitsweise vorliegen haben. Wundern würden mich entsprechende Übereinstimmungen jedenfalls nicht.«

Annegret Kuhl atmete deutlich hörbar aus. »Du liebe Güte … Sie wissen schon, was das bedeutet?«

»Haben Sie einen anderen Vorschlag, der sich besser anhört?«

»Leider nicht.«

»Ich bin gespannt, was die Berliner Recherchen ergeben«, fuhr die Kommissarin fort. Sie goss sich eine weitere Tasse Kaffee ein, während sie Kuhls bedrücktem Schweigen lauschte.

»Wenn Ihre Befürchtungen zutreffen, die ich durchaus für realistisch halte, müssen wir auch in Erwägung ziehen, dass die Gewalttaten gegen muslimische Mitbürger von einem Täterkreis ausgingen«, meinte Annegret Kuhl schließlich.

»Ja, das sehe ich auch so. Ein Täterkreis, unterstützt von Polizisten – falls sich die Annahme auch bei den anderen Beamten bestätigen sollte«, stimmte Johanna zu. »Totschlag, Vergewaltigung, versuchter Totschlag, Gewaltorgien und Hass – verübt von meistens mehreren jungen Männern, der Anschlag auf das Restaurant …«, zählte sie auf. »Alle Fälle liegen schon einige Monate zurück – ob das eine Bedeutung hat, wird sich noch zeigen. In jedem Fall klingt das alles ziemlich widerlich.«

»Dem Eindruck schließe ich mich an«, sagte Kuhl.

»Wie geht es weiter?«

»Gute Frage. Wir müssen zunächst im Detail überprüfen, ob die These eines übergreifenden Zusammenhangs tatsächlich greift, und zwar schnell, sauber und unauffällig, jedenfalls solange wir nicht mit handfesten Beweisen aufwarten und das Ausmaß nicht abschätzen können«, referierte die Staatsanwältin. »Ich nehme mir die Akte mit dem Huhlmann-Fall noch einmal vor und höre mich darüber hinaus vorsichtig um, ob bei der Beamtin das Geld auch locker gesessen hat. Außerdem bitte ich meinen für Peine zuständigen Kollegen, entsprechend aktiv zu werden.«

Johanna atmete tief durch. Sie liebte tatkräftige Frauen. Dass Kuhl nicht aus dem Stand mit den ganz großen Geschützen auffahren würde, sondern die Einzelheiten vorab exakt prüfen wollte, konnte sie nachvollziehen. Noch bewegten sie sich auf dünnem Eis – Schlussfolgerungen, die aus Übereinstimmungen und Verdachtsmomenten abgeleitet waren, ersetzten noch lange keine Beweiskette, aber sie konnten ihr vorausgehen. Sollte sich ihr Verdacht bestätigen, würde es einen gewaltigen Wirbel geben, und auf das Medienecho war sie nicht gerade scharf.

»Der Wolfsburger Kollege Mareni ist gestern Abend noch in die Diskothek gefahren, in der Celik an jenem Abend war – er wird sich sicherlich demnächst melden«, ergänzte Johanna. »Außerdem erwarte ich in Kürze die Rechercheergebnisse meiner Berliner Kollegin ... Bevor ich es vergesse: Ich beantrage mindestens zwei Leute, die mir zur Hand gehen. Es dürfen auch drei sein.«

Kuhl lachte leise auf. Das erste Mal während des Telefonats. »Träumen Sie weiter.«

»Die Hoffnung stirbt zuletzt. Habe ich eigentlich schon erwähnt, dass ich nicht an die Selbstmordabsichten der Polizisten glaube?«

»Nicht ausdrücklich, aber ich denke, Sie tippen auf klug eingefädelte Morde?«

»Genau. Stellen Sie sich vor – die Huhlmann hatte Höhenangst.

Wie wahrscheinlich ist es, dass sie sich ausgerechnet auf die Art umbringt, die sie die größte Überwindung kostet?«

Johanna ging nach Beendigung des Telefonats mit ihrer Kaffeetasse auf den Balkon und blickte hinunter in den friedlichen Park. Wenn wir wissen, mit wem die Polizisten sich warum eingelassen haben, stoßen wir auch auf ihre Mörder, dachte sie. Sie sah auf die Uhr. Mareni würde sie bald in seinem Büro erwarten. Sie war gespannt, ob seine Fotosuche Früchte getragen hatte.

Sein Gesichtsausdruck schwankte zwischen Besorgnis, Anspannung und Stolz, während er seine Vorgehensweise kurz erläuterte und mehrere Fotos vor Johanna ausbreitete. Sie hatte den Eindruck, dass er seinen Ermittlungserfolg aus Rücksicht auf Ansdorf herunterspielte.

»Der Mann taucht auf mehreren Bildern auf«, erklärte Mareni und wies auf einen groß gewachsenen Typen mit kurzem hellem Haar. »Celik war vor einer halben Stunde hier, um sich drei Dutzend Bilder anzusehen. Den hat er sofort herausgefischt. Er ist richtig bleich geworden.«

»Haben wir irgendetwas zu dem Typen?«

Mareni nickte. »Ja. Er heißt Holger Bihl, sechsundzwanzig Jahre alt, in Vorsfelde geboren, gelernter Maurer, zurzeit arbeitslos, wohnt am Laagberg. Wurde unlängst bei einer Kneipenschlägerei und bei Ausschreitungen am Rande eines Fußballspiels festgenommen.«

Johannas Puls war merklich gestiegen. Sie hatten zum ersten Mal einen Namen. »Das haben Sie ganz hervorragend gemacht, Mareni.«

Der lächelte nur kurz und wich ihrem Blick dann aus.

»Ich denke, ich weiß, was in Ihnen vorgeht«, bemerkte sie. »Mir ginge es wohl ähnlich, wenn ich so viele Jahre an Ansdorfs Seite gearbeitet hätte. Aber –«

»Ja, schon gut«, wehrte Mareni rasch ab. »Wie gehen wir vor? Befragen wir Bihl einfach so?«

Johanna lehnte sich zurück. Gute Frage. »Auch wenn man es mir nicht auf den ersten Blick ansieht – ich bin unbedingt für behutsames Vorgehen und sensibles Herantasten. Es ist gut möglich, dass Ansdorf nicht der einzige Polizist war, der Mist gebaut hat …« Sie begegnete Marenis erstauntem Blick mit einem Nicken.

»Nähere Einzelheiten erfahren wir hoffentlich in Kürze«, fuhr sie fort. »Ich möchte wissen, mit wem wir es zu tun haben. Falls Bihl tatsächlich Dreck am Stecken hat, womöglich sogar sehr viel Dreck, warnen wir ihn – und wer weiß, wen noch – nur mit vorwitzigen Fragen.«

»Vorschlag?«

»Wie lange liegen seine Vergehen zurück?«

Mareni warf einen Blick auf seinen Monitor. »Ein paar Monate: Februar und Mai. Im Fall der Kneipenschlägerei ist er zu einer Geldstrafe verurteilt worden, und bei der Prügelei auf dem Fußballplatz wurde das Verfahren mangels Beweisen eingestellt.«

»Hat da zufällig Ansdorf …«

»Nein, diesmal nicht.«

»Wir könnten noch mal nachhaken, oder?«

Mareni lächelte. »Ja, weil neue Zeugenaussagen aufgetaucht sind zum Beispiel. Das kann man machen.«

Johanna stand auf. »Finde ich auch. Informieren Sie Reinders über die neue Lage?«

»Hab ich schon.«

»Und?«

»Er war ziemlich entsetzt.«

Kann ich mir denken, dachte sie. »Ist das alles?«

»Er ist damit einverstanden, dass ich Ihnen zur Hand gehe … So drückte er sich aus«, antwortete Mareni schulterzuckend, während er den PC herunterfuhr und sich dann ebenfalls erhob.

»Wie gnädig!«

Holger Bihl wohnte in einer Zweizimmerwohnung in der Breslauer Straße, allein, wie Mareni noch überprüft hatte, und war zweifellos der Mann vom Foto. Er trug Jeans zu einem kurzärmligen Baumwollhemd, in dem seine muskulösen Oberarme gut zur Geltung kamen, roch frisch rasiert, hatte ein sympathisches Lächeln und reagierte verständnisvoll, als Johanna ihm erklärte, dass bezüglich der gewalttätigen Auseinandersetzung auf dem Fußballplatz »leider« noch ein paar Fragen aufgetaucht seien.

»Kein Problem«, sagte Bihl und bat sie herein. »Aber ich dachte, die Sache wäre erledigt.«

»Dachten wir auch«, erwiderte Johanna fröhlich. Bihl gehörte ihrer Einschätzung nach zu der Sorte junger Männer, die nicht im Traum auf die Idee kämen, sie ernst zu nehmen – weder als Polizistin noch als Frau.

Sie sah sich unauffällig um, während sie ins Wohnzimmer gingen und an einem kleinen Esstisch Platz nahmen. Für eine Junggesellenbude war es bemerkenswert ordentlich – kein herumstehendes Geschirr oder Klamotten, die Sofa und Sessel unter sich begruben. Lediglich einige CDs, DVDs und Zeitschriften lagen auf dem Wohnzimmertisch, dazwischen stand eine Kaffeetasse, und das war's. Wenn es bei mir so aussähe, würde ich mir gratulieren, dachte Johanna und seufzte unterdrückt.

Holger Bihl blickte von Mareni zu ihr und hob die Hände. »Schießen Sie los!« Er grinste. »Das ist natürlich nicht wörtlich zu verstehen.«

Ein richtiger Scherzkeks, dachte Johanna, lächelte aber milde und nickte zustimmend. »Wir ermitteln zurzeit im Zusammenhang mit gewalttätigen Auseinandersetzungen am Rande von Sportereignissen. Dabei ist es zu Festnahmen und Verhören gekommen, wobei Ihr Name fiel«, flunkerte sie munter drauflos.

Bihl runzelte die Stirn. »Ach?«

»Ja, irgendjemand hat Sie erkannt.«

»Wer, wann und wo?«

»Dazu möchte ich vorerst nichts sagen – aus ermittlungstechnischen Gründen«, sagte Johanna. »Sie verstehen? Waren Sie in den letzten Wochen –«

»Nein«, fiel Bihl ihr beherzt ins Wort. »Das muss ein Irrtum sein. Ich war schon eine ganze Weile nicht mehr auf dem Fußballplatz, geschweige denn in eine Schlägerei verwickelt. Für solche Kinkerlitzchen habe ich gar keine Zeit mehr.«

»Sind Sie nicht arbeitslos?« Johanna sah hinüber zum Wohnzimmertisch. Bihl hatte offenbar eine Menge Zeit, um sich Filme anzusehen.

Holger Bihls munteres Lächeln war plötzlich wie weggewischt. »Was wollen Sie eigentlich?«, fragte er ungeduldig. »Jemand hat mich angeblich erkannt – wann und wo? Ich war in keine Schlägerei verwickelt, weder im Mai noch danach.«

Johanna machte ein nachdenkliches Gesicht. »Wir können natürlich nicht ausschließen, dass ein Irrtum vorliegt oder jemand Sie fälschlicherweise bezichtigt, um Ihnen eins auszuwischen. Aber Sie werden sicher verstehen, dass wir dem nachgehen müssen.«

»Klar. Nur wenn Sie nicht mehr haben oder mehr sagen wollen …« Er verschränkte die Arme vor der Brust und wirkte nicht im Mindesten beeindruckt. »Außerdem – warum sollte es jemand auf mich abgesehen haben?« Er schüttelte den Kopf. »Ich habe keine Probleme, mit niemandem.«

»Ach, wer weiß.« Johanna machte eine wegwerfende Handbewegung. »Die Welt ist verrückt, das kann man nie wissen. Ehe man sich versieht, hat man sich Feinde gemacht und weiß nicht mal, woher der Wind weht.«

»Wenn Sie das sagen …« Bihl musterte sie mit forschendem Blick, den Johanna gleichmütig zurückgab, und sah kurz zu Mareni. »War es das?«

»Ja, durchaus. Vielleicht bitten wir Sie noch mal in die Polizeiinspektion.« Johanna stand auf. »Sie wissen schon – Protokoll et cetera.«

»Können wir machen – kein Problem«, versicherte Bihl.

Im Flur hing neben der Wohnungstür eine Korkwand, an der ein Wäscherei-Abholschein neben verschiedene Visitenkarten gepinnt war: Autowerkstatt, Zahnarzt, Hausmeister, Jobcenter, Videoladen. Der Mann ist verdammt ordentlich, dachte sie und stutzte, während Bihl die Tür öffnete. Sie warf einen zweiten Blick auf die Korkwand. »Danke für Ihr Verständnis«, sagte sie dann und schlüpfte hinter Mareni aus der Tür.

»Und? Was halten Sie von ihm?«, fragte der, als sie im Auto saßen. »Gehört er zu den Schlägern?«

»Er wirkt selbstsicher und ist freundlich, aber …« Johanna strich sich übers Kinn. »Wenn Sie mein Bauchgefühl meinen: ja, durchaus denkbar.«

»Meinen Sie, dass er den Braten gerochen hat?«

»Ich kann mir gut vorstellen, dass er auf der Hut ist. Es wäre gut, ihn im Auge zu behalten.«

»Für eine Observierungsmaßnahme reicht Celiks Hinweis allein aber nicht aus«, wandte Luca Mareni ein.

»Nein? Das sehe ich anders. Es kommt drauf an, wie man das formuliert und gewichtet … Holger Bihl leiht seine Filme übrigens im selben Videoladen wie die Huhlmann aus.«

»Echt? Aber das muss nichts heißen.«

»Nein.« Johanna lächelte. »Natürlich nicht.« Sie zog ihr Handy hervor, das den Eingang einer SMS signalisiert hatte, und schnallte sich an. »Fahren Sie mich zurück?«

»Klar. Und dann? Wie geht es weiter?«

»Ich muss dringend ausführlich telefonieren, und ich schlage vor, inzwischen achten Sie darauf, ob Bihl in nächster Zeit aufbricht und wohin es ihn treibt. Und falls Ihnen beim Warten langweilig wird – denken Sie doch mal darüber nach, ob bei Ansdorf das Geld locker saß. Oder wer genauer darüber Bescheid wissen könnte. Wir telefonieren zwischendurch und treffen uns dann später in Ihrem Büro, um die Ergebnisse zusammenzutragen und die weitere Vorgehensweise zu besprechen.«

»So was in der Richtung hab ich mir schon fast gedacht«, murmelte Mareni, aber immerhin strich er sich zur Abwechslung mal wieder die Locken zurück. Johanna hielt das für ein gutes Zeichen.

»Endlich«, sagte Johanna. »Wird ja auch Zeit …«

»Nun mal halblang!«, frotzelte Tony Gerlach zurück. »Wir haben gestern Morgen telefoniert, und dein Auftrag hat mich fast eine komplette Nachtschicht gekostet! Und wenn ich demnächst Ärger kriege, weil ich es mit dem Datenschutz mal wieder nicht so genau genommen habe …«

»Ja, ja, ich lege meine schützende Hand über dich, versprochen! Meine Güte, war das wirklich erst gestern?« Johanna ließ sich auf den Stuhl vor dem zierlichen Schreibtisch in ihrem Hotelzimmer fallen und wechselte mit dem Handy ans andere Ohr. »Ich hätte schwören können, dass ich mindestens seit einer Woche hier bin … Hast du was entdeckt?«

»Hab ich«, gab Tony knurrig zurück. »Ob du damit was anfangen kannst, sei mal dahingestellt, aber du wolltest, dass ich ein bisschen herumschnüffle. Das habe ich getan – übrigens weit über die sechs Monate hinaus, die du vorgegeben hattest –, um schließlich auf zwei interessante Sachen zu stoßen, die bislang nicht zur Sprache gekommen sind. Ich fange mal mit Bernd Lange an. Unser KDD-Kollege hatte im letzten Jahr ein internes Verfahren am Hals.«

»Ach?«

»Ja, genau. Es wurde zwar wieder eingestellt und wanderte großzügigerweise auch nicht in seine offizielle Personalakte, aber lustig ist so was nie, weil immer etwas hängen bleibt – jedenfalls wenn man beim Nachforschen alle Register zieht, so wie ich jetzt. Erst wollte keiner so richtig mit der Sprache rausrücken, aber schließlich hat mir jemand – den Namen darf ich nicht nennen und das tue ich auch nicht – klammheimlich ein Protokoll weitergeleitet, aus dem hervorgeht, dass Lange Scheiße gebaut hat, um es volkstümlich auszudrücken, und zwar ausgerechnet im Scheidner-Fall.«

Johanna runzelte die Stirn. »Wie jetzt?«

»Ich hab dir doch erzählt, dass die Frau von Staatsanwalt Robert Scheidner vergewaltigt wurde, oder?«

»Ach ja, richtig.«

»Bei der Spurensicherung ist gewaltig geschludert worden.«

Johanna hielt die Luft an. »Wie darf ich das verstehen?«

»Mangelnde Tatortsicherung, mangelnde Sorgfalt bei der Sicherung von Kleidungsstücken, Ermittlungsfehler …«

»Was?«

»Ja, du hast richtig gehört«, betonte Tony. »Lange war damals Einsatzleiter, und es hat ihn jemand angeschwärzt, als sich herausstellte, wer das Opfer war und Scheidner höchstpersönlich aktiv wurde. Lange muss entweder besoffen gewesen sein oder –«

»Oder er hat das absichtlich gemacht, wolltest du das sagen?«, unterbrach Johanna sie.

»Unsinn, das wollte ich nicht sagen!«, widersprach Tony schnell. »Lange erklärte bei seiner Anhörung, dass es ihm an dem Tag beschissen gegangen und er einfach nicht fit gewesen wäre – Grippe, Migräne oder Ähnliches. Da man ihm keine Absicht unterstellen konnte und der Mann sich noch nie etwas zuschulden kommen ließ, schon gar nicht in der Preisklasse, wurde er lediglich verwarnt. Wie kommst du denn auf Absicht?«, schob Tony verblüfft nach.

»Weil wir hier einen ganz ähnlich gelagerten Fall haben, bei dem wir inzwischen ermittlungstechnische Missgriffe aufdecken konnten, die keineswegs nach Grippe oder schlichtem Irrtum, sondern verdammt unsauber riechen«, entgegnete Johanna. »Und das ist noch nicht alles, leider: Es sieht ganz so aus, als würde es bei den anderen toten Kollegen vergleichbare Fälle geben. Die konkrete Überprüfung steht noch aus. Einziger Unterschied zu deinen Schilderungen beim Lange-Fall: Die jeweiligen Tatopfer in Niedersachsen sind Muslime.«

»Wieso Unterschied?«

Johanna stutzte. »Was? Wie meinst du das?«

»Sahras Eltern stammen aus der Türkei. Sie ist eine Muslima gewesen. Habe ich das nicht erwähnt?«

Scheiße, dachte Johanna. »Um Gottes willen! Nein, das hattest du nicht erwähnt.«

Sie schwieg eine ganze Weile. In welches Wespennest hatte sie gestochen? »Okay«, meinte sie schließlich. »Ich hätte gerne ein paar Stunden, um das sacken zu lassen, aber die Zeit haben wir nicht. Nicht jetzt. Machen wir weiter. Was ist mit Jörg Rauth?«

»Er hat Ende letzten Jahres eine Razzia geleitet. Das Drogendezernat hatte einen heißen und, wie es hieß, todsicheren Tipp bekommen«, setzte Tony ihren Bericht fort. »Aber die Aktion lief ziemlich derbe ins Leere, sodass eine Untersuchung anberaumt wurde, bei der zu Rauths Maßnahmen einige Fragen offenblieben – Genaueres wollte man mir in diesem Fall nicht erzählen, obwohl ich sehr charmant und beharrlich war – du kennst mich ja. Soweit ich aber zwischen den Zeilen lesen und hören konnte, war man an übergeordneter Stelle stutzig geworden, dass Rauth überhaupt als Einsatzleiter fungierte. Für den Job war nämlich eigentlich ein anderer Kollege vorgesehen gewesen, der sich kurzfristig krankgemeldet hatte. Wie dem auch sei – rate mal, welchen Laden das LKA im Visier hatte und in einer Nacht- und Nebelaktion durchsuchte?«

»Als Ratemaus tauge ich nicht sonderlich gut, aber ich bin ganz Ohr.«

»Eine der Berliner Videotheken von Stefan Muth, zu dem du ja auch Infos angefordert hast. Man fand jedoch nur etwas Gras für den Hausgebrauch, einige derbe Pornoreihen und Ballerspiele der ganz fiesen Art – also nichts, was einen SEK-Einsatz auch nur im Entferntesten rechtfertigen würde.«

Johanna lehnte sich zurück. Ihre Gedanken rotierten.

»Kannst du damit was anfangen?«

»Lass es mich bitte so ausdrücken: Es gibt einige Verknüpfungspunkte zwischen den Fällen. Fragt sich nur, wohin sie führen. Und was Stefan Muth angeht – hast du zu dem noch mehr gefunden?«

»Nichts Besonderes«, erwiderte Tony. »Der Mann ist Mitte dreißig, in Berlin geboren und aufgewachsen, ledig. Er ist gelernter Kaufmann und hat in den letzten Jahren in der Hauptstadt zwei und in Niedersachsen, genauer gesagt: in Braunschweig, zwei Videoläden eröffnet. Muth hat eine weiße Weste und ist bislang in keiner Weise auffällig geworden. Der Tipp in Bezug auf seinen Laden war neu.«

Johanna runzelte die Stirn. »Könntest du trotzdem noch mal nachhaken? Mich würde interessieren, wie er seine Läden finanziert hat und ob es irgendwelche direkten Verbindungen zu Polizisten oder sonstige Merkwürdigkeiten gibt. Ich bin hier bereits zweimal über seinen Namen gestolpert, und angesichts der misslungenen Razzia mag ich nicht an Zufall glauben. Und wenn du schon dabei bist, überprüf doch bitte auch gleich, ob Kontakte zwischen ihm und einem gewissen Holger Bihl aus Wolfsburg bestehen. Der Junge ist aktenkundig. Bislang ist er bei leichteren Gewaltdelikten aufgefallen, könnte aber deutlich mehr auf dem Kerbholz haben.«

»Ich geb mir Mühe.«

»Bestens.«

»Ach so, bevor ich es vergesse – Samthof hofft, bald mal wieder von dir zu hören«, schob Tony nach. »Hat er mir im Vorbeigehen geflüstert.«

»Ich fühle mich geehrt, und ja, ich kümmere mich darum … Ach, noch was, und zwar vornweg«, fügte Johanna rasch hinzu. »Ich muss dringend wissen, wie es um die Finanzen von Bernd Lange bestellt war – keine Sorge: nicht im Einzelnen, sonder eher allgemein. Hat er viel Geld ausgegeben? War er spendabel?«

Tony versprach, sich zu melden, sobald sie Neuigkeiten in Erfahrung gebracht hatte. Kurz darauf beendeten sie das Telefonat.

Johanna bestellte sich Kaffee und Kuchen aufs Zimmer, setzte sich an ihren Laptop und begann, ihre Notizen zu ordnen, um sie für den Bericht, auf den Samthof zweifelsohne sehnsüchtig wartete, zu überarbeiten. Eine Aufgabe, die sie in der Regel nicht besonders schätzte, aber in diesem Fall vergleichsweise engagiert in Angriff nahm. Ihre Recherchen enthielten eine Fülle von Einzelaspekten und bewegten sich in derart unterschiedliche Richtungen, dass sie die Fäden nur zusammenhalten konnte, wenn sie den Überblick behielt. Mit der schriftlichen Ausarbeitung hoffte sie auch, sich diesen grundlegenden Überblick zu verschaffen.

Als Annegret Kuhl, Mareni und Tony sich später meldeten und neue, ergänzende Infos lieferten, konnte Johanna schließlich zusammenfassend und zumindest indiziengestützt festhalten, dass die fünf toten Polizisten einzelne Ermittlungen geleitet hatten, bei denen überdurchschnittlich viel schiefgegangen oder schlichtweg manipuliert worden war, sodass Verfahren eingestellt werden mussten. In vier Fällen waren die Opfer Muslime gewesen, an denen schwerste Gewalttaten verübt worden waren, darunter zwei Vergewaltigungen der übelsten Sorte – sofern diesbezüglich eine Abstufung überhaupt angemessen war. Lediglich Rauths Einsatz im Videotheken-Fall war anders gelagert.

Sowohl Vogt und Ansdorf als auch Bernd Lange waren finanziell gut gestellt gewesen – Beamte ohne Geldsorgen, die sich im Verlauf eines knappen Jahres besondere Urlaube, Hobbys und Anschaffungen geleistet hatten oder durch Großzügigkeit aufgefallen waren. Huhlmann war in ihrem Finanzgebaren zwar zurückhaltender gewesen, hatte aber im letzten Sommer den Segelschein gemacht und kürzlich die Absicht geäußert, eine kleine Jacht zu erwerben, wie Staatsanwältin Kuhl zwischendurch zu berichten wusste. Die wäre sicherlich nicht aus der Portokasse zu bezahlen gewesen.

Was Jörg Rauth anging, so hielt Johanna zwei Ansätze für denkbar: Er fiel in die gleiche Kategorie wie seine Kollegen und wäre finanziell ebenfalls gut gestellt gewesen, wenn sein Geld nicht im Wettgeschäft versackt wäre, beziehungsweise sein Finanzbedarf war aufgrund seiner Schulden so groß gewesen, dass er käuflich wurde. Oder er nahm eine Schlüsselrolle ein, denn sowohl sein Suizid als auch die Leitung in der Drogenermittlung wichen vom Schema ab. Dass er mit den anderen vier Fällen rein gar nichts zu tun hatte, war zwar im Moment theoretisch nicht von der Hand zu weisen, aber Johanna gab dieser Version keine große Chance.

Sie riss sich nicht darum, korrupte Polizisten vorzuführen – ob tot oder lebendig –, aber die Schlussfolgerung lag nun einmal auf der Hand, dass fünf Beamte Gefälligkeits-Ermittlungen geführt hatten. Das war ihnen alles andere als gut bekommen.

Am späten Nachmittag schickte Johanna ihren Bericht an Samthof ab und vereinbarte einen Termin mit dem Wolfsburger Leiter des vierten Fachkommissariats, in dem Staatsschutzaufgaben wahrgenommen wurden. Sie saß bereits im Wagen, als Mareni anrief, um ihr mitzuteilen, dass Holger Bihl gerade ein Fitnessstudio betreten hatte und er selbst in die PI zurückkehren würde.

***

Holger Bihl setzte sich mit dem Festnetztelefon an das hinterste Ende des Tresens und nahm einen großen Schluck seines Eiweißdrinks, bevor er Volker Dorns Nummer wählte.

»Ich hab keine Ahnung, ob das was zu bedeuten hat, aber die Bullen waren heute bei mir«, sagte er leise, nachdem der Chef sich gemeldet hatte.

»Und was genau wollten sie?«

»Angeblich liegen neue Zeugenaussagen zu einer Schlägerei auf dem Fußballplatz vor, bei der ich vor Monaten mitgemischt hatte. Jemand hat mich erkannt – wie gesagt: angeblich.«

»Ist das theoretisch möglich?«

»Na ja …«

»Was nun – ja oder nein?«

»Theoretisch schon …«

»Okay – halt dich im Hintergrund. Keine Aktionen. Hast du mit Stefan gesprochen?«

»Den konnte ich vorhin nicht erreichen, deswegen dachte ich –«

»Ja, schon gut. Spar dir weitere Anrufe. Mit Stefan rede ich selbst, verstanden?«

»Klar. Und was ist mit dieser Staatsanwältin in Braunschweig? Soll ich …«

»Nein. Wie ich schon sagte: Halt dich im Hintergrund, bis du etwas anderes von mir oder Stefan hörst.«

Volker Dorn legte auf. Holger stierte einen Moment vor sich hin. Das Auftauchen der Bullen hatte ihn irritiert, obwohl er nicht annahm, dass viel dahintersteckte. Doch die erzwungene Zurückhaltung passte ihm gar nicht. Sie hatten noch so viel vor, und nachdem monatelang sämtliche geplanten Aktionen reibungslos über die Bühne gegangen waren, knirschte plötzlich Sand im Getriebe. Ihre Partner auf Polizeiseite waren tot, und solange niemand wusste, wer warum dafür verantwortlich war, herrschte erhöhte Alarmbereitschaft.

Holger vermutete, dass die Gegenseite zum Angriff übergegangen war, und er vermutete darüber hinaus, dass Stefan und Volker Ähnliches annahmen. Das aber würde bedeuten, dass man ihnen auf die Schliche gekommen war.

7

Der Leiter des Staatsschutzkommissariats war ein distinguierter Herr Ende fünfzig mit grauen Schläfen, gepflegten Händen und sanften Augen, der ohne Weiteres auch als Pastor durchgegangen wäre oder als Theaterschauspieler, der stets für die Rolle des väterlichen Freundes gebucht wurde – jedenfalls nach Johannas erstem Eindruck. Wahrscheinlich war er im Ermittleralltag ein beinharter Vorgesetzter.

Michael Leisner lauschte hoch konzentriert ihrer zusammenfassenden Darstellung, die sie als inoffiziellen Bericht überschrieb, bei dem eine detaillierte Beweislage noch fehle, ohne sie ein einziges Mal zu unterbrechen. Als sie ihn schließlich nach einer Zunahme von Gewalttaten speziell gegen muslimische Mitbürger fragte, zog er eine nachdenkliche Miene.

»Das ist sehr schwer zu beziffern. Zum einen richtet sich unser Hauptaugenmerk nach regelmäßigen Terrorwarnungen und weltweiten Anschlägen eher in die umgekehrte Richtung«, entgegnete er bedächtig. »Das ist keine Wertung und dürfte Sie in Kenntnis der weltpolitischen Lage kaum verwundern. Aber es kommt noch etwas anderes hinzu.« Er sah Johanna direkt an. »Eine entsprechende Statistik oder Zuordnung zu rassistisch oder politisch motivierten Straftaten greift selbstverständlich nicht, wenn die entsprechenden Taten und anhängige Verfahren allgemein als Gewaltverbrechen erfasst und noch dazu zügig wieder eingestellt werden.«

Das hatte Johanna befürchtet. Wer immer da am Werk war, legte großen Wert auf unauffälliges Agieren. Dazu passte Karim Celiks Beschreibung, dass die Täter kaum ein Wort gesagt hätten, ihm aber ein ungeheurer Hass entgegengeschlagen wäre. Dazu passte auch Huhlmanns Beschwichtigung im Falle des Braunschweiger Architekten Ben Samet, dass kein religiöser Zusammenhang erkennbar gewesen wäre. Und die Vergewaltigungen waren statistisch unter Straftaten gegen Frauen erfasst worden und nicht als Angriff gegen muslimische Frauen.

»Wir werden uns in jedem Fall genauer umhören und zurückliegende Verfahren auch unter diesem Aspekt betrachten, Kommissarin Krass«, versicherte Michael Leisner abschließend. »Ich bedanke mich für Ihre Erörterungen und hoffe, dass wir in Verbindung bleiben.« Er stand auf. »Kann ich sonst noch etwas für Sie tun?«

Johanna verneinte und verabschiedete sich artig. Sie war sicher, dass sie den Mann aufgescheucht hatte. Wolfsburg war bislang nicht als Stadt mit betont antimuslimischen Tendenzen aufgefallen, und sollte die Gefahr bestehen, dass sich daran etwas zu ändern begann oder längst begonnen hatte, würde er tatkräftig einzuschreiten wissen.

Die Kommissarin war auf dem Weg in Marenis Büro, als Tony auf dem Handy anrief. »Ich glaub, ich hab grad was Interessantes entdeckt«, erklärte sie abgehackt und von deutlichen Kau- und Knistergeräuschen begleitet. »Als stiller Teilhaber in Stefan Muths Videoladenkette fungiert ein gewisser Volker Dorn. Es ist anzunehmen, dass er Kapital zur Verfügung gestellt hat. Der Mann ist achtundfünfzig und eine große Nummer in der Videothekenbranche im Ruhrpott. Aber das ist nicht alles.« Tony legte eine Kunstpause ein.

»Ja?«, drängte Johanna.

»Er hat vor einigen Jahren eine Bürgerinitiative gegründet – gegen den Bau einer Moschee. Die Gruppe ist mit ihrem Antrag knapp gescheitert. Dorn hat sich in der Folge noch bei einigen anderen Anträgen dieser Art verdammt starkgemacht und ist mit markanten Sprüchen aufgefallen, um dann sehr plötzlich wieder aus der Szene zu verschwinden und sich auf seine geschäftlichen Interessen zu konzentrieren.«

»Aha.«

»Genau. Mach dir deinen eigenen Reim darauf. Dann ist mir ein hübsches Foto beim Stöbern im Internet in die Hände gefallen, das ich dir bereits gemailt habe«, fuhr Tony fort und schluckte lautstark. Johanna tippte, dass die Kollegin sich gerade einen Döner gönnte – mit doppelt Knoblauchsoße und Zwiebeln –, nach dessen Genuss sich in der Regel stundenlang kaum jemand in ihr Büro wagte. Die Vermutung, dass Tony aus genau diesem

Grund Stammkundin beim Dönerladen um die Ecke war, hatte durchaus ihre Berechtigung.

»Stefan Muth bei seiner Ladeneröffnung in Braunschweig – und ein wenig im Hintergrund, aber doch gut zu erkennen, steht ein feixender Holger Bihl. Seiner Aufmachung nach zu urteilen, hat er bei der Renovierung des Geschäfts mit angepackt.«

»Der Mann ist gelernter Maurer«, überlegte Johanna.

»Das passt ja. Die beiden kennen sich also. Andere Kontakte prüfe ich noch. Samthof hat übrigens deinen Bericht bereits gelesen, ich hab dann meine neuesten Infos gleich noch draufgepackt. Wenn ich es richtig einschätze, will er Langes und Rauths Ermittlungen in den letzten zwei Jahren noch mal gründlich durchleuchten lassen und überhaupt ein bisschen Gas geben.«

»Gute Idee.«

»Ja, finde ich auch. Okay, bis später.«

Johanna steckte das Handy ein und blieb einen Augenblick vor Marenis Bürotür stehen, um sich zu sammeln. Es wurde Zeit, den jungen Kommissar auf den gleichen Informationsstand zu bringen. Wie es aussah, würden sie noch eine ganze Weile gemeinsam zu tun haben. Sie klopfte und trat ein.

Mareni war ein guter Zuhörer. Er enthielt sich jeglichen Kommentars, sodass Johanna innerhalb kürzester Zeit Bericht über Tonys Recherchen und Annegret Kuhls Nachforschungen erstatten und ihre Schlussfolgerungen gleich anschließen konnte. Währenddessen servierte er ihr einen verlockend duftenden Espresso sowie einen Teller mit Gebäck und nahm sich die Zeit, seine Locken zu richten.

»Und was soll das Ganze?«, fragte er, nachdem Johanna bereits eine ganze Weile nichts mehr gesagt hatte. »Eine Gruppe von Muslimhassern fällt über völlig harmlose Mitbürger her, die ein ganz normales Leben als Architekt, Übersetzer, Lehrerin oder was auch immer in Wolfsburg, Braunschweig, Peine, Berlin oder sonst wo in Deutschland führen, demütigt, foltert, quält, ja, tötet sie sogar, während einzelne, wahrscheinlich großzügig geschmierte Polizisten ein Auge zudrücken, oder zwei, oder sogar aktiv Ermittlungen behindern … Mein Gott, warum?«

»Um Hass und Angst zu verbreiten, vielleicht Rache zu üben,

und zwar in verdeckter Form, damit die Behörden nicht aufmerksam werden und massiver einschreiten – zum Beispiel durch den Staatsschutz«, erwiderte Johanna prompt. »Sie wählen jemanden aus, etwa einen jungen Mann wie Karim, beobachten ihn ein paar Tage, um seine Gewohnheiten zu studieren, schleichen sich heran, sobald die Situation günstig scheint und ein bestochener Polizist ihnen den Rücken freihält, schlagen zu und machen sich wieder davon. Lautlos und ohne Erklärung«, erwiderte Johanna. »Können Sie sich vorstellen, dass Karim Celik in absehbarer Zeit einen entspannten Abendspaziergang unternimmt?«

»Nein, aber …«

»Sie haben den Mann stundenlang gefoltert«, betonte Johanna energisch. »Folter wird angewandt, um Menschen zu brechen.«

Mareni schluckte. »Ich verstehe schon, nur: Welches Motiv treibt die Leute darüber hinaus an? Welches Ziel verfolgen sie? Immerhin bereiten sie ihre Aktionen ausgesprochen gut vor, stimmen sie sehr wahrscheinlich mit dem Dienstplan des zuständigen Beamten ab, dessen Unterstützung sie sich erkauft haben, und der ganze Aufwand wird lediglich betrieben, um die Leute zu erschrecken, zu verunsichern, in die Ecke zu treiben oder der Gewaltlust zu frönen?« Mareni zog ein skeptisches Gesicht. »Ich weiß nicht …«

»Vielleicht haben sie sich der Idee verschrieben, Muslime langfristig und mit ebenso verdeckten wie gezielten Aktionen zu vertreiben«, überlegte Johanna. »In Berlin ist die Frau eines Staatsanwalts vergewaltigt worden. Sie hat sich wenig später das Leben genommen. Ich schätze, dass der Polizist, der seinerzeit bei der Tatortsicherung manipuliert hat, gar nicht wusste, wer die Frau war – aber das nur nebenbei. Eine solche Tat hat erhebliche psychologische Auswirkungen auf die muslimische Gemeinde, die sich verfolgt und von den Behörden nicht ausreichend beschützt fühlt. Sie hat auch Auswirkungen auf die Menschen, die das Miteinander suchen, die Integration, den Austausch der Kulturen, den Frieden. Die Atmosphäre wird nach und nach immer mehr vergiftet, ohne dass es eine Chance gibt, diesen Prozess aufzuhalten.«

Mareni stand auf, trat ans Fenster und sah hinaus. »Das klingt scheußlich. Ich hoffe, dass Sie sich irren.«

»Ich auch.«

Er drehte sich zu ihr um und steckte die Hände in die Hosentaschen. »Solche Aktionen müssen finanziert werden. Und der logistische Aufwand, den wir vermuten, braucht verlässliche Leute, ein dichtes Netzwerk, womöglich sogar ins Ausland – es gibt sicher eine Menge einflussreicher Leute, die nichts dagegen haben, wenn Druck auf die muslimischen Gemeinden ausgeübt wird, aber diese Kontakte müssen erst mal hergestellt werden.«

Johanna fasste sich an die Stirn. »Der Drogentrip«, fiel ihr plötzlich ein. »Vielleicht ist das die Geldquelle.«

Mareni setzte sich wieder zu ihr. »Wie gehen wir vor, solange wir viele Vermutungen, Ideen und Verdachtsmomente haben, aber keine handfesten Beweise?«

Johanna stützte das Kinn auf die Hand. »Wir setzen bei dem an, was gesichert scheint: Holger Bihl, seine Verbindung zu Stefan Muth und die klare Identifizierung durch Karim Celik. Wir konfrontieren ihn damit.«

»Aber …«

»Ohne vorerst zu erkennen zu geben, dass wir längst einen Zusammenhang mit anderen Straftaten und dahinter ein übergeordnetes Ziel vermuten«, fuhr Johanna fort. »Wir stellen uns ein bisschen dumm, solange wir keine Einzelheiten wissen beziehungsweise beweisen können, und gewinnen Zeit, um uns zum Beispiel mit der Frage zu beschäftigen, nach welchen Kriterien die Polizisten ausgewählt wurden. Wer hat sie wie angesprochen? Wurde Druck ausgeübt? Was hatte Huhlmann mit Muth zu besprechen, den sie einen Tag nach Ansdorfs Tod in Berlin anrief? Wussten die Polizisten voneinander? Und so weiter und so fort … Aber darüber hinaus ist eine Wiederaufnahme des Celik-Falls ohnehin nötig. Ich denke, dass wir für aufwendigere Aktionen nun auch Unterstützung von Reinders bekommen.«

Mareni überlegte einen Moment und nickte dann. »Gut, das kläre ich gleich mit ihm, aber bei all diesen Verstrickungen bleibt noch eine Frage völlig offen: Warum mussten die Polizisten sterben? Haben sie Fehler gemacht?«

Johanna zog die Brauen hoch. »Das haben sie in jedem Fall.«

Es ging auf den Abend zu, als Johanna nach Alt-Wolfsburg zurückkehrte, während Luca Mareni noch Vorbereitungen für den nächsten Tag traf und seinen Vorgesetzten briefte. So hatte er es ausgedrückt, und Johanna hatte sich ein Feixen kaum verkneifen können. Jede Wette, dass Reinders sich von den Ereignissen überrollt fühlte, aber das konnte sie ihm nicht ersparen.

Sie aß eine Kleinigkeit und setzte sich dazu diesmal ins Restaurant, um die Atmosphäre des schönen alten Fachwerkhauses auf sich wirken und dabei die Geschehnisse des Tages sacken zu lassen. Letzteres fiel ihr schwer, zumal sie fortwährend das Gefühl hatte, wichtige Aspekte zu übersehen oder falsch zu gewichten. Mit einem zweiten Glas Wein ging sie schließlich auf ihr Zimmer.

Ein Gedanke, der bereits den ganzen Tag über immer wieder in ihr rumort hatte, ohne sich gegen all die anderen behaupten zu können, durchfuhr sie plötzlich mit aller Schärfe. Wie hatte Kommissar Jörg Rauth die Freundschaft zu Scheidner mit seiner Käuflichkeit vereinbart? Wie hatte er seine Hilfsdienste für eine hassgetriebene Gruppe – sofern Johanna mit ihrer Einschätzung richtig lag –, die die Frau des Staatsanwalts auf dem Gewissen hatte, die zugleich auch eine Freundin seiner Frau und der Familie gewesen war, vor sich selbst gerechtfertigt? War seine Lage so aussichtslos gewesen, dass er schließlich gar keine andere Wahl gesehen hatte, als aus dem Leben zu scheiden? Wenn Johanna sich recht erinnerte, hatte Scheidner während ihres Telefonats bemerkt, dass die Freundschaft sporadischer geworden war. Hatte Rauth sich aus Angst und Scham oder aus ganz anderen Gründen distanziert?

Der Suizid mit der Dienstwaffe war die überzeugendste und am wenigsten zu hinterfragende Selbsttötung gewesen, überlegte Johanna. Hinzu kam, dass er auch zeitlich isoliert von den anderen Todesfällen stattgefunden hatte: Rauth hatte im Mai sein Leben beendet, während die vier anderen zwischen Mitte Juli und Mitte August starben. Je länger sie darüber nachdachte, desto stärker war sie geneigt, hinter Rauths Tod kein geschickt eingefädeltes Verbrechen zu vermuten. Der Mann hatte keinen Ausweg mehr gesehen: Schulden, eine Ehefrau, die nichts mehr von ihm wissen wollte, ein Freund, den er hintergehen musste, berufliche Konflikte, die ständige Angst, erwischt zu werden …

Johanna fuhr ihren Laptop hoch und informierte Annegret Kuhl in einer kurzen Nachricht über die neuesten Erkenntnisse bezüglich Holger Bihl, Stefan Muth und Volker Dorn sowie ihr Gespräch mit dem Wolfsburger Staatsschutzmann. Anschließend schrieb sie Udo Samthof eine Mail – Katryna Nowak hatte seinerzeit nicht nur den Rauth-Suizid bearbeitet, sondern verfügte sicher auch noch über beste Kontakte in den Ruhrpott und konnte unter Umständen zügig Hintergrundwissen zu Volker Dorn zusammentragen. Johanna teilte Samthof ihre Gedanken mit und regte an, die Beamtin vom LKA in die Ermittlungen einzubinden.

***

Am Donnerstagnachmittag hatte es Annegret Kuhl nicht länger zu Hause ausgehalten, und sie war kurzerhand in die Staatsanwaltschaft gefahren, um ihren Dienst wieder aufzunehmen. Oder besser ausgedrückt: ihren Dienst im Büro wieder aufzunehmen. Niemand war darüber erstaunter als ihre Kollegin Hannelore Maurer.

»Um Gottes willen, was machst du denn schon hier?«, kommentierte sie verblüfft, als sie sich im Flur begegneten. »Ich dachte, du kommst erst Montag zurück.«

»Das dachte ich auch, aber –«

»Ein neuer wichtiger Fall?« Die Frage schoss blitzschnell auf Annegret zu, und für den Bruchteil einer Sekunde fasste Hannelore sie forschend ins Auge, um dann mit einem kleinen, nervösen Auflachen abzuwinken. So ganz hatte Maurer es immer noch nicht verschmerzt, dass die Kuhl inzwischen ihre Vorgesetzte war und nicht umgekehrt.

»Nein, kein neuer Fall, eher ein alter«, erwiderte Annegret ruhig und öffnete ihre Tür.

»Ach? Weißt du schon Näheres?«

»Nur ein paar Details«, wiegelte Annegret ab und wollte mit einem abschließenden Satz in ihr Büro verschwinden. Eigentlich hatte sie vorgehabt, die Akte zum Fall des Architekten Ben Samet in aller Ruhe und in allen Einzelheiten noch einmal zu studieren, bevor sie mit der Kollegin sprach, doch dann entschied sie sich dagegen. Wenn Hannelore gerade greifbar war, sollte sie die Gelegenheit nutzen. »Hast du ein paar Minuten Zeit?«

Hannelore sah auf ihre Uhr. »Ja, mein nächster Termin ist erst in einer halben Stunde.«

»Gut, dann lass uns zusammen einen Kaffee trinken.«

Annegret setzte die Kaffeemaschine in Gang und fuhr ihren PC hoch, während Hannelore auf einem höchst unbequemen Stuhl am Besprechungstisch Platz nahm. Als der Kaffee durchgelaufen war, setzte Annegret sich zu ihr. Hannelore sieht schlecht aus, dachte sie – müde, angespannt. Aber so sah sie häufig aus. Die Sorge um das Kind, der einsame Kampf um die besten Karriereplätze. In Männergesichter zeichnete ein anstrengendes Leben ab vierzig häufig interessante Linien, in Frauengesichter meißelte es unverwischbare Spuren der Mattheit. Alles andere als interessant oder gar sexy.

Sie wechselten ein paar allgemeine Sätze, bis Annegret schließlich zum Thema kam. »Der Überfall auf den Architekten Ben Samet«, hob sie an.

Hannelore stellte ihre Tasse ab und blickte hoch. »Ja?«

»Du erinnerst dich?«

»Ist schon eine ganze Weile her, aber: Ja, ich erinnere mich natürlich«, bestätigte Hannelore. »Er wurde niedergeschlagen und starb wenige Tage darauf an den Verletzungen.«

»Richtig. Ich habe die Akte später noch einmal zur Überprüfung auf meinem Schreibtisch gehabt und hatte nichts daran auszusetzen.«

»Schön.« Hannelore lächelte angestrengt. »Dann waren wir uns also einig.«

»Nun stellt sich aber doch noch die eine oder andere Frage«, ergänzte Annegret.

Hannelore warf ihr einen fragenden Blick zu. »Ja?«

Annegret lehnte sich zurück und schlug ein Bein über das andere. »Ulrike Huhlmann hat seinerzeit die Ermittlungen geleitet.«

Hannelore Maurer nickte und runzelte dann die Stirn. »Ist das nicht die Kommissarin, die kürzlich gestorben ist?«

»Sie ist Anfang August in Wolfsburg von einer Fußgängerbrücke auf die Straße gesprungen.«

»Ach ja – was für ein schrecklicher Fall«, meinte Hannelore

kopfschüttelnd. »Sie war eine von mehreren Polizisten, die sich in letzter Zeit das Leben genommen haben. Das gibt einem schon zu denken.«

»Ja, in der Tat. Inzwischen bestehen jedoch erhebliche Zweifel an der Suizid-Annahme«, erklärte Annegret.

Hannelore griff nach ihrer Tasse. »Oh, das ist mir neu. Kannst du deutlicher werden? Oder konkreter gefragt: Was hat das mit dem Tod des Architekten zu tun?«

»Vielleicht nichts, vielleicht eine ganze Menge. Ist dir bei Huhlmanns Vorgehen in der Ermittlung irgendetwas merkwürdig aufgestoßen? Oder stößt dir unter Umständen jetzt etwas merkwürdig auf?«

»Nein, ganz und gar nicht. Sie hat sauber recherchiert wie immer und das Ganze zügig zum Abschluss gebracht«, antwortete Hannelore.

»Zügig ist ein gutes Stichwort«, bemerkte Annegret.

»Wie meinst du das?«

»Wie ich es sage.«

»Dein Tonfall klingt ein wenig … spitz, wenn ich das mal so formulieren darf. Worauf willst du hinaus?«

»Einzelne Fälle der toten Polizisten werden inzwischen durchleuchtet, und es zeichnet sich ab, dass bei verschiedenen Ermittlungen alles andere als sauber recherchiert wurde.«

Hannelore starrte sie perplex an. »Ist das dein Ernst?«

»Leider ja.«

»Das kann ich mir überhaupt nicht vorstellen. Die Huhlmann war immer –«

»Ben Samet ist aktiver Muslim gewesen, und er hat Moscheen gebaut«, unterbrach Annegret sie. »Das spielte bei der Ermittlung nicht einen Augenblick eine Rolle. Es wurde nicht mal erwähnt. Auch von dir nicht. Warum eigentlich nicht?«

Hannelore verzog den Mund. »Weil es, wie du gerade gesagt hast, keine Rolle spielte – nichts wies auf einen fremdenfeindlichen oder religiösen Hintergrund hin.«

»Ich habe die Akte gelesen, Kollegin.«

»Und ohne Beanstandung gegengezeichnet, wenn ich mich recht entsinne.«

»Das war ein Fehler«, sagte Annegret leise. »Ich möchte sämtliche Fälle, in denen Huhlmann leitend ermittelt hat, auf meinen Schreibtisch. Wir werden sie gemeinsam durchgehen.«

Hannelore Maurer zuckte zusammen. »Und wonach genau suchen wir?«

»Unter anderem nach Gewaltverbrechen gegen muslimische Mitbürger, die nicht als solche bezeichnet und bei denen die Verfahren sehr schnell ergebnislos eingestellt wurden. Wenn mich nicht alles täuscht, ist hier und anderswo eine ganz große Sauerei im Gange.«

***

Sie erledigte erst ihre Einkäufe und fuhr anschließend zu Mirko. Er schien zu lächeln. Sie ertrug das sanfte wellenartige Auf und Ab des Atemgeräts genau eine halbe Stunde, dann brach sie wieder auf und schlug die Richtung zum Videoladen in der Braunschweiger Nordstadt ein. Die DVDs hatte sie in ihrer Aktentasche. Sie griff hinein und schob sie über den Tresen.

»Nur abgeben?«, fragte die junge Frau mit dem silbernen Nasenring Kaugummi kauend.

Hannelore Maurer nickte mit bleichen Lippen, wandte sich wortlos um und machte sich auf den Heimweg. Eine Stunde später klingelte das Telefon. Sie erwartete, dass der Anrufer ihr die neuen Zugangsdaten für den Mailaccount nennen würde, doch das tat er nicht. Er wollte mit ihr sprechen, ausnahmsweise. Die Sache war offensichtlich hochbrisant.

»Was ist passiert?«

»Sie ermitteln«, sagte sie leise.

»Warum?«

»Sie haben sich einzelne ältere Fälle der toten Polizisten genauer angesehen und sind hellhörig geworden – bezüglich der Opfer und der Ermittlungsentscheidungen.«

»Wird man dir auf die Schliche kommen?«

Maurer biss sich auf die Fingerknöchel. »Nein.«

»Warum nicht?«

»Ich war vorsichtig, und die Fälle sind gut gestreut. Außerdem haben sie die Polizisten im Visier, die Fehler gemacht haben. Fehler, die ich nicht gemacht habe.«

»Das sollte so bleiben.«

»Das wird so bleiben.«

»Hat man schon eine Vermutung, was genau mit den Beamten passiert ist? Wer hinter den Todesfällen stecken könnte?«

»Nein«, sagte Hannelore mit fester Stimme.

»Du kommst nicht auf die Idee, uns zu belügen?«

»Nein. Sie tappen völlig im Dunkeln.«

»Und du nimmst Kontakt auf, sobald du Genaueres weißt?«

»Natürlich.«

»Denk daran – wir sind viele und haben stets ein wachsames Auge.«

»Ich weiß.«

Die Leitung war tot. Hannelore starrte ins Leere.

8

Es geschehen noch Zeichen und Wunder, dachte Johanna, als sie am Freitagmorgen in die Inspektion kam, um sich mit Mareni zu besprechen. Reinders hatte drei zusätzliche Beamte zur Verfügung gestellt, außerdem zwei Kollegen aus dem Staatsschutz-Kommissariat. Würde sich der Anfangsverdacht bestätigen, war davon auszugehen, dass sehr schnell auch Verstärkung aus Hannover eintreffen würde. Mareni warf ihr einen amüsierten Blick zu, als sie nach dieser Mitteilung sekundenlang beeindruckt schwieg.

»Das dürfte in Ihrem Interesse sein, oder?«

»Das dürfte in unser aller Interesse sein!« Johanna goss sich von dem bereitstehenden Kaffee ein und überlegte, wie sie die personelle Luxussituation am effektivsten nutzte. »Wir sollten mehrere Kollegen an die Akten setzen, die Ansdorf in den letzten zwei Jahren hinterlassen hat. Die Fälle müssen im Einzelnen geprüft werden, wobei uns Staatsanwältin Annegret Kuhl ganz sicher unterstützt.«

Mareni machte sich eilig Notizen, während Johanna fortfuhr. »Dann müssen Angehörige und Freunde der toten Polizisten abgeklappert werden, die sich Fotos von Stefan Muth, Holger Bihl und Volker Dorn ansehen.«

»Vielleicht sollten wir die Bihl-Befragung vorziehen«, fiel Mareni ihr ins Wort. »Ich habe bereits einen Wagen losgeschickt, um den Mann abzuholen.«

»Auch gut.« Johanna nickte. »Ja, wer weiß – vielleicht rückt er ja mit dem einen oder anderen Namen raus, oder wir erhalten weitere Hinweise … Darüber hinaus sollten wir unbedingt Kontakt zum Islamischen Kulturzentrum aufnehmen.«

»Das übernehme ich«, sagte Mareni.

»Prima.« Sie rieb sich die Hände. »Lassen Sie uns anfangen. Bevor ich es vergesse – ich bin auch bekannt für eine zackige Vorgehensweise. Unter Umständen schicke ich Sie los, um einen Durchsuchungsbefehl für Bihls Wohnung zu besorgen.«

»Wenn wir den kriegen, kann ich gut damit leben.«

Bihl saß völlig entspannt auf seinem Stuhl im Vernehmungszimmer, als Johanna eine gute halbe Stunde später mit einem frischen Kaffee in Begleitung von Mareni den Raum betrat und schwungvoll eine Akte auf den Tisch warf.

»Guten Morgen, Herr Bihl«, grüßte sie munter und setzte sich zu ihm, während der Kommissar das Aufnahmegerät in Gang setzte und im Hintergrund Platz nahm.

»Hat Ihnen meine Antwort gestern nicht ausgereicht?«, erwiderte Bihl. Er klang mäßig interessiert und wirkte nicht die Bohne beunruhigt, sondern schien sich vorgenommen zu haben, die Situation gelassen und souverän zu meistern.

»Ich sagte ja bereits, dass wir Ihre Aussage noch genauer bräuchten. Darüber hinaus haben sich weitere Fragen ergeben.«

»Ach? Interessant. Und welche?«

Johanna runzelte die Stirn, als überlegte sie angestrengt. »Kennen Sie einen … warten Sie … ja: Der Mann heißt Celik. Karim Celik.«

Bihl lehnte sich zurück. Sein Blick war wachsam, aber Verunsicherung sah anders aus. Er schüttelte langsam den Kopf. »Nö, noch nie gehört. Wer soll das sein?«

Johanna griff zur Akte und zog ein Foto von Celik heraus, um es Bihl vorzulegen. Der betrachtete es eine ganze Weile, um dann erneut den Kopf zu schütteln. »Nein, kenne ich nicht. Was ist mit dem?«

Johanna zog ein zweites Foto aus der Akte. Auf ihm war der zusammengeschlagene Celik kaum noch zu erkennen. Sie schob es Bihl zu. Der zuckte merklich zusammen. »Ach du liebe Güte!« Er hob den Blick und sah Johanna erschrocken an. Gute Vorstellung, dachte die.

»Was ist passiert?«

»Nicht schwer zu erraten, oder?«

»Ich bin wohl kaum zum Raten hier.«

Johanna lächelte verständnisvoll. »Nein, sicher nicht. Herr Celik ist vom 18. auf den 19. März überfallen und brutal zusammengeschlagen worden – von drei Männern. Das Ermittlungsverfahren ist in einem ersten Anlauf nicht allzu weit gekommen, doch nun sind wir den Tätern auf der Spur …«

»Ich gratuliere.« Bihl verschränkte die Arme vor der Brust. Die Situation gefiel ihm nicht, aber sonderliche Aufregung schien sich nach wie vor nicht in ihm breitzumachen.

»Herr Celik hat Sie als einen der Täter identifiziert.«

»Was? Wie kommt er dazu?« Das klang empört.

»Nun, wie gesagt – wir ermitteln ein zweites Mal, und zwar sehr gründlich. So konnten wir feststellen, dass Sie in jener Nacht in derselben Diskothek wie Celik waren.«

»Ach du liebe Güte – ja, und?«

»Nun, wie gesagt, er hat Sie als einen der Schläger identifiziert, und dem müssen wir natürlich nachgehen. Das werden Sie sicherlich verstehen. Schließlich geht es um eine schwere Straftat.«

»Ich habe aber damit nichts zu tun«, entgegnete Bihl ruhig. »Es muss eine Verwechslung vorliegen. Mehr kann ich Ihnen nicht dazu sagen.«

»Vielleicht doch.«

»Wie kommen Sie darauf?«

»Sagt Ihnen der Name Günther Ansdorf etwas?«

In Bihls Augen blitzte es auf. »Wer soll das sein?«

»Ich möchte von Ihnen wissen, ob Sie den Namen schon mal gehört haben«, wiederholte Johanna in schärferem Ton.

»Keine Ahnung, nein.« Er legte die Hände auf den Tisch und starrte sie an.

Johanna lächelte sanft. »Stefan Muth?«

Bihl nahm die Hände wieder vom Tisch. »Muth? Der mit den Videoläden?«

»Ja, genau der.«

»Nun, da leihe ich mir regelmäßig Filme aus.«

»Sie fahren bis nach Braunschweig, um sich dort Filme auszuleihen?«

Bihl nickte. »Ja, warum denn nicht? Ich bin häufiger in Braunschweig, ist ja gleich um die Ecke, und der Laden gefällt mir.«

»Sonst haben Sie nichts mit Muth am Hut?« Sie gönnte sich ein winziges Lächeln über das Wortspiel.

Bihl erwiderte es nicht. »Nein.«

Johanna entnahm der Akte nach kurzem Zögern das Zeitungsfoto mit Muth und Bihl im Hintergrund. »Sie haben für ihn gearbeitet«, fügte sie erklärend hinzu, während sie es ihm präsentierte.

Bihl zog die Augenbrauen zusammen. »Ach so … ja, das hab ich wohl vergessen.«

»Vergessen?«

»Meine Güte – ja. Ich hab schwarz für den gearbeitet, wenn Sie verstehen, was ich meine. Damit rückt man ja nicht unbedingt sofort raus, wenn die Polizei nachfragt.«

»Ich bin nicht von der Steuerbehörde, Herr Bihl.«

»Behörde ist Behörde.«

»Na gut. Kennen Sie eine Ulrike Huhlmann?«

Er schüttelte den Kopf. »Nein.«

Johanna lehnte sich zurück. Wenn sie nicht alles täuschte, würde sie sich zum jetzigen Zeitpunkt mit einer Hausdurchsuchung arg weit aus dem Fenster lehnen und unnötig Pulver verschießen – und Staatsanwältin Kuhl ebenfalls. Bihl bestritt Celiks Aussage, das war das eine. Hinzu kam, dass fünf Monate nach der Tat kaum noch Spuren und Hinweise zu sichern sein würden, die geeignet wären, einen Zusammenhang zu jener Märznacht herzustellen. Darüber hinaus war zu befürchten, dass der junge Mann Beweise für einen etwaigen Kontakt mit Ansdorf längst und gründlich getilgt haben dürfte, worauf höchstwahrscheinlich sein selbstsicheres Auftreten zurückzuführen war. Dass Johanna sich dennoch gern eingehend bei ihm umsehen und ihm beträchtlich schärfer auf den Zahn fühlen würde, stand auf einem ganz anderen Blatt. Vielleicht war es sinnvoller, ihn halbwegs in Sicherheit zu wiegen, aber observieren zu lassen. Die Kommissarin wechselte einen kurzen Blick mit Mareni. Der hob nur die Brauen.

»Wenn Sie keine weiteren Fragen mehr haben, würde ich jetzt gerne gehen«, bemerkte Holger Bihl.

»Im Moment haben wir keine weiteren Fragen. Aber halten Sie sich bitte zu unserer Verfügung.«

Bihl stand auf und verließ den Raum mit knappem Gruß.

Johanna starrte einen Moment Löcher in die Luft, dann blickte sie Mareni an. »Ich möchte, dass der Mann überwacht wird.«

»Okay. Was ist mit der Fotoaktion?«

»Wie besprochen. Um den Vorgang für die Braunschweiger zu

beschleunigen, sollte außerdem unverzüglich ein aktuelles Bihl-Foto an Staatsanwältin Kuhl weitergeleitet werden, die sich auch um den Peiner Fall kümmert. Es wäre zu schön, um wahr zu sein, aber vielleicht erinnert sich das Vergewaltigungsopfer in Peine an ihn. Und wenn Sie schon dabei sind – die Staatsanwältin hat bestimmt nichts dagegen, wenn Sie in diesem Zusammenhang auch Aufnahmen von Muth und Dorn beifügen. Es ist wichtig, dass wir stets für einen schnellen Informationsaustausch sorgen.«

Mareni stand auf. »Alles klar. Ich kümmere mich.«

»Ach, noch was: Mit Daniel Beuten, dem Lebensgefährten der Huhlmann, werde ich selbst sprechen«, schob Johanna nach. »Vielleicht hat er Zeit, sich zwischendurch mit mir zu treffen.« Der viel beschäftigte Rundfunkjournalist hatte bei ihrem Telefonat alles andere als zugänglich gewirkt. Johanna neigte dazu, sich solche Details zu merken.

***

Katryna Nowak hatte nichts gegen Sonderaufträge. Dass das BKA sie auf Empfehlung von Johanna Krass einbezog, schmeichelte ihr und beunruhigte sie gleichermaßen. Die Fälle, um die es ging, hatten es in sich, und zwar nicht nur, weil sie als zuständige Beamtin des LKA seinerzeit die Ermittlungen in den Suizidfällen Rauth und Lange geleitet hatte. Die Frage, ob ihr etwas entgangen war, weil sie nicht gründlich genug recherchiert hatte, nagte natürlich an ihr. Wer ließ sich schon gern Nachlässigkeit unter die Nase reiben? Andererseits wusste sie jedoch, dass sie höchst selten nachlässig ermittelte, schon gar nicht in zwei kurz aufeinanderfolgenden Fällen.

Katryna hatte die Berichte der BKA-Ermittlerin, die Udo Samthof ihr ausgehändigt hatte, bereits zweimal gelesen, und als sie nun in Tempelhof vor dem Häuschen der Rauths parkte, blätterte sie den Ordner ein drittes Mal durch. Wenn es um bestechliche Beamte ging, waren Ermittlungen besonders schwierig. Handelte es sich um tote bestechliche Beamte, stieß man oft genug auf eine Wand des Schweigens und, wenn man Pech hatte, der feindseligen Abwehr.

Wenn Katryna Samthofs Anmerkungen richtig verstanden hatte, beabsichtigte er, eine ganze Reihe von Fällen durchleuchten zu lassen und dabei den Staatsschutz einzubeziehen. Katryna hatte einige Augenblicke gebraucht, um zu verdauen, dass Rauth und Lange im Verdacht standen, Angriffe auf muslimische Mitbürger kaschiert beziehungsweise die Ermittlungen behindert zu haben. Abgesehen von Jörg Rauths Suizid mutmaßte Johanna Krass, dass die Selbsttötungen vorgetäuscht und die Beamten ermordet worden waren, und sie würde gern erfahren, welche Rolle Rauth gespielt hatte. Katryna auch.

Sie hatte vor ihrem Aufbruch einen Ex-Kollegen in Duisburg gebeten, Einzelheiten zu Volker Dorns Werdegang zu recherchieren, und falls dabei der Name Stefan Muth genannt wurde oder Holger Bihl und eine besonders innige Beziehung zu Polizeibeamten auffiel, möge er bitte nachforschen. Das BKA hatte selbstredend beeindruckend viele Möglichkeiten, an Informationen zu gelangen, aber nicht immer fanden sich die entscheidenden Hinweise ausschließlich in Datenbanken.

Katryna stieg aus und strich ihren Blazer glatt. Der prüfende Blick in den Spiegel war ebenso typisch für sie wie ihre Begeisterung für Currywurst und den Ruhrpott, den sie manchmal schmerzlich vermisste. Aber Berlin hatte ihr nicht nur einen Karrieresprung verschafft, für den sie in Duisburg einige Jahre länger gebraucht hätte, in der Hauptstadt war auch Hauptkommissar Piet Reinhard zu Hause …

Die Haustür öffnete sich, als Katryna die Hand zur Klingel ausstreckte. Marie Rauth, eine große, schlaksige Frau in Jeans und T-Shirt, die in den letzten Monaten deutlich an Gewicht verloren hatte, bat sie mit leiser Stimme herein. Ihr dunkelbraunes Haar war von grauen Strähnen durchzogen, um Mund und Augen hatten sich tiefe Sorgenfalten eingegraben. Die Frau war vierzig, ging aber gut und gerne für fünfzig durch. Als die Kommissarin zwei Stunden zuvor angerufen und um eine Unterredung gebeten hatte, war die Witwe sehr zurückhaltend gewesen. Um genau zu sein, hatte sie auf kaum etwas weniger Lust als auf ein Gespräch mit einer Polizeibeamtin – verständlicherweise. Katryna hatte sie trotzdem überreden können, sich eine halbe Stunde Zeit zu nehmen.

Marie Rauth ging durch ein Wohnzimmer voran und wies auf die geöffnete Terrassentür. »Ist Ihnen das recht?«

»Natürlich – wenn sich in diesem Sommer schon mal ein paar Sonnenstrahlen zeigen, sollten wir sie unbedingt nutzen.«

Sie nahmen an einem runden Holztisch Platz, und Katryna genoss einen Moment den Blick auf den kleinen Garten, in dem dichtes Baum- und Buschwerk und blühende Pflanzen in Steintöpfen eine geschützte Atmosphäre erzeugten. Marie Rauth bot ihr einen Kaffee an und blickte auf.

»Sie sagten, es hätten sich noch dringend zu klärende Fragen ergeben. Was genau meinen Sie damit? Jörg ist seit drei Monaten tot, und wir haben doch schon ausführlich miteinander gesprochen.«

Katryna überlegte nicht lange, wie sie der Frau schonend beibringen konnte, dass ihr Mann sehr wahrscheinlich in mehrfacher Hinsicht ein Doppelleben geführt hatte – die Ehe der Rauths war alles andere als glücklich gewesen, und eine weitere Überraschung würde ihr nicht mehr den Boden unter den Füßen wegziehen. Wenn sie nicht alles täuschte, war das längst passiert.

»Frau Rauth, wir haben Anlass zu der Vermutung, dass Ihr Mann in illegale Geschäfte verwickelt war«, sagte Katryna leise.

Die Witwe starrte sie sekundenlang an, dann schweifte ihr Blick ab, huschte durch den Garten, um sich schließlich wieder Katryna zuzuwenden. »Wie kommen Sie darauf?« Das klang bemerkenswert ruhig. »Er hatte Wettschulden. Das ist nicht neu.«

»Ich weiß, davon spreche ich auch nicht. Wir gehen davon aus, dass sein Tod im Zusammenhang mit anderen Todesfällen steht, Suiziden, die in letzter Zeit von Polizisten begangen wurden«, erläuterte Katryna. Die Mordthese sollte verschwiegen werden, solange die Fakten nicht eindeutig waren, und bei der Befragung nur eine untergeordnete Rolle spielen. »Die Nachforschungen lassen den Verdacht zu, dass diese Beamten die Ermittlungen von schweren Straftaten behindert haben.«

»Wie bitte?« Marie Rauth sah sie entgeistert an. »Wollen Sie damit sagen, dass Jörg sich hat … kaufen lassen?«

»Das deutet sich zumindest so stark an, dass wir dem nachgehen müssen«, gab Katryna zu. »Es tut mir leid …«

Rauth winkte mit einer heftigen Bewegung ab. »Da können Sie ja nichts zu.« Ihre Hand zitterte. Plötzlich runzelte sie die Stirn. »Meinen Sie, dass er sich deswegen erschossen hat?«

Katryna zuckte mit den Achseln. »Es scheint ihm alles über den Kopf gewachsen zu sein – das steht wohl fest.«

»Ja … durchaus.«

Katryna ließ der Frau einen Moment Zeit, sich zu fassen. Dann beugte sie sich vor. »Frau Rauth, Ihr Mann hatte Geldprobleme – darüber sprachen wir seinerzeit bereits. Ihnen ist das erst sehr spät aufgefallen, wenn ich mich recht erinnere.«

»Stimmt.«

»Halten Sie es für möglich, dass er zwischenzeitlich immer wieder über so viele Geldmittel verfügte, dass seine beträchtlichen Ausgaben für Wettgeschäfte gar nicht auffielen?«

»Das ist denkbar«, stimmte Marie Rauth nachdenklich zu. »Ich nahm an, dass er immer wieder Geld gewonnen hatte, viel Geld sogar. So klang es zumindest, als er kurz vor seinem Tod darüber sprach.« Sie schluckte. »Das darf doch alles gar nicht wahr sein – nicht mal in seinem Beruf ist er ehrlich gewesen.« Ihre Stimme klang zutiefst verbittert. Sie wandte den Kopf. »Von welchen Typen hat er sich kaufen lassen? Und warum hat keiner seiner Kollegen –«

Katryna hob die Hände. »Frau Rauth, bitte haben Sie Verständnis dafür, dass ich Ihnen keine Einzelheiten mitteilen kann, nur so viel: Wir stehen noch ganz am Anfang bei diesen Ermittlungen, und Ihr Mann war ganz offensichtlich nicht der Einzige.«

Die Witwe lehnte sich zurück. »Ich habe gedacht, dass mich nach all dem nichts mehr erschüttern würde, aber dass Jörg ein … korrupter Bulle war …«

Katryna ließ den Satz einen Moment in der Luft hängen, bevor sie die Fotos von Muth, Dorn und Bihl aus dem Ordner zog. »Könnten Sie mal einen Blick auf diese Bilder werfen, Frau Rauth? Vielleicht ist Ihnen einer von denen schon mal über den Weg gelaufen.«

Marie Rauth legte die Bilder von Bihl und Dorn nach kurzem Mustern beiseite, bei Stefan Muth stutzte sie.

»Kennen Sie den Mann?«

»Ich weiß nicht …«

»Frau Rauth, das ist sehr wichtig«, drängte Katryna und beugte sich gespannt vor.

»Na schön – ja, den kenne ich.«

»Woher?«

»Er hat einen Videoladen, in dem Jörg sich Filme geliehen hatte«, sagte Marie Rauth und reichte Katryna das Foto zurück.

»Aber woher kennen Sie sein Gesicht? Sind Sie ihm schon einmal persönlich begegnet?«

Rauth zögerte. »Nun, wie es schien, hatte mein Mann vergessen, einige Filme wieder abzugeben, worauf der Mann sich mit mir in Verbindung setzte. Er rief mehrfach an und … kam dann kürzlich sogar mal hier vorbei.«

Katryna runzelte die Brauen. »Er bemühte sich höchstpersönlich zu Ihnen – wegen einiger Filme? Das klingt irgendwie seltsam.«

»Es handelte sich um einen ganzen Stapel, darunter auch einige Spiele, und die Titel waren seit Monaten überfällig.« Die Witwe griff nach ihrer Tasse und trank zwei Schlucke. Ihre Hände zitterten wieder.

»Das ist trotzdem ungewöhnlich«, entgegnete Katryna. Sie war längst hellhörig geworden. »Normalerweise schicken die einem eine Mahnung nebst gepfefferter Rechnung, und wenn man Pech hat, steht kurz darauf ein Inkassounternehmen vor der Tür. Ist Ihnen etwas Besonderes an dem Mann aufgefallen?«

Rauth zog die Schultern hoch und ließ sie wieder fallen. »Er war zunächst sehr verständnisvoll und freundlich, aber … nun, die Filme schienen ihm sehr wichtig zu sein.«

»Frau Rauth, Sie müssen mir sagen, wenn Ihnen etwas aufgefallen ist«, setzte Katryna nach. »Das ist sehr wichtig für unsere Ermittlungen.«

Marie Rauth nickte langsam. »Er wurde plötzlich sehr forsch und hat mich verunsichert. Er wollte sich in aller Ruhe und allein in Jörgs Zimmer umsehen. Und ich sollte mich an seinen Besuch auf keinen Fall erinnern.«

Forsch ist eine interessante Umschreibung, dachte Katryna. »Könnte man behaupten, dass er Sie bedroht hat?«

Rauth gab sich einen Ruck. »Irgendwie schon. Seine Freundlichkeit war plötzlich wie weggeblasen ... Ja, er hat mir Angst eingeflößt. Und nach allem, was in so kurzer Zeit über mich hereingebrochen war, hielt ich es für möglich, dass es nicht nur um diese Filme ging.«

Katryna schätzte, dass dieser Hinweis ein wichtiger Ansatz war, der Samthof und Krass brennend interessieren dürfte. »Haben Sie mitbekommen, was Muth in Jörgs Zimmer gemacht, was er an sich genommen hat?«

»Nein, ich habe unten in der Küche gewartet – unfähig, irgendetwas zu unternehmen. Ich war wie gelähmt, verstehen Sie?«

Katryna nickte.

»Irgendwann, vielleicht nach einer Viertelstunde oder so, ging er wieder«, fuhr Marie Rauth fort. »Ich konnte später auch nicht feststellen, ob etwas fehlte. Da herrscht ohnehin eine ziemliche Unordnung. Ich komme einfach nicht dazu ...« Sie winkte ab und starrte einen Moment ins Leere. »Das Ganze liegt jetzt ein paar Tage zurück, und fragen Sie mich bitte nicht, warum ich mich nicht mit der Polizei in Verbindung gesetzt habe.«

Nein, dachte Katryna, auf die Frage kann ich verzichten. Dass die Frau von unangenehmen Geschichten rund um ihren Mann und seinen Tod die Nase voll hatte, konnte sie gut verstehen.

»Seitdem habe ich jedenfalls nichts mehr von Stefan Muth gehört, und ich bin auch nicht scharf darauf, dem je wieder zu begegnen, um ehrlich zu sein«, ergänzte Marie Rauth.

»Würde es Ihnen etwas ausmachen, mich nachher noch mal einen Blick in das Zimmer werfen zu lassen?«, fragte Katryna.

»Wenn es wichtig ist.«

»Sonst würde ich Sie nicht damit behelligen. Danke für Ihr Entgegenkommen. Noch etwas, Frau Rauth – Sie und Ihr Mann waren mit dem Ehepaar Scheidner befreundet, nicht wahr?«

»Ja. Ich kannte Sahra von der Volkshochschule, wo wir beide unterrichteten. Wir haben früher manchmal etwas zu viert unternommen, und Jörg und Robert trafen sich hin und wieder auf ein Bier. Aber nach dem schrecklichen Unglück ...« Marie Rauth schluckte. »Sie wissen davon, nicht?«

»Ja«, erwiderte Katryna knapp.

»Ich kann Robert gut verstehen. Die beiden waren sehr glücklich – sie hat ein Kind erwartet, auf das sie sich beide wie verrückt freuten«, fuhr Marie mit schwerer Stimme fort. »Das war alles so fürchterlich und hat ihn sehr verändert – mehr als er wohl zugeben möchte. Jedenfalls hat er sich danach zurückgezogen. Aber als ich ihn an jenem Abend anrief, nachdem ich Jörg gefunden hatte, war er trotzdem sofort zur Stelle und hat sich um mich und meine Kinder gekümmert …« Sie brach ab und warf Katryna einen fragenden Blick zu. »Aber was hat das alles mit Jörg zu tun?«

»Sahra Scheidner war eine aktive Muslima.«

»Ja, sie besuchte regelmäßig die Moschee und gab dort auch Kurse«, erwiderte Marie Rauth erstaunt. »Worauf wollen Sie eigentlich hinaus?«

»Hatte Ihr Mann ein Problem damit?«

»Was? Womit?«

»Hatte Ihr Mann etwas gegen muslimische Mitbürger?«, konkretisierte Katryna ihre Frage.

Die Witwe öffnete den Mund und schloss ihn wieder. »Was sollen diese Fragen eigentlich, Frau Kommissarin?«

»Bitte antworten Sie.«

Marie Rauth lehnte sich zurück und verschränkte die Hände ineinander. »Mein Mann hat Sahra gemocht, außerdem war sie meine Kollegin und Freundin.«

»Das beantwortet meine Frage nicht.« Oder vielleicht doch.

»Meine Güte, Jörg war kein Fan des Islam – wie so viele nicht! Ich übrigens auch nicht, aber ich bin grundsätzlich kein religiöser Mensch und bereits mit achtzehn aus der Kirche ausgetreten. Im Namen des Glaubens und der Religion sind die allerscheußlichsten Verbrechen begangen worden!«, ereiferte sie sich plötzlich. »Doch Sahra war eine gute Freundin und die Ehefrau eines Freundes und Kollegen von Jörg. Ihre religiöse Überzeugung interessierte ihn nicht und war kein Thema. Und jetzt sagen Sie mir bitte, was das alles mit Jörgs Suizid und den neuen Ermittlungen zu tun hat!«

Katryna ließ die Empörung der Frau einige Sekunden auf sich wirken. Dann schüttelte sie bedauernd den Kopf. »Tut mir leid, vorerst darf ich Ihnen dazu noch keine Details sagen.«

Rauth atmete tief durch. Sie war bleich.

Eine Viertelstunde später verließ die Kommissarin das Haus der Rauths. In Jörgs Zimmer war ihr nichts aufgefallen – wie schon am Abend des Suizids nicht. Im Auto rief sie zunächst Samthof an, der ihrer Schilderung gespannt lauschte.

»Wir werden Muth zunächst observieren und uns mit seinen Läden befassen«, entschied er, als sie geendet hatte. »Falls eine große Geschichte dahintersteckt, warnen wir ihn nur mit vorschnellen Befragungen. Bitte setzen Sie sich direkt mit Johanna Krass in Verbindung, um ihr zu berichten.«

»Wird erledigt.«

Zwei Minuten darauf hatte Katryna die BKA-Ermittlerin am Telefon. Johanna Krass reagierte sichtlich beeindruckt. »Hochinteressant, dass der Mann so forsch agiert«, kommentierte sie. »Was haben Sie als Nächstes vor?«

»Ich treffe mich zu einem Gespräch mit Bernd Langes letzter Freundin«, entgegnete Katryna. »Bei den Ermittlungen kurz nach Langes Tod hat die Unterredung mit ihr nichts zutage gefördert – sie war schockiert wie alle. Ich bin jedoch sehr gespannt, wie sie auf den Korruptionsvorwurf reagiert und ob bei Lange auch eine Verbindung zu Stefan Muth nachgewiesen werden kann.«

»Die Einzelheiten zu Langes Ermittlungen im Fall von Sahra Scheidners Vergewaltigung haben Sie vorliegen?«

»Ja. Ich war seinerzeit gar nicht in Berlin … Was für eine widerliche Geschichte.«

»Unbedingt, aber bedenken Sie bitte, dass das interne Verfahren damals eingestellt worden ist, und solange keine endgültigen Beweise vorliegen, sollten Sie –«

»Schon klar. Ich bin vorsichtig mit meinen Behauptungen.«

»Gut. Halten Sie mich bitte auf dem Laufenden.«

»Natürlich. Sagen Sie mal, haben Sie auch nur den Hauch einer Ahnung, was all das mit den Suiziden zu tun hat?«

Johanna Krass gab ein kurzes Schnaufen von sich. »Wir dürfen wohl festhalten, dass die Beamten einen gravierenden Fehler gemacht haben.«

***

Daniel Beuten hatte mit viel Mühe zwischen zwei Terminen Zeit für einen Abstecher in die Polizeiinspektion eingeplant. So hatte er sich ausgedrückt. Während Johanna in Marenis Büro auf Huhlmanns Lebensgefährten wartete und Luca Mareni die Einsätze koordinierte, ließ sie das Telefonat mit Katryna Nowak nachklingen.

Sie war unruhig und angespannt, was bei dem Ausmaß, das die Fälle inzwischen annahmen, kein Wunder war. Aber da war noch etwas anderes. Jörg Rauth, Sahra Scheidner, Stefan Muth, Huhlmann, Lange, Ansdorf, grübelte sie. Wer kannte wen? Wie waren die Kontakte zustande gekommen? Wer hielt die Fäden in der Hand? Ein Gedankenfetzen hatte sich losgelöst und ließ sie nicht zur Ruhe kommen. Sie trommelte mit den Fingern auf die Tischplatte, hielt plötzlich inne und schlug sich vor den Kopf.

Als sie am Montag, noch in Berlin, mit Robert Scheidner telefoniert hatte, weil sein Name in der Rauth-Akte auftauchte, war ihr nicht klar gewesen, dass seine Frau Sahra eine Muslima war, an der ein gutes Jahr zuvor ein scheußliches Verbrechen verübt worden war, und der Staatsanwalt, auf die Freundschaft zwischen Marie Rauth und Sahra angesprochen, hatte lediglich erwähnt, dass seine Gattin nicht mehr lebte. Die Hintergründe erfuhr Johanna jedoch erst von Tony. Nicht ungewöhnlich, sollte man meinen, denn warum hätte der Staatsanwalt über dieses traumatische Ereignis von sich aus lang und ausschweifend sprechen sollen? Ganz einfach – weil Johanna Bernd Lange erwähnt und routinemäßig gefragt hatte, ob Scheidner ihn kannte, was der verneint hatte.

Sie hielt es für völlig ausgeschlossen, dass der Staatsanwalt den Namen des seinerzeit im Vergewaltigungsfall seiner Frau leitend ermittelnden Beamten nicht wusste oder sich nicht an ihn erinnerte – auch wenn er offiziell nicht hatte tätig werden dürfen. Und natürlich war er darüber im Bilde gewesen, dass es ein internes Verfahren gegeben hatte, unter Umständen hatte er selbst es initiiert. Warum also log er?

Ganz einfach – weil er nicht darüber sprechen wollte, beantwortete Johanna sich die Frage gleich selbst. Seine Frau hatte sich unter tragischen Umständen das Leben genommen, sein Freund ebenfalls. Er verdrängte das Geschehen – ein ganz natürlicher Reflex des Ausweichens. Dass noch etwas anderes hinter Rauths und

Langes Tod steckte, konnte er nicht wissen. Aber er hätte zumindest erwidern können, dass Bernd Lange ein KDD-Beamter war …

Ein höchstwahrscheinlich ganz und gar nebensächlicher Aspekt, dachte Johanna, als es klopfte. Daniel Beuten trat ein, ohne die Aufforderung dazu abzuwarten. Er hatte sich einen Kaffee mitgebracht und stellte ihn auf dem Tisch ab, bevor er beiläufig grüßte, den Stuhl zurechtschob und sich setzte.

»Ich habe es wirklich eilig«, sagte er mit Blick auf die Uhr. Er rückte seine Krawatte zurecht und sah die Kommissarin abwartend an. »Bitte haben Sie Verständnis, dass ich –«

»Aber natürlich«, unterbrach Johanna ihn in übertrieben freundlichem Tonfall, während ihr Wutpegel sprunghaft anstieg. »Die Polizei hat es mit fünf Toten zu tun, die auf höchst unerfreuliche Weise ums Leben gekommen sind, eine davon ist Ihre Lebensgefährtin gewesen. Aber natürlich werde ich mich mit meiner Befragung beeilen.«

Sie beugte sich mit aufgesetztem Lächeln vor und genoss für einen Moment seine Verblüffung. »Woran arbeiten Sie gerade, Herr Beuten? An einem Feature über niedersächsische Milchbauern, die in den Melkstreik treten könnten? Oder sind Sie Ihrem eigenen Verständnis nach einer von diesen investigativen Journalisten und spüren hochrangigen VW-Mitarbeitern nach, die im Verdacht stehen, nachts heimlich mit dem neuen Opel Astra durch die Gegend zu düsen?«

»Was soll das denn? Hören Sie, Frau Kommissarin –«

»Nein, Herr Beuten, Sie hören zu: Ich respektiere, dass Ihnen das Thema unangenehm ist, dass es Sie zutiefst schmerzt, über Ulrike zu reden, und Sie darüber hinaus einen zeitaufwendigen Job haben, in den Sie sich gerade jetzt am liebsten rund um die Uhr vergraben würden, und Sie können sich darauf verlassen, dass ich meine Zeit nicht mit unnötigen Unterredungen vergeude. Aber mein Job ist es, in Erfahrung zu bringen, was passiert ist, und dazu benötige ich nun mal auch Ihre Antworten, Hinweise, Stellungnahmen. Hab ich mich klar ausgedrückt?«

Beuten schloss kurz die Augen. Als er sie wieder öffnete, blieb sein Blick starr. Dann nickte er. »Ja. Tut mir leid …« Er trank einen Schluck von seinem Kaffee, und Johanna sah, dass seine Hand zitterte.

Ihr Zorn verrauchte so abrupt, wie er aufgeflammt war. Der Mann litt mehr, als er es irgendjemanden wissen oder auch nur ahnen lassen wollte. Er dürfte vollends aus den Latschen kippen, wenn ihm klar wurde, dass Ulrike Huhlmann im Verdacht stand, eine korrupte Beamtin gewesen zu sein.

Johanna versuchte bewusst, sich zu entspannen. Sie war unsicher, wie sie das Thema anschneiden sollte. Das passierte ihr selten. Schließlich öffnete sie den Ordner und präsentierte Beuten die Fotos von Bihl, Muth und Dorn. »Ist Ihnen vielleicht einer von diesen Männern mal über den Weg gelaufen? Bitte nehmen Sie sich die Zeit und prüfen Sie genau.«

Beuten sah sich jedes einzelne Bild eingehend an und schüttelte dann den Kopf. »Nein. Hat einer von denen etwas –«

Johanna winkte ab. »Das ist eine schlichte Überprüfung«, sagte sie ausweichend.

Beuten hob unvermittelt das Kinn. »Sie glauben nicht an Selbstmord, stimmt's?«, fragte er leise. »Warum würden Sie wohl sonst so beharrlich nachfragen.«

»Sie haben recht, ich glaube nicht an Suizid«, antwortete Johanna. Der Mann war Journalist – ausweichende und abwiegelnde Bemerkungen würde er ihr ohnehin nicht glauben. »Und ich bin auf der Suche nach Spuren, die meine These stützen könnten.«

»Haben Sie schon etwas gefunden?«

»Ja.« Johanna nickte. »Es gibt verschiedene Übereinstimmungen – sehr beunruhigende Übereinstimmungen bei allen Toten. Bitte haben Sie Verständnis dafür, dass ich nicht in die Details gehen kann.« Sie unterbrach kurz. »Was schätzen Sie – wie gut kannten Sie Ihre Freundin, Ihre Lebensgefährtin wirklich?«

Beuten hielt kurz die Luft an. »Sehr gut«, entgegnete er dann. »Dachte ich immer.«

»Sind Ihnen in letzter Zeit Zweifel gekommen?«

Beuten ließ die Frage sekundenlang im Raum stehen. »Es ist alles so … unwirklich, verstehen Sie? Manchmal stehe ich morgens auf und bin davon überzeugt, dass alles nur ein fieser Alptraum war … Den Satz hören Sie bestimmt hundertmal im Jahr.« Er gab sich einen Ruck, nahm seinen Becher und drehte ihn zwischen den Händen, bevor er hochblickte.

»Ulrike war völlig von der Rolle, als der andere Polizist hier in Wolfsburg nach der Drogeneinnahme Selbstmord beging«, begann er schließlich zu erzählen. »Als sie nach dem Spätdienst – ich glaube, es war ein Freitag – nach Hause kam, stand sie nahezu unter Schock … ja, so könnte man es sagen. Das war natürlich eine ganz fürchterliche Geschichte gewesen, die sich auch in ihrer Braunschweiger Dienststelle wie ein Lauffeuer herumgesprochen hatte. Aber der Name des Beamten war vorher noch nie gefallen, und als ich nachfragte, was genau sie derart umhaute, ist sie erst sauer geworden und hat das Thema dann von einem Augenblick zum nächsten fallen gelassen.« Beuten zuckte mit den Achseln. »Ulrike gab sich manchmal gerne als harter Cop, verstehen Sie? Gefühle in ihrem Job – das ginge gar nicht, sagte sie immer.«

»Durchaus ein nachvollziehbarer Standpunkt«, erwiderte Johanna. »Könnte man sagen, dass es ihr unangenehm war, Sie mit ihrer heftigen Reaktion irritiert zu haben?«

»Der Formulierung könnte ich zustimmen.«

»Danach hat sie den Polizisten Günther Ansdorf nicht mehr erwähnt?«

»Doch – ihrer Schwester gegenüber, das habe ich mitbekommen. Darüber haben Karina und ich uns auch nach Ulrikes Tod unterhalten … Und einmal am Telefon.«

Johanna beugte sich vor. »Mit wem hat sie telefoniert?«

»Keine Ahnung. Das war noch an dem gleichen Wochenende, ich glaube am Samstagabend. Ich bekam zufällig mit, wie sie den Namen nannte.«

»Haben Sie Freunde in Berlin, Herr Beuten?«

»Hm, ich habe ein paar berufliche Kontakte, aber ansonsten – nein.«

»Und Ulrike?«

»Auch nicht.«

»Sagt Ihnen der Name Stefan Muth etwas?«

»Sollte er?«

»Ihre Lebensgefährtin hat an jenem Wochenende, einen Tag nach Günther Ansdorfs Tod, mit Stefan Muth telefoniert. Der

Mann besitzt mehrere Videoläden in Berlin und auch in Braunschweig. Dort hat Ulrike sich manchmal Filme ausgeliehen.«

Beuten stellte seinen Becher ab und runzelte die Brauen. »Stimmt. Aber warum sollte sie mit diesem Mann über den toten Polizisten sprechen?«

»Das ist eine sehr gute Frage, Herr Beuten, der ich eine weitere anschließen möchte: Haben Sie noch Filme aus dem Videoladen zu Hause?«

»Nein, Karina hat sich um all das gekümmert.«

»Sie meinen, dass sie die Filme zurückgebracht hat?«

»Ja, ich entsinne mich, dass sie beim Aufräumen darauf gestoßen ist und meinte, die Leihfrist wäre längst abgelaufen. Sie wollte sie zurückbringen.«

»Können Sie sich an die Titel erinnern?«

Beuten hob die Hände. »Nein, keine Ahnung. Ulrike hat manchmal zur Entspannung irgendwelchen Kram geguckt: Liebesschnulzen, Actionfilme, alles Mögliche.«

»Hatte sie nicht genug Action im Job?«

»Das habe ich sie auch mal gefragt, zumal sie früher mehr gelesen und Musik gehört hat, aber ...« Er winkte ab. »Die Geschmäcker ändern sich, die Gewohnheiten auch. Zusammen haben wir jedenfalls so gut wie nie DVDs angeguckt. Ich bin lieber ins Kino gegangen.«

Johanna runzelte die Stirn. Dann suchte sie in ihren Unterlagen nach der Handynummer von Karina.

»Ist das so wichtig?«, fragte Beuten erstaunt.

»Mal gucken ...«

Karina ging nach dem zweiten Klingeln an ihr Handy. »Ich bin im Werk und müsste mein Telefon eigentlich ausstellen«, sagte sie leise, als Johanna sie begrüßt hatte. »Können wir das Gespräch verschieben?«

»Nein, aber ich beeile mich. Es geht um die Filme, die Ulrike sich in der Braunschweiger Videothek ausgeliehen hatte. Daniel Beuten meint, dass Sie die DVDs zurückgebracht hätten.«

»Das stimmt.«

»Die Leihfrist war abgelaufen?«

»Ja, längst, und aus dem Laden hat jemand angerufen.«

»Ein Stefan Muth?«

»Nein, das war eine Frau, die sich erkundigte, wann die Titel zurückgebracht würden.«

»Wie lange liegt der Anruf zurück?«

»Das war ein paar Tage nach Ulrikes Tod … Ich hab mich noch gewundert, warum die so wichtig sind.«

Ich wundere mich auch gerade, dachte Johanna. »Können Sie sich an die Titel erinnern?«

»Nee … ein paar Thriller und zwei Komödien, glaube ich. Eigentlich gar nicht so sehr Ulrikes Geschmack …«

»Ich danke Ihnen für die Auskunft, Frau Huhlmann.«

»Keine Ursache.«

Johanna unterbrach die Verbindung, um sogleich Mareni anzurufen. Der Kollege, der nach Ehmen zur Ansdorf-Witwe unterwegs war, um ihr Fotos zu präsentieren, sollte unbedingt nachfragen, ob Günther Ansdorf auch ein Film-Fan gewesen sei.

Johanna hing einen Moment ihren Gedanken nach, bevor sie Beuten wieder ansah. »Wie tolerant war Ulrike?«

»Was? Wie meinen Sie das denn?«

»Ich meine das in weltanschaulicher Hinsicht«, ergänzte Johanna.

Beuten rieb sich über die Nase. »Das ist ja eine merkwürdige Frage.«

»Ich kann auch konkreter werden. Hatte Ihre Lebensgefährtin etwas gegen Menschen muslimischen Glaubens?«

Beuten starrte sie mit geöffnetem Mund an. »Wie kommen Sie denn darauf?«

»Das spielt jetzt keine Rolle. Überlegen Sie mal – hat sie manchmal entsprechende Bemerkungen gemacht?«

»Nein!«

Natürlich nicht, dachte Johanna. Die Frau war ja nicht blöd.

»Allerdings …«

»Ja?«

»Nun, wenn es um Terroranschläge ging, um Drohungen aus der extremen islamistischen Richtung – so was fand sie gar nicht witzig. Aber das findet niemand witzig, oder?«

»Natürlich nicht. Terrorismus, egal, aus welcher Ecke, ist grundsätzlich humorfrei.« Johanna stützte das Kinn auf die Hand und sah Beuten nachdenklich an. Der gab den Blick zurück.

»Welchem Verdacht gehen Sie nach, Frau Kommissarin?«

»Ich darf Ihnen nichts sagen, Herr Beuten – nur so viel: Es ist eine hässliche Geschichte voller Gewalt, und ich reiße mich nicht um die Ermittlungen.«

Beuten drehte den Kopf zur Wand und langsam wieder zurück. Einen Augenblick lang sah es so aus, als wollte er etwas sagen, aber er schwieg.

»Wie sah es finanziell bei Ihnen aus? Hat Ulrike gut verdient?«, hob Johanna schließlich wieder an.

»Ja, sie hat ganz gut verdient.«

»Besonders gut in den letzten Monaten?«

Daniel Beuten beugte den Oberkörper nach vorn. »Worauf wollen Sie hinaus? Und erzählen Sie mir jetzt bitte nicht, Sie dürften mir keine Einzelheiten nennen – ich muss keine einzige Ihrer Fragen beantworten, wenn ich nicht will.«

Johanna seufzte innerlich. Der Mann hatte natürlich recht. »Na schön – wir gehen einem handfesten Korruptionsverdacht nach, und zwar bei allen betroffenen toten Polizisten.«

Schweigen. Beuten lockerte seine Krawatte. Er war blass geworden.

»Ich kann mir das bei Ulrike nicht vorstellen«, meinte er dann. »Aber das ist wohl kein gutes Argument.«

»Ist es nicht, nein.«

»Sie hat eine Sonderzulage bekommen, meinte sie vor einiger Zeit mal, als es um das Boot ging, das sie kaufen wollte«, fuhr Beuten in zögerlichem Ton fort. »Aber ihre letzte Gehaltsabrechnung war wie immer – ich hab einen Blick darauf geworfen, als Karina den Kram ordnete.«

»Gibt es Extra-Konten?«

»Nicht dass ich wüsste.«

Bald werden wir auch das besser wissen, dachte Johanna. Kurz darauf entließ sie Daniel Beuten. Sie rief ein weiteres Mal Karina Huhlmann an und bat sie, nach ihrer Schicht in der PI vorbeizukommen. Dann ging sie in die Cafeteria.

Sie nahm sich Zeit für einen späten Mittagsimbiss. Was hab ich manchmal für einen Scheißjob, dachte sie. Der Gedanke war alles andere als neu, aber in diesem Moment mit ungewöhnlich intensiver Melancholie durchsetzt.

Mit einem weiteren Kaffee und einem üppigen Stück Obstkuchen ausgestattet, machte sie sich auf den Weg ins Konferenzzimmer, wo die Sondergruppe in Kürze zu einem Infoaustausch zusammentreffen würde, und setzte sich ans Fenster, um blicklos hinauszustarren.

9

Er fuhr mit dem Wagen in sein Wochenendhaus am südlichen Stadtrand von Berlin, kurz nachdem Holger ihn über die zweite Vernehmung in Kenntnis gesetzt hatte – von einem öffentlichen Telefon aus, wie immer. Alle Mitglieder der Riege hielten sich an das Gebot, wichtige Gespräche stets so verdeckt wie möglich zu führen und Mitteilungen unauffällig auf den Weg zu bringen. So benutzte niemand das Internet von zu Hause aus, wenn es um Belange der Riege ging, und jeder besaß mindestens ein Handy mit einer falsch registrierten SIM-Karte. »Hinterlasst nur die Spuren, die ihr hinterlassen wollt oder sinnvoll erklären könnt!«, predigte Volker immer wieder, und Stefan konnte ihm nur zustimmen.

Richtig kennengelernt hatten die beiden sich eigentlich erst vor zehn Jahren, genauer gesagt in der Folge des 11. September 2001, als Stefan erfuhr, dass seine Mutter unter den Opfern des Terroranschlags gewesen war und sein Vater, der in Duisburg lebte und sich seit der Trennung seiner Eltern kaum um ihn gekümmert hatte, ihn anrief. Stefan war damals Mitte zwanzig, er war nicht scharf darauf, plötzlich wieder einen »Papi« zu haben – so tief ihn auch der Schock über den Verlust seiner Mutter traf und der Hass auf die Terroristen zermürbte, vielmehr aus der Bahn warf, aber Volker Dorn ließ sich nicht abwimmeln. Als er sich auch Wochen später unbeirrt alle paar Tage meldete, nahm Stefan seine Einladung nach Duisburg schließlich an. »Okay, ich komme, aber bilde dir nicht ein, dass ich dich mit Paps oder so ansprechen werde.«

Seine Eltern waren nie verheiratet gewesen. Volker Dorn hatte in den siebziger Jahren eine Zeit lang in einer WG in Berlin gelebt, um nicht zum Bund eingezogen zu werden, nahm an Demos teil und engagierte sich politisch. In einer Kreuzberger Kneipe hatte er seine Mutter kennengelernt, und so war Stefan schließlich unterwegs gewesen. Eine Heirat kam natürlich nicht in Frage. Irgendwann war die Beziehung beendet, das halbherzig betriebene Studium auch, Volker ging wieder zurück nach Duisburg, machte diese und jene Geschäfte, wobei er durchaus erfolgreich war, engagierte sich in dieser oder jener politischen Randgruppierung, immer mit vollem Einsatz, wie seine Mutter mal erzählt hatte. Alle paar Monate oder auch Jahre meldete er sich bei Mutter und Sohn – in der Regel per Telefon –, spendierte ein neues Fahrrad zum Geburtstag oder zu Weihnachten oder fragte nach Stefans Werdegang, ohne dass der den Eindruck gewann, es könnte mehr als ein Pflichtgefühl, geschweige denn echtes Interesse dahinterstecken.

Als sie Ende 2001 nach vielen Jahren erstmals wieder zusammentrafen, war Stefan überrascht – angenehm überrascht, was er zu kaschieren suchte. Der damals achtundvierzigjährige Geschäftsmann wirkte bei allem Ernst, den die Situation mit sich brachte, jugendlich-locker, selbstbewusst und seriös zugleich, und er ließ sich überhaupt nicht abschrecken vom mürrischen Gesichtsausdruck seines Sohnes und dessen anfänglich abwehrender Haltung.

»Es ist genug. Wir werden das nicht so hinnehmen«, hatte Volker unvermittelt und in leisem Ton erklärt, als sie im Innenhafen im Restaurant Hafenforum bei einem Drei-Gänge-Menü zusammensaßen. »Dieser Anschlag war nur die Spitze des Eisberges. Es wird höchste Zeit, dass wir uns endlich wehren, und zwar mit allen Mitteln.«

Stefan spürte, wie sich sein Herz zusammenzog – vor Wut und Schmerz zugleich. Außerdem hasste er dummdreistes Sprücheklopfen. »Erzähl keinen Scheiß!«, entgegnete er aufgebracht und legte seine Gabel beiseite. »Wem willst du mit diesen Sprüchen eigentlich imponieren? Mir etwa? Vergiss es!«

Volker sah ihn eine ganze Weile schweigend an. »Ich meine das verdammt ernst«, gab er schließlich ruhig zurück. »Du ahnst gar nicht, wie ernst.«

»Ach ja? Und was willst ausgerechnet du gegen diese Brut ausrichten, die sich überall breitmacht? Die beim Freitagsgebet auf den Knien herumrutscht und am nächsten Tag einen Selbstmordattentäter unterstützt? Als einsamer Kämpfer losziehen und Rache üben – zwischen einem Geschäft und dem nächsten? Wie das denn, bitte schön? Und seit wann kümmerst du dich um mich und meine –«

»Erstens, und so tragisch es auch sein mag: Es geht nicht nur um deine Mutter und dich«, unterbrach Volker ihn bestimmt. »Zweitens: Als einsamer Kämpfer erreichst du gar nichts, das lass dir gesagt sein. Und drittens: Du weißt nicht sehr viel von mir – kannst du ja auch gar nicht. Ich bin schon lange in einer Bürgerinitiative aktiv, die sich vehement gegen den Bau von Moscheen zur Wehr setzt und gegen die Verbreitung des absurden Gedankens, dass der Islam eine friedliche Religion sei, der man tolerant und aufgeschlossen begegnen solle. Dieses Gelaber habe ich so was von satt, und zwar schon seit Jahren und nicht erst seit dem 11. September. Außerdem gehöre ich einer Gruppe von Leuten an, die fest davon überzeugt sind, dass uns noch ganz andere Terroranschläge bevorstehen, wenn wir nicht endlich aktiv werden – und damit meine ich nicht die kuschelige Auseinandersetzung in irgendwelchen Diskussionsrunden bei Kaffee und Kuchen.«

Stefan winkte ab. »Klingt ja ganz gut, aber du kannst viel reden, wenn der Tag lang ist.«

Volker lächelte und wurde dann wieder ernst. »Du wirst schon sehen.«

Stefan hätte jede Wette gehalten, dass sein Alter mächtig am Spinnen war – um ihn zu beeindrucken oder mal richtig große Töne zu spucken oder weil er mal wieder ein neues politisches Betätigungsfeld entdeckt hatte, für das er Feuer und Flamme war. Er hätte die Wette verloren.

Volker Dorn baute in den folgenden Jahren sehr umsichtig und professionell unauffällig ein vielschichtiges Netzwerk auf, das bis in die USA reichte und aus unterschiedlichen, hervorragend aufeinander abgestimmten Quellen finanziert wurde, zum Teil protegiert von finanzstarken Leuten, die ein gemeinsames Ziel verband: den Islam und seine Anhänger zu vertreiben und damit den Terror an seiner Wurzel zu bekämpfen und zu vernichten – vorzugsweise mit Gewalt, Hetze und Verunsicherung, weil allein diese Mittel, permanent und überzeugend eingesetzt, Erfolg versprachen. Gleichzeitig betrieb er den Aufbau seiner Videoläden, um sich eine bürgerliche Fassade zu schaffen, hinter der alle Fäden zusammenliefen. Als er Stefan vor einigen Jahren anbot, aktiv in die weitere Planung und Vorbereitung einzusteigen und sich dabei vorrangig um Berlin und Niedersachsen zu kümmern, zeigte der sich sehr beeindruckt, dass Volker alles andere als ein Sprücheklopfer war, und stimmte zu. Aus Neugier und Überzeugung, aus Abenteuerlust und Hass, für den er dankbarerweise endlich ein Ventil gefunden hatte, und weil das Geld stimmte.

Natürlich war ihm bewusst, dass die Beteiligung an den Aktivitäten der Riege, vorzugsweise in leitender Funktion, sein Leben von Grund auf ändern würde, aber er hatte nicht den Eindruck gehabt, dass es etwas zu verlieren gab – ganz im Gegenteil. Er hielt das Risiko für vertretbar, denn sein Vater war schlau, sehr schlau sogar, und er imponierte ihm, zum ersten Mal in seinem Leben. Und noch etwas anderes kam hinzu – das Gefühl, wichtig und Teil einer Bewegung zu sein. Macht über andere auszuüben.

Volker war ein leidenschaftlicher, nahezu zwanghafter und detailverliebter Planer – freiwillig überließ er nichts dem Zufall. Er stimmte keiner Aktion, keinem weiteren Schritt in der Vorbereitung zu, die nicht minutiös durchdacht und von ihm abgesegnet war, und er ließ sich niemals drängen oder gar hetzen, sondern hielt seinem Sohn, dem es manchmal zu langsam und umständlich voranging, stets entgegen, dass sie keinen Zeitplan einzuhalten hatten, sondern ein Ziel verfolgten, dessen Umsetzung höchste Sorgfalt erforderte, weil ein kleiner Fehler, eine winzige Unachtsamkeit das Ganze gefährden konnte.

Die Gewinnung der Polizeibeamten, deren erkaufte oder erpresste Unterstützung nach Volkers Überzeugung unabdingbar für die Spurenvernichtung und Fallverschleierung war, gehörte zum fundamentalsten und zeitaufwendigsten Aspekt in der Vorbereitung, unmittelbar gefolgt von der Auswahl der richtigen Handlanger, genauer gesagt: der Schläger und ihres Einsatzes.

Stefan fuhr den Wagen in den Schuppen hinter seinem Wochenendhaus. Er überprüfte, ob alles an seinem Platz war, und füllte Benzin in den Tank seines bereitstehenden Motorrades. Dann setzte er sich mit einer Tasse Kaffee in die Sonne und wartete, dass die Zeit verging.

***

Es war bereits später Nachmittag, als Johanna sich in Marenis Büro zurückzog. Die Staatsschutzbeamtin hatte die Ergebnisse der seit dem frühen Morgen auf Hochtouren arbeitenden Ermittler sowie den aktuellen Zwischenstand von Staatsanwältin Kuhl zusammengefasst und ebenso kompetent wie sachlich vorgetragen. Johanna wollte ihren Bericht ungestört überdenken und Kontakt mit Berlin aufnehmen, wo sehr wahrscheinlich ähnlich intensiv recherchiert wurde.

Es wunderte sie nicht im Mindesten, dass bereits nach den ersten stichprobenartigen Überprüfungen mehr als ein Dutzend Gewalttaten gegen muslimische Mitbürger über einen längeren Zeitraum unzureichend und falsch erfasst worden waren, darunter Mord beziehungsweise Totschlag, schwerste Körperverletzung, außerdem mehrere Vermisstenfälle. Dennoch schockierte sie das Ausmaß.

In sämtlichen Fällen war einer der unter Korruptionsverdacht stehenden Beamten leitend tätig gewesen, und eine umfassende Manipulation der Ermittlungen durfte getrost angenommen werden, auch wenn in der Kürze der Zeit die Details noch nicht vertieft worden waren. Johanna konnte sich gut vorstellen, dass im Wolfsburger und Braunschweiger Raum der eine oder andere Betroffene, ähnlich wie Karim Celik, zum Beispiel Holger Bihl wiedererkennen würde. Falls er oder sie sich noch erinnern konnte – oder wollte. Das wäre immerhin ein guter Ansatz und eine wirkungsvolle Maßnahme, den Gewaltopfern zu ihrem Recht zu verhelfen. Besser spät als gar nicht.

Marenis Kontaktmann aus dem Islamischen Kulturzentrum hatte von gehäuften Übergriffen berichtet, von Angst und Unsicherheit, die deutlich um sich griffen, weil die Ermittlungsbehörden stets im Dunklen tappten. Einige Eltern hatten ihre Kinder bereits vom Unterricht abgemeldet. Aus einer Braunschweiger Gemeinde wurde Ähnliches berichtet. Mit den Fotos hatten die bislang befragten Gemeindemitglieder jedoch nichts anfangen können. Johanna war sicher, dass die Nachforschungen in Berlin vergleichbare Ergebnisse zutage fördern würden.

Ansdorf, Huhlmann und Vogt einte die Mitgliedschaft in einer Braunschweiger Muth-Videothek, doch Angehörige und Freunde der toten Polizisten erkannten weder Muth noch Bihl oder gar

Dorn wieder. Auf die zügige Rückgabe ausgeliehener Titel war nach den Todesfällen deutlich Wert gelegt worden. Stefan Muths persönlicher Auftritt in Berlin war aber offenbar eine Ausnahme gewesen.

Bezüglich der finanziellen Verhältnisse, obwohl noch nicht im Detail geprüft, ließ sich festhalten, dass alle Beamten mehr Geld zur Verfügung gehabt hatten, als bei einem normalen Polizisten-Gehalt üblich war – auch Karina Huhlmann hatte inzwischen in einer zweiten Befragung, wenn auch etwas zögerlich, bestätigt, dass ihre Schwester erstaunlich gut verdient habe.

Es würde einiges an Zeit, Mühe und Überstunden kosten, die einzelnen Straftaten wieder aufzurollen, doch die angekündigte Verstärkung aus Hannover war bereits vor Ort, und es herrschte ein emsiges und bislang noch einvernehmliches Treiben der involvierten Dienststellen. Früher oder später, so Johannas bisherige Erfahrung bei vergleichbaren Ermittlungen, würde eine Behörde die Fälle komplett für sich beanspruchen, und sie ging davon aus, dass die obersten Verfassungsschützer bereits Aufstellung in den Startlöchern genommen hatten und die nötigen Vorbereitungen trafen. Das Argument, dass die Arbeit auf die Art deutlich besser zu koordinieren sei, war natürlich nicht von der Hand zu weisen, doch Johanna hätte gern mal nachgefragt, warum die Straftaten über so viele Jahre in keiner Statistik Beachtung gefunden und keinen einzigen Staatsschützer beunruhigt hatten. Dabei kannte sie die Antwort längst: Der Fokus war auf die andere Seite des Extremismus gerichtet.

Sie war gespannt, wann sie von den Fällen abberufen würde. Spekulationen darüber waren müßig. Manchmal ging das sehr schnell. Solange sie keine andere Anweisung erhielt, würde sie einfach weiter ihren Job machen.

Katryna Nowak meldete sich über Handy, als Luca Mareni gerade eingetreten war und erwähnt hatte, dass es über die Observierung von Holger Bihl bislang nichts Auffälliges zu berichten gab.

»Ich habe eben mit der letzten Freundin von Bernd Lange gesprochen, einer gewissen Tanja Bäumler«, hob Nowak an. »Zum ersten Mal übrigens, weil die Frau seinerzeit nicht in Berlin war und später bei einem Kollegen eine belanglose Aussage machte. Das hatte ich erwähnt, oder?«

»Hatten Sie.«

»Sie hat bestätigt, dass Lange immer gut bei Kasse war und sich regelmäßig Filme auslieh, in einem der beiden Berliner Videoläden von Muth.«

»Das ist ja offensichtlich ein durchgehendes Muster.«

»Unbedingt. Die Beziehung stand übrigens schon eine ganze Weile auf der Kippe«, fuhr Nowak fort. »Ich hab diesbezüglich ein bisschen nachgebohrt. Bäumler ist allein in den Urlaub gefahren, um Abstand zu gewinnen. Sie meint, dass Lange sich in letzter Zeit verändert hätte – zum Nachteil, wie sie betont. Er wäre unsensibel und ruppig geworden und hätte sich scheußliche Gewaltfilme angesehen, was früher gar nicht seine Art war.«

»Wusste sie etwas von der internen Untersuchung nach dem Scheidner-Vergewaltigungsfall? Hat er ihr gegenüber mal was erwähnt?«

»Nein. Lange hat den Vorfall mit keiner Silbe erwähnt. Verständlich, wie ich finde.«

Ja, finde ich auch, dachte Johanna und machte sich eine Notiz. »Habt ihr schon was zu den aktuellen Aktivitäten von Muth vorliegen?«

»Und ob. Der junge Mann ist, wie ich gerade erfahren habe, unbemerkt ins Wochenende entschwunden«, antwortete Nowak in beißendem Ton.

»Wie bitte? Er hat sich aus dem Staub gemacht?«

»So kann man das nicht sagen. Er wollte früher ins Wochenende – keine Ahnung, wohin –, sagte mir eine freundliche Angestellte, als ich in seinem Laden anrief. Ich hab mich natürlich als Kundin ausgegeben.«

»Die Observierung hat also nicht gegriffen?«

»Sie kam schlicht zu spät, und so können wir nicht mal sagen, ob er sich bewusst davongemacht hat oder aber tatsächlich irgendwo im Umland das Sommerwetter genießt.«

Scheiße, dachte Johanna. »Na ja, für Zufall halte ich diesen Ausflug nicht, aber da lässt sich im Moment nichts machen. Und was ist mit Volker Dorn?«

»Mein Duisburger Kollege hat sich bisher nicht gemeldet, aber eure interne Recherchefrau hat inzwischen nachgefasst und ist ein paar Jahrzehnte zurückgegangen, um festzustellen, dass der Mann in den siebziger Jahren eine ganze Weile in Berlin gelebt hat«, berichtete Nowak. »Damals sind die jungen Männer noch nach Westberlin abgehauen, um nicht eingezogen zu werden. Hat ein bisschen studiert, Politik und Wirtschaft, und sich in einigen obskuren politischen Randgruppen rumgetrieben, wie später in Duisburg auch.«

»Ach? Interessant. Allerdings kann damals wohl kaum der Kontakt zu Stefan Muth entstanden sein.«

Katryna Nowak lachte kurz auf. »Nee, das haut altersmäßig nicht ganz hin.«

Einen Moment herrschte Schweigen. Johanna glaubte nicht daran, dass Dorn lediglich ein Geldgeber war, den Muth zufällig aufgetrieben hatte, und noch weniger glaubte sie daran, dass der junge Mann allein und selbstständig eine antimuslimische Schlägertruppe auf die Beine gestellt, zig Polizisten bestochen – noch dazu bis vor Kurzem völlig unauffällig agierend – und gleichzeitig seine Videoläden aufgebaut hatte. Irgendwo musste es ein verbindendes Element geben, aber das konnte sie im Moment nicht erkennen.

»Was meinen Sie, worauf das Ganze hinausläuft – ich meine, so rein ermittlungstechnisch?«, fragte Nowak in Johannas Überlegungen hinein.

»Ich könnte mir vorstellen, dass Staatsschutz und Interne das demnächst als Gemeinschaftsaktion übernehmen werden – auch unter dem Aspekt der Notwendigkeit einer abseits der Öffentlichkeit geführten Aufarbeitung«, meinte Johanna. »Dabei wird so viel Dreck aufgewühlt – den wollen die sicher erst mal in aller Ruhe sortieren.« Ihr Zynismus war unüberhörbar.

»Gut möglich«, stimmte Katryna Nowak zu. »Wenn ich die Worte Ihres Chefs richtig deute, dann gibt es wohl auch noch keine Einigkeit über das Vorgehen bezüglich der Videoläden. Sie werden durchleuchtet und beobachtet, aber zum jetzigen Zeitpunkt und solange die Beweislage hauptsächlich aus Rückschlüssen und Verdachtsmomenten besteht, so überzeugend und brisant die auch klingen, könnten groß angelegte Razzien völlig ins Leere laufen oder sogar gänzlich nach hinten losgehen.«

»Und solange nicht klar ist, wer noch mit von der Partie ist, sollte ein SEK-Einsatz so lange wie möglich hinausgezögert werden«, fügte Johanna hinzu. »Wo fünf Polizisten mitgemischt haben, können auch noch fünf weitere aktiv sein. Oder zwanzig.«

»Ach du Scheiße!«

»Ganz Ihrer Meinung.«

»Wenn ich Ihnen jetzt ein schönes Wochenende wünsche, klingt das garantiert ironisch«, meinte Nowak dann. »Aber glauben Sie mir, es ist nicht so gemeint. Außerdem muss ich selbst Dienst schieben.«

Johanna ließ sich ein Lächeln entlocken. Sie verabschiedete sich, legte das Handy beiseite und rieb sich die Schläfen.

»Brauchen Sie eine Kopfschmerztablette?«, fragte Mareni.

»Danke.« Sie blickte hoch. »Später vielleicht. Hat Staatsanwältin Kuhl sich zwischenzeitlich noch mal gemeldet?«

»Ja – da haben Sie gerade Karina Huhlmann befragt.«

Johanna nickte. »Würden Sie mich bitte über Festnetz mit ihr verbinden?«

»Klar.«

Zwei Minuten später hatte sie Annegret Kuhl am Apparat, deren Stimme angespannt klang. »Bis jetzt sieht es so aus, dass die Braunschweiger Videoläden sauber geführt wurden, es gibt keine Steuerschulden oder Beschwerden von Nachbarn, und die eine oder andere schwarz abgerechnete Aushilfskraft rechtfertigt kaum einen umfangreichen polizeilichen Einsatz und auch keine Online-Durchsuchung, zumindest nicht ad hoc. Vielleicht finden unsere Staatsschützer ja in absehbarer Zeit noch ein paar gute Argumente«, stieg sie sofort ins Thema ein. »Außerdem: Wonach genau suchen wir? Pläne, Namen und Adressen werden da kaum herumliegen. Und an eine eindeutige Identifizierung von Stefan Muth durch ein Opfer oder Zeugen, die sich im Laufe der aufzuarbeitenden Fälle finden mögen, glaube ich nicht. Zudem wird der sich seine Hände kaum selbst schmutzig gemacht haben.«

»Das glaube ich auch nicht. Hinzu kommt, dass die Straftaten zum Teil lange zurückliegen. Und diese Leute agieren sehr vorsichtig, auch beim Telefonieren und beim Mailverkehr, sonst hätten sich bei den ersten Überprüfungen nach den Todesfällen entsprechende Hinweise gefunden. Einziger Ausrutscher: Huhlmann, die über Festnetz in Berlin anrief, aber selbst das fiel zunächst nicht ins Gewicht, sondern wurde erst bedeutsam, als andere Fakten hinzukamen, denen wir nachgegangen sind«, erörterte Johanna. »Ich könnte mir übrigens sehr gut vorstellen, dass sie Muth über den Tod von Ansdorf informiert hat oder unbedingt mit ihm darüber sprechen wollte und alle Vorsichtsmaßnahmen außer Acht ließ, weil sie völlig von der Rolle war – so beschreiben Schwester und auch Lebensgefährte ihren Zustand, wobei Letzterer sogar mitbekommen hat, dass sie den Namen Ansdorf am Tag nach seinem Tod am Telefon erwähnte. Also spätestens seit dem Zeitpunkt dürften die Alarmglocken bei denen so richtig geschrillt haben.«

»Aber warum genau?«

»Rauth hat sich erschossen, aber Ansdorf war der zweite Beamte nach Lange, der ein Opfer von Badesalz wurde, und ich gehe davon aus, dass der Gruppe die Todesumstände bekannt waren – wenn nicht sofort, dann aber doch zeitnah«, erwiderte Johanna prompt. Ihre Kopfschmerzen begannen sich abzuschwächen, was sie dem lebhaften und intensiven Austausch mit der Staatsanwältin zuschrieb. Oder ihrer robusten Natur.

»Das konnte für Muth und Co kein Zufall sein und auch kein echter Suizid. Ab Ende Juli blieben also viele Wochen Zeit, alles an Spuren und Hinweisen zu beseitigen, was auch nur ansatzweise verdächtig wirken konnte. Wie meine Berliner Kollegin vom LKA herausgefunden hat, war Stefan Muth persönlich unterwegs, um in Rauths Zimmer nach ausgeliehenen Filmen zu suchen. Sein Auftreten wirkte bedrohlich auf die Witwe Rauth. Und auch bei den anderen Polizisten wurde Wert auf die baldige Rückgabe der DVDs gelegt.«

»Was hat es damit Ihrer Meinung nach auf sich?«, fragte Kuhl. »Geht es nur darum, die Verbindung zu kappen?«

»Tja, gute Frage. Es wird von mehreren Seiten berichtet, dass einzelne Beamte plötzlich eine Vorliebe für Gewaltfilme gehabt hätten. Ich denke, da steckt noch mehr dahinter.«

»Vielleicht sind die Titel willkürlich, und sie kommunizieren nur über die Ausleihe«, schlug Kuhl vor. »Mittels eines versteckten USB-Sticks oder was auch immer.«

»Interessanter Aspekt. Oder/und die Filme sind etwas Besonderes … besonders brutal.«

»Denken Sie in die Richtung von Hetzvideos?«

»So was taucht im Internet immer wieder auf«, bekräftigte Johanna. »Wenn sich diesbezüglich weitere Verdachtsmomente ergeben, gäbe es einen guten Hebel für eine Durchsuchung.«

»Gäbe«, seufzte Annegret Kuhl. »Die Sache mit dem Konjunktiv …«

»Ich weiß, was Sie meinen.«

»Worauf sollten wir neben dem Aufarbeiten alter Fälle in den nächsten Stunden Ihrer Ansicht nach besonders achten?«, fragte die Staatsanwältin weiter.

»Stefan Muth ist durch die Observation gerutscht – ob beabsichtigt oder zufällig lässt sich nicht eindeutig sagen«, berichtete Johanna. »Jedenfalls ist er verschwunden. Natürlich würde mich interessieren, wo er sich aufhält, mit wem er sich trifft – vielleicht mit Dorn? Ich werde Samthof ans Herz legen, Dorn beschatten zu lassen, auch wenn wir bislang nichts gegen ihn in der Hand haben.«

»Solange eine kriminelle Verbindung zwischen Muth und Dorn wenig mehr als Spekulation ist … Aber ich werde Muth auf die Fahndungsliste setzen lassen – falls das BKA das noch nicht getan hat. Und die Videotheken sollten auch hier in Braunschweig observiert werden, solange wir nicht wissen, wo er sich aufhält. Das Bedrängen der Witwe Rauth kann man durchaus als starkes Indiz werten. Ich überprüfe das gleich noch«, entschied Kuhl nach kurzer Pause. »Haben Sie auch mal darüber nachgedacht, ob Muth und Co für die Morde in Frage kommen könnten?«, fuhr sie dann fort.

Johanna lehnte sich zurück und wechselte mit dem Hörer von einem Ohr ans andere. »Ehrlich gesagt: nicht länger als zwei Sekunden. Warum sollten Sie das tun?«

»Vielleicht haben die Polizisten ihre Aufträge erledigt, vielleicht haben sie sich geweigert weiterzumachen …«

»Alle fünf – beziehungsweise vier? Unwahrscheinlich.«

»Vielleicht nur zwei von ihnen, aber es schien sinnvoll, alle auszutauschen, weil sie untereinander Kontakt pflegten«, spann Kuhl den Faden weiter.

»Das ist doch viel zu auffällig«, wandte Johanna ein. »Ein riskantes Unternehmen, das viel zu viel Wind aufwirbelt.«

»Der sich vielleicht bald wieder legt, wenn wir keine starken Anhaltspunkte finden, die uns in die richtige Richtung führen«, wandte die Staatsanwältin ein. »Und bis die alten Fälle alle aufgearbeitet sind, vergehen ... Monate, oder sogar Jahre?«

»Optimismus ist nicht Ihr zweiter Vorname, oder?«

»Kommt ganz darauf an, aber gut – lassen Sie uns weiter überlegen. Wer könnte noch dahinterstecken? Wer hat ein so starkes Motiv, dass fünf korrupte Polizisten dran glauben müssen? Ich zähle Rauth weiterhin dazu, weil er einem Mord unter Umständen lediglich zuvorgekommen ist. Da bleibt nur noch Rache.«

»Die islamistische Szene? Das würde bedeuten, dass die Täter einen fundierten Einblick gewonnen hätten und über die Vorgehensweise und die einzelnen Verbrechen der antimuslimischen Gruppe sehr genau Bescheid wissen«, gab Johanna zu bedenken.

»Vielleicht haben die Muth-Leute einen Verräter in ihren Kreisen ...«

»Und warum verschonen sie dann die Gruppe und nehmen sich lediglich die Polizisten vor?«

»Vielleicht lassen sie sich einfach nur Zeit, und früher oder später sind die anderen auch dran.«

Johanna spürte, dass ihre Kopfschmerzen zurückkehrten – mit alter Kraft. »Ich hoffe, dass Sie falsch liegen – das klingt verdammt nach Krieg.«

»Das ist Krieg«, sagte Kuhl leise.

Johanna spürte, wie ihr ein Schauer über den Rücken lief.

»Kann ich Sie heute Abend auf ein Glas Wein einladen?«

Die Kommissarin zögerte. Sie war erschöpft, und ein Glas Wein war das Letzte, worauf sie später Lust haben würde. Das wusste sie jetzt schon. Lieber ein kühles Bier und dann einfach nur ins Bett fallen, um hoffentlich tief und traumlos zu schlafen und die Erschöpfung abzustreifen. Seit sie fünfzig war, brauchte sie länger, um sich zu regenerieren. Vielleicht kam ihr das aber auch nur so vor.

»Es ist wichtig«, fügte Kuhl noch leiser hinzu. »Ich möchte Ihnen etwas zeigen. Passt Ihnen neunzehn Uhr? Adresse schicke ich Ihnen gleich per SMS.«

Fünf Minuten später traf die Kurznachricht ein. Johanna las sie zweimal und ließ sich zwei Kopfschmerztabletten von Mareni geben.

***

Tanja Bäumler war keine Frau, die in Erinnerungen schwelgte – ob nun in guten oder in schlechten –, sondern versuchte, nach der ebenso schlichten wie befreienden Devise zu leben, dass es sinnfrei war, sich um Dinge zu kümmern, die sie nicht ändern oder beeinflussen konnte. Das betraf die Zukunft genauso wie die Vergangenheit. Natürlich gelang ihr das keineswegs immer oder gar vollständig. Manchmal blieb einem nichts anderes übrig, als sich mit Vergangenem auseinanderzusetzen.

Dass es ein Fehler gewesen war, sich auf Bernd Lange einzulassen, hatte sie nicht erst begriffen, als er auf diese grauenvolle und unfassbare Weise ums Leben gekommen war. Schon Wochen vorher hatte sie immer wieder den Absprung gesucht, ohne dieses Vorhaben dann konsequent umsetzen zu können. So war sie schließlich allein in den Urlaub gefahren, um aus dem Abstand heraus die nötige Sicherheit und die richtigen Worte zu finden, mit denen eine kaum zehn Monate bestehende Beziehung angemessen beendet werden konnte – davon überzeugt, dass Bernd im Grunde seines Herzens ähnlich fühlte und dachte. Als sie aus dem Flieger stieg und ihr Handy aktivierte, war er längst tot gewesen.

Der Kommissarin hatte sie auf ihr beharrliches Nachfragen schließlich erzählt, Bernd hätte sich in auffallender Weise verändert – zu seinem Nachteil. Das stimmte. Anfangs hatte Tanja gedacht, es läge an seinem Beruf, an der Brutalität, mit der er täglich zu tun hatte, und auch daran, dass nach einigen Monaten die rosaroten Wolken vorbeigezogen waren. Man gab sich weniger Mühe, dem anderen zu gefallen, man vernachlässigte gemeinsame Aktivitäten und hockte abends oder nachts lieber vor der Kiste und sah sich bescheuerte Filme an – all das kündigte den Beginn des grauen Alltags an, das konnte man in jedem Beziehungsratgeber nachlesen. Doch das war nur ein Aspekt gewesen, wie ihr jetzt klar wurde. Die Andeutungen der Kommissarin waren vorsichtig und doch unmissverständlich gewesen – wenn man verstehen wollte.

Das letzte gemeinsame Wochenende hatten sie Ende Juni zusammen verbracht – in Güterfelde, im Haus seiner Eltern, die gerade in Spanien waren. Tanja dachte nicht gern daran zurück. Bernd hatte eigentlich nur nach dem Rechten sehen wollen und dann vorgeschlagen, über Nacht zu bleiben und am nächsten Morgen im nahe gelegenen Haussee schwimmen zu gehen. Eigentlich war es ein friedlicher Tag gewesen. Sie hatten ein bisschen im Garten gearbeitet, die Abwechslung hatte beiden gutgetan, und Tanja war einverstanden gewesen. Als sie schlafen ging, blieb Bernd noch in der Küche sitzen. Später hörte sie, dass er im Wohnzimmer den Fernseher einschaltete. Sie begrub die zarte Hoffnung, er würde bald nachkommen.

Als sie aufwachte, war es mitten in der Nacht. Sie wusste nicht, was sie geweckt hatte – vielleicht ein ungewohntes Geräusch, vielleicht ihre ausgedörrte Kehle. Bernd lag nicht neben ihr. Sie stand auf und ging ins Bad, um sich ein Glas Wasser zu holen. Im Haus war es so still, dass die gedämpften Geräusche des Fernsehers bis nach oben drangen. Tanja sah auf die Uhr – es war drei. Bestimmt ist er vor dem Fernseher eingeschlafen, dachte sie, vor einem dieser Gruselschocker, die er sich regelmäßig aus der Videothek holte. Sie wandte sich um und ging die Treppe nach unten. Das Flimmern des Fernsehers warf unruhige Schatten in den Flur. Der Apparat war leise gestellt, und sie hörte Bernds Schnarchen, aber als sie den Kopf zur Tür hineinsteckte, drang plötzlich ein fürchterliches Schreien an ihr Ohr. Sie starrte auf den Bildschirm und begann zu frieren. Drei Maskierte schlugen und traten abwechselnd auf einen gefesselten Mann ein, der auf einem Holzstuhl vor ihnen saß – stumm, unablässig, gnadenlos. Der Gefesselte blutete aus zahlreichen Wunden, seine Augen waren geschlossen, sein Gesicht bebte, er wimmerte und schrie und ermattete zusehends.

Tanja biss sich auf die Fingerknöchel. Das ist kein Film, dachte sie ... um Gottes willen. Die foltern den Mann!

»Niemals sprechen«, erklang plötzlich die Stimme eines Kommentators. Eine absurd angenehme, sonore Stimme. Eine Märchenonkelstimme. »Wir erklären uns nicht. Wir drohen und beschimpfen nicht. Wir erfüllen unsere Aufgabe: den Feind, der uns vernichten will, zu verletzen und tiefe Furcht in sein Herz zu pflanzen. Todesangst. Damit er bald nur noch ein Ziel hat – davonzulaufen.«

Bernd bewegte den Kopf und brabbelte leise im Schlaf, wie ein Kind. Tanja fuhr zurück und eilte auf leisen Sohlen die Treppe hinauf. Ihr Herz raste. Sie brauchte lange, um wieder einzuschlafen, und als sie am nächsten Morgen aufwachte und in Bernds friedliches Gesicht neben sich blickte, war sie für einen Moment überzeugt, dass sie nur geträumt hatte. Einen irrwitzig fiesen Traum.

Sie schüttelte die Erinnerung ab. Sie hatte der Kommissarin nichts davon erzählt. Sie wusste selbst nicht so genau, warum. Vielleicht schämte sie sich, vielleicht traute sie ihrer eigenen Wahrnehmung nicht oder wollte Bernds Familie noch größeren Kummer ersparen. Vielleicht wollte sie mit all dem auch einfach nichts zu tun haben.

Konnte es nicht sein, dass Bernd in einer wichtigen Ermittlung gesteckt hatte? Und warum war ihr dieser Gedanke nicht schon eher gekommen? Ganz einfach – weil er irgendwie schief klang.

Sie waren an jenem Sonntagvormittag zügig aufgebrochen. Tanja hatte es eilig gehabt. Sie erinnerte sich noch genau, dass Bernd kurz vor Berlin das eigentümliche Schweigen im Wagen gebrochen und sich vor die Stirn geschlagen hatte. »Scheiße – ich hab was liegen gelassen!«

»Was Wichtiges?«

»Ja, meinen Rucksack – ach was, ich hole ihn nächste Woche.«

Tanja war froh, dass Bernd nicht umkehrte, und sie meinte sich zu erinnern, dass er am darauffolgenden Wochenende keine Zeit gefunden hatte, nach Güterfelde zu fahren.

Vielleicht hat er den Rucksack abgeholt, als ich im Urlaub war, überlegte sie. Und warum war das jetzt so wichtig? Sie konnte es nicht sagen, aber sie wusste, dass sie die Sache nicht aus dem Kopf bekommen würde, solange sie ihr nicht auf den Grund ging.

Sie schloss die Balkontür und zog den Vorhang mit einer kraftvollen Bewegung zu. Die Dielen knarrten, als sie in den Flur ging, um das Telefon zu holen. Zehn Minuten später machte sie sich auf den Weg nach Güterfelde.

10

Es roch nach Regen und Gewitter. Ein böig auffrischender Wind fegte um die Häuser, zerrte an Bäumen und Büschen. Johanna hatte in einer Nebenstraße etwas abseits hinter dem Gebäude geparkt, wie Annegret Kuhl es ihr per SMS vorgeschlagen hatte. Die Betreuungseinrichtung für schwerstbehinderte Kinder und Jugendliche war in Hondelage ansässig, zwischen Braunschweig Ost und Flughafen gelegen und von Wolfsburg aus in zwanzig Minuten zu erreichen.

Johanna war immer noch perplex über Kuhls Geheimniskrämerei. Sie hatte sich unterwegs mit Kaffee und Burger versorgt und vertilgte ihre fetttriefende Mahlzeit mit großem Appetit und wenig Reue. Dafür war in zwanzig Jahren noch genug Zeit. Die Staatsanwältin bog in ihrem Audi um die Ecke, als Johanna sich die Hände abwischte und die leeren Pappkartons hinter dem Sitz verstaute. Sie öffnete die Beifahrertür, als Kuhl sich herunterbeugte.

»Ein ungewöhnlicher Ort für eine Freitagabend-Einladung«, meinte Johanna und deutete ein Grinsen an.

Kuhl lächelte kurz. »Kommen Sie – auf der anderen Straßenseite, gegenüber dem Heim gibt es eine nette Kneipe.«

»Und warum parken wir dann hier?«

»Um mit unseren Wagen nicht aufzufallen.«

»Aha.«

Die Gaststätte war gemütlich, bieder, dörflich. Stammtisch-Atmosphäre. Es roch nach Pommes und Schnitzel. Der Wirt sah aus, wie man sich einen Wirt vorstellte: mit kugelrundem Bauch, Glatze und dröhnender Stimme. Ein Kegelverein hielt seine Sitzung ab, Lachen brandete auf; jemand setzte die Musikbox in Gang, und kurz darauf erklang ein Helene-Fischer-Song. Das Bierangebot war hervorragend. Sie nahmen an einem Fenstertisch Platz. Annegret Kuhl starrte einen Moment auf die Straße und wandte den Blick dann zum Himmel, wo sich immer deutlicher etwas zusammenbraute, bevor sie ein Glas Wein bei der Kellnerin bestellte und Johanna ansah. Die entschied sich für ein Bier.

»Die Fälle sind in jeder Hinsicht ungewöhnlich: umfassend, aufreibend, zutiefst erschreckend«, begann Kuhl schließlich leise zu erzählen. »Das stellen wir in diesen Tagen nicht zum ersten Mal fest. Ich kann nicht ausschließen, dass ich überreagiere – aus der schlichten Befürchtung heraus, Dinge zu übersehen und falsch zu deuten.«

Sie hat ein schlechtes Gewissen, dachte Johanna.

»Vielleicht sehe ich Gespenster, vielleicht bin ich über Gebühr misstrauisch geworden«, fuhr Kuhl fort. »Beides wäre fatal.«

Johanna nickte. Ihre Getränke wurden serviert.

»Was ich gestern Abend gemacht habe, ist einmalig in meiner bisherigen Karriere als Staatsanwältin«, fuhr Kuhl noch leiser fort. »Und bleibt es hoffentlich auch. Aus einem nagenden Gefühl der Unruhe heraus bin ich nach Dienstschluss einer Kollegin gefolgt, deren Name häufig in den Ermittlungsakten auftaucht. Nicht übermäßig häufig, das kann man nicht behaupten, aber doch mehrfach …«

Johanna nahm einen kräftigen Schluck Bier. Sie war von Kuhls Chuzpe beeindruckt. »Und? Haben Sie etwas entdeckt?«

Annegret Kuhl nickte in Richtung Fenster. »Sie hat ihren Sohn hier untergebracht.«

»Sie meinen Staatsanwältin …«

»Ja, Hannelore Maurer. Wir arbeiten seit Jahren zusammen. Ich hätte niemals gedacht, dass ich ihr je misstrauisch begegnen würde, und sollte ich falsch liegen …« Kuhl winkte ab. »Wie dem auch sei. Ich bin ihr gestern Abend gefolgt. Sie ist zunächst zum Einkaufen gefahren und dann hierher. Ich bin mir ziemlich albern vorgekommen, als ich da draußen im Auto wartete, andererseits bedrängte mich die Situation aber auch nicht so unangenehm, dass ich die Aktion abgebrochen hätte und kurzerhand nach Hause gefahren wäre, um mich dort über mein merkwürdiges Verhalten zu wundern und zumindest stumm Abbitte zu leisten. Ich parkte ein Stück die Straße hinunter und behielt das Gebäude im Blick. Als Hannelore nach einer guten halben Stunde aus der Tür trat und zu ihrem Wagen ging, ist mir etwas Merkwürdiges aufgefallen.«

Johannas Puls beschleunigte sich.

»Jemand löste sich aus dem Schatten des Gebäudes – eine

schmale, dunkel gekleidete Gestalt, von der ich nicht sagen kann, ob es sich um einen Mann oder eine Frau handelte, zumal die Dämmerung längst eingesetzt hatte. Die Gestalt hielt nach Hannelore Ausschau – dessen jedenfalls bin ich mir ganz sicher. Als Hannelore um die Ecke bog, verschwand die Gestalt hinterm Haus. Ich habe noch einen Moment gewartet – und siehe da: Kurz darauf fuhr ein Motorroller an mir vorbei und folgte meiner Kollegin.«

»Sind Sie sicher, dass es sich um die gleiche Person handelte?«, fragte Johanna dazwischen.

»Ja, durchaus. Dunkle Kleidung, schmale Gestalt, nur der Helm war dazugekommen.«

»Kennzeichen?«

Kuhl schüttelte bedauernd den Kopf. »Konnte ich nicht erkennen. Es handelte sich jedoch um einen großen Roller – keiner von den kleinen Stadtflitzern. Ich bin hinterhergefahren, aber das Kennzeichen war nicht zu entziffern.«

»Ist diesbezüglich nachgeholfen worden?«

»Würde ich nicht ausschließen. Ich bin sicher, dass der Roller Hannelore folgte, die sich auf den Weg zurück in die Braunschweiger Innenstadt gemacht hatte – ich nahm an, dass sie nach Hause fuhr. Auf der Stadtautobahn habe ich dann beide verloren ... Ich bin nicht geübt im Verfolgungsfahren.«

Ich auch nicht, dachte Johanna. Im Fernsehen sieht das immer sehr einfach und höchst spaßig aus.

»Sicherheitshalber bin ich noch zu ihr gefahren. Sie kam ungefähr zehn Minuten nach mir, hatte also wahrscheinlich unterwegs noch etwas zu erledigen. Vom Roller – keine Spur.«

Johanna lehnte sich zurück und drehte ihr Glas zwischen den Händen.

»Wir haben heute eine ganze Weile zusammengearbeitet«, fuhr Kuhl fort. »Meine Kollegin benahm sich wie immer, und ich bin unschlüssig, wie ich weiter verfahren soll. Vielleicht habe ich die Situation völlig falsch eingeschätzt. Oder aber ich liege richtig, und sie ist in Gefahr.«

Und/oder sie gehörte auch zu dem miesen Trupp, und die weitere Vorgehensweise musste sehr gut überlegt sein. Keine Frage, dass die Staatsanwältin auch diesen Gedanken längst von allen Seiten betrachtet hatte. Johanna stellte ihr Glas ab. »Ist sie heute wieder bei ihrem Sohn?«

Kuhl nickte. »Ja, sie hat vorhin erwähnt, dass sie mit einem Arzt sprechen will, und ich hielt es für eine gute Idee, Sie einzuweihen und mit Ihnen gemeinsam heute Abend nach dem Rechten zu sehen.« Die Staatsanwältin sah wieder hinaus. »Ihr Wagen – ein roter Passat – steht da drüben. Einen Roller habe ich bislang nicht entdeckt.«

»Was tun wir, wenn er auftaucht?«

»Vier Augen sehen mehr als zwei.«

Staatsanwältin Hannelore Maurer trat eine halbe Stunde später aus der Tür. Es hatte angefangen zu regnen. Sie warf einen Blick nach oben und spannte einen Schirm auf, dann eilte sie die Eingangsstufen hinunter und ging mit flotten Schritten zu ihrem Wagen. Johanna spähte angestrengt zum Fenster hinaus, während Annegret Kuhl eilig in ihre Jacke schlüpfte und bezahlte, aber eine dunkel gekleidete Gestalt konnte sie nirgendwo entdecken, auch keinen Roller. Hannelore Maurer öffnete ihre Wagentür, klemmte sich hinters Steuer und fuhr Augenblicke später los. Kurz darauf verließen Johanna und Annegret Kuhl die Kneipe.

Staatsanwältin Kuhl seufzte. »Was schlagen Sie vor?«

»Lassen Sie uns zu ihr nach Hause fahren. Vielleicht entdecken wir dort etwas.«

Der rote Passat stand bereits auf dem hauseigenen Parkplatz, als Johanna hinter Kuhls Wagen eintraf. Die Kommissarin parkte ihr Auto und wollte gerade aussteigen, um sich zu Kuhl zu gesellen und auf deren Beifahrersitz Platz zu nehmen, als sie aus den Augenwinkeln eine Bewegung mitbekam. Sie hielt inne und sah durch den Rückspiegel. Zwischen dem dreistöckigen Mehrfamilienhaus und dem Parkplatz befand sich ein eingemauerter Müllplatz. Dort stand jemand. Eine schmale Gestalt lehnte an dem Gemäuer und blickte nach oben zu einem hell erleuchteten Fenster. Der Regen schien ihr oder ihm überhaupt nichts auszumachen.

Johanna rutschte tiefer in ihren Sitz und nestelte eilig ihr Handy heraus, um Kuhl eine SMS zu schreiben – für den Fall, dass die

Staatsanwältin nichts bemerkt hatte und sich wunderte, dass Johanna in ihrem Wagen sitzen blieb. Sie ging davon aus, dass Kuhl Verstärkung anfordern würde – aber bis die eintraf, konnten Minuten vergehen, und ob dann tatsächlich ein Zugriff gelang, durfte bezweifelt werden. Johanna biss sich auf die Unterlippe. Und meine Zeit als mutige Actionheldin ist definitiv vorbei, dachte sie. Sie ließ die Scheibe herunter und aktivierte die Kamerafunktion ihres Handys.

Es war ihr klar, dass ihr in der Dunkelheit, noch dazu bei Regen und auf die Entfernung, kaum ein vernünftiges Foto gelingen würde, aber einen Versuch wollte sie trotzdem wagen, bevor der heimliche Beobachter oder die heimliche Beobachterin sich auf und davon machte.

Dann ging alles sehr schnell. Ein Polizeiwagen bog um die Ecke. Die Gestalt fuhr herum, und Johanna machte schnell hintereinander zwei Fotos, die von grellem Blitzlicht untermalt wurden. Der Polizeiwagen stoppte. Im selben Moment war die Person verschwunden.

***

Jörg Rauth war Stefan zugeflogen – ein Glücksfall. Er war in seinem Videoladen aufgetaucht und hatte keinen Hehl daraus gemacht, ein Bulle zu sein. Stefan hatte sich an seine Fersen geheftet oder ihn beobachten lassen und schnell festgestellt, dass der Mann ein Fan von Sportwetten war. Alles Weitere ergab sich nahezu von selbst. Manchmal war es lächerlich einfach, und der Erfolg gab einem recht. Der Mann brauchte Geld – viel Geld –, und obwohl er sich anfangs zierte, seine Berufsehre derart zu verletzen, konnte Stefan ihn bemerkenswert schnell davon überzeugen, dass er eigentlich kaum etwas tun musste und dafür sehr gut bezahlt wurde.

Rauth lieferte nicht nur wichtige Hinweise bezüglich der Abläufe des Polizeiapparates in Berlin, er stellte auch den Kontakt zu Lange her und gab darüber hinaus sensible Daten der Staatsanwaltschaft und einzelner überregional arbeitender Dienststellen weiter. Außerdem mochte er viele Türken nicht, wie er sagte, und konnte sich für die Ziele der Riege durchaus erwärmen. Dass es nicht um Türken ging oder einen dummen Ausländerhass ohne tiefere Motive, verstand er erst später. Seine größte Tat war jedoch die Ende letzten Jahres gerade noch rechtzeitige Warnung vor einem Einsatz des Drogendezernates gewesen, der Stefan gewaltigen Ärger eingebracht hätte, wenn Jörg nicht zur Stelle gewesen wäre, um das Schlimmste zu verhindern. Wo die undichte Stelle im Drogengeschäft gewesen war, mit dem sie das Unternehmen Riege zu einem Teil finanzierten, erfuhr Stefan nicht, aber Volker hatte sich um das Problem gekümmert.

Rauths und Langes Hauptaufgabe war es gewesen, bei Straftaten gegen Muslime Spuren zu beseitigen oder zu manipulieren und jeglichen rassistischen Aspekt herunterzuspielen; in Wolfsburg und Braunschweig übernahmen einige Zeit später Günther Ansdorf, Ulrike Huhlmann und Staatsanwältin Hannelore Maurer diese Aufgabe, wobei Letztere die zentrale Figur war, die ihren Job sehr gut machte, nachdem sie kapiert hatte, dass ihr Sohn sich in echter Gefahr befand. Stefan hatte damals jemanden in die Einrichtung geschickt, der ein wenig an dem Beatmungsgerät herumgefummelt hatte. Viel hätte nicht gefehlt, und die Maurer wäre ihr behindertes Kind los gewesen. Eigentlich nicht die schlechteste Lösung. Aber nach dieser überzeugenden Einlage hatte die Frau Gewehr bei Fuß gestanden.

Gut geschulte Mitglieder der Riege zettelten seit gut zwei Jahren immer wieder gezielt Prügeleien in Lokalen, Diskotheken und auf Sportplätzen an, ohne dass der antimuslimische Aspekt für Außenstehende eine Rolle spielte. Und äußerte doch mal jemand einen Verdacht, waren die geschmierten Beamten zur Stelle. Sie überfielen aktiv in ihren Gemeinden tätige Muslime, entführten, schlugen und folterten sie. Mord war nicht beabsichtigt, wurde aber billigend in Kauf genommen. Manche Opfer verschwanden spurlos, Autos wurden demoliert, Hauswände beschmiert, und auch Vergewaltigungen gehörten zum Instrumentarium. Stefan war bislang zweimal bei Gewalttaten dabei gewesen – um sich einen Einblick in die Vorgehensweise seiner Leute zu verschaffen –, doch insgeheim war er froh, dass Volker in der Regel dafür votierte, als Organisator und Führungspersönlichkeit im Hintergrund zu bleiben und so wenig wie möglich in Erscheinung zu treten.

Die Vorbereitungen der Einsätze übten eine seltsame Faszination auf ihn aus, obwohl ihm bewusst war, dass es natürlich keine sehr tapfere Tat war, einen einzelnen Mann zu dritt krankenhausreif zu schlagen. Bei der Vergewaltigung der Lehrerin vor gut einem Jahr war zweierlei schiefgegangen: Stefan hatte nicht gewusst, dass sie mit einem Staatsanwalt verheiratet war, womit er, ohne sich darüber im Klaren zu sein, ein deutlich größeres Risiko eingegangen war. Zudem hatte er eigentlich nur zusehen wollen, sich dann aber doch hinreißen lassen, die Frau zu erniedrigen. Der machtvolle Rausch, der ihn danach noch tage- und nächtelang beschäftigt hatte, war erschreckend intensiv gewesen und hatte ein dunkles Feuer in ihm entzündet.

Es war Lange zu verdanken, dass die Ermittlungen keine wesentlichen Erkenntnisse zutage gefördert hatten und bald eingestellt wurden. Dafür hatte der Beamte seinen Kopf hinhalten müssen, was durchaus hätte schiefgehen können. Stefan hatte sich entschieden, seinem Vater nichts von den Einzelheiten dieses brisanten Einsatzes zu erzählen. Eine vergleichbare Aktion in Peine war im Frühjahr dieses Jahres glücklicherweise wesentlich unauffälliger und professioneller über die Bühne gegangen …

Inzwischen war viel passiert. Die Lage war so undurchsichtig, dass Volker seit Monaten absolute Zurückhaltung, um nicht zu sagen Rückzug anordnete und sogar seine sogenannten Aufklärungsvideos wieder aus dem Verkehr gezogen hatte. Die Suizide waren unheimlich und natürlich nur vorgetäuscht. Dahinter steckte ein perfider Plan, dessen war sich Stefan ganz sicher, und zum ersten Mal, seit er der Riege angehörte, spürte er Unsicherheit. Ein kühles Befremden. Trauer um die toten Mitstreiter. Eine klamme Furcht, weil er nicht verstand, was geschehen war. Hatten sie den Gegner unterschätzt? Und warum tauchte er gerade jetzt auf und agierte so grausam und kompromisslos? Welche Rolle spielte Maurer? Warum lebte sie noch, während alle anderen Beamten aus Berlin und Niedersachsen tot waren? Er war sicher, dass sein Vater genau diese Fragen auch stellen würde.

Sie hatten Göttingen als Treffpunkt vereinbart. Stefan brach am späten Nachmittag auf und fuhr erst auf die Autobahn, als er sicher war, dass ihm niemand folgte. Die nagende Unruhe, die ihm seit

Wochen den Schlaf raubte, verließ ihn auch nicht, als er mit hundertvierzig Sachen tief über die Maschine gebeugt über die A2 flog.

Sie waren in einem beliebten und gut besuchten Studentencafé in der Nähe der Uni verabredet. Je wichtiger die Besprechung war, desto belangloser musste der Ort sein, war eine von Volkers Lieblingsweisheiten. Mitten in einem voll besetzten Lokal über Mord und Totschlag zu sprechen war für ihn wesentlich unauffälliger und klüger, als sich privat zu treffen – da konnte immer mal jemand ein Auge drauf haben, etwas mitbekommen und sich im falschen Augenblick erinnern. Darüber hinaus hielt er es für einen sehr guten Schachzug, dass von ihrer Vater-Sohn-Verbindung niemand etwas wusste, auch innerhalb der Riege nicht.

Stefan hatte seinen Vater erst auf den dritten Blick erkannt – der leger gekleidete graubärtige Typ, der sich an einem kleinen, abgelegenen Tisch im rückwärtigen Bereich des Lokals hinter einer Zeitung vergraben hatte, wies wenig Ähnlichkeit mit dem Mann auf, den er von ihrem letzten Treffen vor gut sechs Monaten in Erinnerung hatte. Als er an den Tisch trat, blickte Volker hoch.

»Du bist spät dran.«

»Freitagabendverkehr. Außerdem wollte ich nicht auffallen.«

Volker faltete die Zeitung zusammen und legte sie beiseite.

»Ich hab dich kaum erkannt«, sagte Stefan.

»Gut so.« Volker lächelte. »Komm, setz dich. Hast du Hunger?«

Stefan bejahte und bestellte bei der vorübereilenden Kellnerin eine Pizza und ein Bier. Einige Minuten lang tauschten sie Allerweltskram aus. Stefan war erschöpft. Die Woche war anstrengend gewesen, die lange Fahrt ebenfalls.

»Ist man dir gefolgt, als du in Berlin losgefahren bist?«, fragte Volker, als das Essen serviert war und Stefan einige Bissen in sich hineingeschlungen hatte.

»Nein.«

»Bist du sicher?«

Stefan blickte auf, die Gabel blieb auf dem Weg zu seinem Mund in der Luft hängen. »Ich bin kein Anfänger – nein, mir ist niemand gefolgt.«

Volker runzelte die Stirn und vergewisserte sich mit einem

schnellen Blick in die Runde, dass keiner der Gäste ihnen Beachtung schenkte oder zu nah an ihren Tisch gerückt war. »Irgendetwas ist schiefgelaufen in letzter Zeit, und zwar beträchtlich schief, sonst hätten nicht fünf Polizisten dran glauben müssen. Ob das auf Anfängerfehler zurückzuführen ist oder nicht, werden wir hoffentlich bald herauskriegen«, erwiderte er mit deutlich gedämpfter Stimme.

»Na hör mal …«

Volkers Kopf schnellte nach vorn. »Meine Güte – deine Kontaktleute sind bis auf eine alle tot!«, presste er hervor. »Bei mir und meinen Leuten ist alles in Ordnung. Seit Wochen tun wir nichts anderes, als die Füße stillzuhalten sowie Augen und Ohren aufzusperren, um zu erfahren, was da läuft, von welcher Seite uns Gefahr droht – ohne Ergebnis. Du hast keinerlei Grund, dich über meine Nachfrage zu beschweren, oder?«

Stefan war zusammengezuckt. Volker wurde selten scharf oder unangenehm. Dass er diesmal den ruppigen Chef heraushängen ließ, war durchaus nachvollziehbar.

»Also, lass uns deine Leute der Reihe nach durchgehen, auch wenn wir uns wiederholen. Irgendwo muss eine undichte Stelle gewesen sein, ein Vorkommnis, das jemand genutzt hat, und ich wüsste zu gern, wer dieser Jemand ist, der uns so zu schaffen macht, und welchen Vorteil er zu nutzen wusste«, fuhr Volker in versöhnlicherem Ton fort, in dem eindeutig Sorge mitschwang. »Hab ich mich klar ausgedrückt?«

»Ja, hast du.«

»Gut, also: Die Staatsanwältin lebt noch – das kann alles Mögliche bedeuten.«

»Ich hab mit ihr gesprochen: Sie weiß nur, dass jede Menge alter Fälle wieder ausgebuddelt werden, aber nicht, aus welcher Ecke der Wind weht, wen die Polizei im Visier hat und ob es überhaupt schon einen Verdacht gibt. Ich glaub ihr, sie hat zu viel Schiss, dass ihr Krüppelkind –«

Volker winkte ab. »Lass die Sprüche. Dieses Kind hat uns eine Menge wichtiger Informationen und Unterstützung beschert. Davon abgesehen können wir nicht ausschließen, dass ihr jemand auf die Schliche gekommen ist.«

»Sie ist verdammt schlau«, entgegnete Stefan. »Schlauer als alle anderen.«

»Es gibt immer einen, der noch besser ist … Aber gut, an der Stelle kommen wir im Moment nicht weiter. Rauth war also der Erste – fällt dir irgendwas zu ihm ein?«

»Er brauchte immer Geld, und Lange hat mich wenige Tage nach seinem Tod wissen lassen, dass er sich erschossen hat, weil er nicht mehr weiterwusste. Sein Selbstmord hat mit den anderen Fällen nichts zu tun«, erläuterte Stefan eifrig. »Außerdem war das bereits im Mai. Der ist einfach durchgedreht. Das haben wir schon mehrfach durchgekaut.«

»Ohne zu einem Ergebnis zu kommen, ich weiß. Also müssen wir an anderer Stelle suchen oder genauer hingucken. Die letzte größere Aktion, an der er beteiligt war – gibt dir da irgendwas im Nachhinein zu denken?«

Stefan schob sich ein großes Stück Pizza in den Mund, um etwas Zeit zu gewinnen. Dann beugte er sich vor. »Hatten wir auch schon: Er schaltete sich ein, als die Razzia anstand. Wir haben uns einige Tage später getroffen: völlig unauffällig in einer Billardkneipe im Wedding. Er versicherte mir, dass wir unbesorgt sein könnten und … ach ja: Er übergab mir mein Netbook, das er beiseitegeschafft hatte, weil er annahm, dass wir sehr froh wären, wenn es nicht in die Hände der Polizei fällt.«

»Das hast du bislang nicht erwähnt.«

»Nein? Nun, dann erwähne ich es jetzt.«

Volker hob eine Braue. »Solche Details können sehr wichtig sein.«

»Ja, schon gut, habe ich wohl vergessen. Tut mir leid.«

»Nur das Netbook?«

»Und ein paar Notizen, die in meinem Schreibtisch waren.«

»Was für Notizen?«

Stefan griff nach seiner Serviette. Ihm brach plötzlich der Schweiß aus. Er blickte Volker an und zögerte.

»Was für Notizen?«, wiederholte der.

»Ich wette manchmal bei Pferderennen und Fußballspielen oder auch bei Boxkämpfen – nur zum Spaß. In dem Heft habe ich mir ein paar gute Wetten notiert.«

Volker atmete einigermaßen beruhigt aus. »Das könnte Rauth durchaus interessiert haben, oder?«

»Ja, klar …« Stefan zuckte mit den Achseln. »Aber wenn schon … Das war nichts Weltbewegendes oder Geheimnisvolles. Davon konnte er ruhig profitieren.«

»Und sonst stand da nichts drin?«

»Nein.«

»Sicher?«

»Wenn ich's doch sage.«

»Na schön. Was ist mit Lange?«

Stefan war erleichtert, dass Volker sich nicht weiter an Rauth und den Notizen festbiss. »Er hat die Vergewaltigung gemanagt«, erwiderte er hinter vorgehaltener Hand. »Man hat ihm später noch mal auf die Finger geguckt, aber ohne Ergebnis.«

»Was heißt das – auf die Finger geguckt?«

Stefan machte eine wegwerfende Bewegung. »Ein Staatsanwalt wollte etwas genauer wissen, warum es keine weiterführenden Ermittlungsergebnisse gegeben hatte. Sie konnten ihm aber nichts nachweisen.«

»Umso besser. Was ist mit den Filmen?«

»Er hatte ungefähr eine Woche vorher alle abgegeben, bis auf einen.«

Volker sah ihn auffordernd an. »Was war das für einer?«

»Ein alter James-Bond-Streifen. Um den hab ich mich nicht mehr gekümmert, um nicht aufzufallen bei dem ganzen Theater nach seinem Tod.«

»Kommen wir zu unseren besonderen Filmen. Fällt dir dazu was ein?«

»Lange war ein Fan unserer besonderen Videos«, erörterte Stefan. »Er hat unsere Aufklärungsfilme ins Netz gestellt …«

Volker verschränkte die Arme vor der Brust. »Und du bist sicher, dass dabei nichts schiefgegangen ist und keine Kopien in den falschen Händen landeten oder auf dem falschen Server? Unsere Gegner sind nicht blöd.«

»Ich bin sicher. Er ist Profi … Ich meine: Er war Profi und hat das über Monate hinweg immer wieder gemacht, ohne dass irgendwas schiefging oder ihm jemand auf die Schliche kam.«

»Manchmal merkt man nicht gleich, wo die undichte Stelle ist«, beharrte Volker.

»Schon klar, trotzdem. Es ist alles im grünen Bereich.«

»So würde ich das nicht ausdrücken, aber okay – weiter: Huhlmann.«

»Sie hat mich einen Tag nach Ansdorfs Tod angerufen«, berichtete Stefan.

»Das war ein Fehler. Sie hätte den üblichen Weg einhalten sollen.«

»Das sehe ich auch so.« Der übliche Weg war einfach: einen bestimmten Filmtitel abgeben, sodass Stefan die Nachricht erhielt, dass sie eine Kontaktaufnahme wünschte oder für dringend erforderlich hielt. »Sie war kurz vorm Abdrehen.«

»Klingt hysterisch.«

»Ja. Ich hab sie für abgeklärter gehalten.«

»Was fällt dir noch zu ihr ein?«, fragte Volker weiter.

»Ich denke, sie war sauer, dass sie die Kripostelle in Wolfsburg nicht annehmen sollte. Sie war scharf auf den Posten. Aber ich brauchte sie in Braunschweig dringender.«

»Nun hast du weder in Braunschweig noch in Wolfsburg jemanden«, bemerkte Volker trocken. »Wie hieß der Typ aus Peine noch gleich?«

»Vogt. Karsten Vogt.« Stefan schüttelte den Kopf und hob die Hände. »Der Mann war völlig in Ordnung. Hat sich zuverlässig bei mir gemeldet und bei der Vergewaltigung die Protokolle der Zeugen manipuliert.«

Volker bestellte einen Espresso und schwieg eine ganze Weile. »Womit wir wieder bei der Ausgangsfrage angelangt wären. Wo ist die undichte Stelle?«, hob er erneut an, als die Kellnerin serviert hatte. Er blickte hoch und fasste seinen Sohn scharf ins Auge. »Du hast keinen blassen Schimmer?«

Stefan schluckte. »Nein. Keine Ahnung.«

»Ich bin dafür, dass du das Wochenende in der Braunschweiger Gegend verbringst – nach Möglichkeit, ohne dass die Polizei etwas davon mitbekommt. Ich schätze, dass sie der Verbindung zu deinen Läden längst auf die Spur gekommen ist, aber das macht nichts. Was ist schon dabei, wenn Polizisten sich Videos ausleihen?«

Stefan nickte langsam.

»Behalt die Maurer ein bisschen im Auge. Vielleicht ist sie der Schlüssel zu allem, und zwar ohne dass sie selbst es weiß. Und noch was: Ich bin dafür, dass du gleich losfährst.«

»Gut, mach ich. Ich suche mir irgendwo außerhalb ein Zimmer. Wie nehmen wir Kontakt auf, falls sich etwas Wichtiges ergeben sollte?«

»Wie immer: über Festnetz und unter falschem Namen. Falls ich mitkriege, dass ich beobachtet werde – von wem auch immer –, gehe ich nicht ans Telefon. Dann wartest du, bis ich mich melde.«

»Okay.«

***

Das Bild war verwackelt und unscharf – ein bleiches, grell beleuchtetes Gesicht, zum Teil verdeckt durch eine Kapuze. Johanna seufzte leise. Sie bezweifelte, dass es möglich sein würde, die Identität dieser Person festzustellen. Das Gesicht konnte ebenso einem sechzehnjährigen männlichen Jugendlichen wie einer jungen Frau gehören. Wenigstens war Annegret Kuhl vergleichsweise sicher, dass es sich um dieselbe Person handelte, die Maurer schon einmal verfolgt hatte.

Nach der ergebnislos verlaufenden Suche der Polizei nach der dunklen Gestalt vor Maurers Haus hatte Kuhl entschieden, das Gespräch mit ihrer Kollegin, das sie selbst führen wollte, auf den nächsten Tag zu verschieben, aber einen Polizeiwagen vor ihrem Haus zu postieren. Johanna hatte sich auf den Weg nach Wolfsburg gemacht und Luca Mareni aus dem Bett geklingelt.

Inzwischen ging es auf Mitternacht zu. Ein heftiges Unwetter hatte sich über Teilen von Niedersachsen ausgetobt, und sie war nach einer vergleichsweise langen Fahrt durch sturzbachartigen Regen froh, in Marenis Büro zu sitzen und brühend heißen Kaffee zu schlürfen, während sie gemeinsam auf den Monitor starrten. Der Kollege wirkte müde, sein Hemd war zerknittert, und das Haar saß nicht so perfekt wie sonst, aber er hielt sich wacker und hatte auf die nächtliche Ruhestörung bemerkenswert gelassen reagiert.

Die beiden Fotos gaben auch nach einer ersten Bildbearbeitung nicht allzu viel her. Mareni rieb sich die Augen und griff zum Telefon. »Wenn wir da noch was rausholen wollen, brauchen wir einen Profi«, meinte er und gähnte hinter vorgehaltener Hand. »Im Moment könnte das jeder für mich sein – oder jede.« Er wählte eine Nummer.

»He, noch wach?«, sagte er nach kurzem Lauschen. Er lächelte. »Prima. Hast du Zeit? … Ja, klar – jetzt, jetzt sofort. Stichwort: Fotoanalyse. Ich schicke dir einen Wagen, damit du nicht nass wirst.« Mareni legte auf und blickte Johanna an. »Der Bursche hat mal beim LKA Hannover gearbeitet und sich eine Menge Ärger eingehandelt«, erörterte er. »Das ist lange her. Inzwischen betreibt er ein eigenes Sicherheitsunternehmen.«

»Lassen Sie mich raten – Daten aus dem Netz zu ziehen gehört zu seinen Spezialitäten.«

»Nicht nur aus dem Netz. Aber ich sage Ihnen, es lohnt sich.«

Der Mann hieß Leif Barlon und sah aus wie Mike Krüger, als der noch etwas fülliger gewesen war und Blödellieder von hinreißender Dämlichkeit zum Besten gegeben hatte. Mit dem landläufigen Bild, das man sich von einem Hacker und Computerprofi machte, der Cola trinkend und rauchend in seiner ganz speziellen Bits- und Bytes-Welt lebte, aus der er ungern auftauchte, schon gar nicht, um sich zu duschen und umzuziehen, hatte er nichts gemein – abgesehen davon, dass er es offensichtlich vorzog, nachts zu arbeiten und nicht gerade als sportlich agiler Typ durchging.

Er begrüßte Johanna, als hätten sie letzte Woche beim Schützenfest auf einer Bank gesessen, und machte sich sofort an die Arbeit. Sie staunte nicht schlecht, als Barlon ihnen nach einer guten halben Stunde ein Foto präsentierte, das deutlich schärfer konturiert war und mehr als nur die Ahnung zuließ, dass die abgebildete Person eine Frau war. Unter der Kapuze waren einzelne Haarsträhnen zu erkennen und eine geschwungene Augenbraue. Der Mund wirkte weiblich, und der Blick hatte plötzlich etwas Gehetztes.

»Ich lass das mal sofort durch die Datenbank laufen«, sagte Mareni und machte Barlon ein Zeichen, ihm eine Kopie auf seinen PC zu schicken.

Johanna blickte hoch. »Kopien bitte auch ans BKA und nach Braunschweig zu Staatsanwältin Kuhl. Die freut sich, wenn sie das morgen früh vorliegen hat.«

»Logisch.«

Johanna wandte sich wieder dem Monitor zu. »Wenn sie in keiner Datenbank auftaucht und uns nicht noch mal über den Weg läuft, was ich stark bezweifle, haben wir nicht den Hauch einer Chance.«

»Vielleicht doch«, meinte Barlon, betätigte einige Tasten und vergrößerte einen Ausschnitt an der Kapuze. »Sehen Sie das kleine Logo dort am Rand?«

Johanna beugte sich vor. »Ehrlich gesagt hätte ich nicht mal erkannt, dass es sich um ein Logo handelt.«

»Ich denke schon. Um das deutlich herauszufiltern, brauche ich aber etwas Zeit – in meinem eigenen Büro und mit meiner speziellen Ausrüstung.«

»Keine schlechte Idee«, gab Johanna zu. »Falls da nicht gerade C&A draufsteht oder ein putziges Krokodil zu erkennen ist, könnten wir einen wichtigen Hinweis erhalten.«

Barlon grinste. »Das ist es, was ich meine.« Er blickte kurz auf seine Uhr. »Sie hören morgen von mir.«

Als Johanna ins Bett fiel, war es kurz nach zwei Uhr morgens. In der Ferne hörte sie Sirenen, und immer noch rauschte der Regen an die Scheiben. Was für ein tröstliches Geräusch. Beschützt und behütet wie bei Oma Käthe. Sie schlief innerhalb weniger Minuten ein.

11

»Es hat ihn in der Nähe von Flechtorf erwischt«, wiederholte Mareni, während Johanna in Richtung ihres Weckers blinzelte. Kurz nach acht, aber sie hatte das Gefühl, keine halbe Stunde geschlafen zu haben. »Also könnte man sagen, dass uns dieses Scheißwetter richtig Glück gebracht hat.«

Johanna richtete sich langsam auf. »Noch mal, Mareni – wen haben Sie erwischt?«

Einen Moment blieb es still am anderen Ende der Leitung.

»Mein Gott, Kollege, ich bin schon fünfzig und brauche ein paar Minuten länger als sechs Stunden Schlaf, um aus dem Stand auf Betriebstemperatur zu kommen!«, fuhr sie ihn an.

»Entschuldigung – so war das nicht gemeint.«

Natürlich war es so gemeint.

»Stefan Muth. Wir haben Stefan Muth«, fuhr Mareni fort. »Er ist in der Nacht bei diesem Sauwetter mit seinem Motorrad auf der A39 bei Flechtorf ins Schleudern geraten. Glücklicherweise ist ihm nicht viel passiert – ein paar Prellungen und Abschürfungen –, aber ein Autofahrer hat den Unfall gemeldet, und ein Streifenwagen brachte Muth ins Krankenhaus, wo er behandelt wurde. Da er auf der Fahndungsliste stand, haben ihn die Kollegen anschließend in die PI chauffiert. Das fand der junge Mann gar nicht toll.«

Johannas Kreislauf geriet merklich in Schwung. »Ist er voll vernehmungsfähig?«

»Und ob.«

»Hat er schon telefoniert?«

»Das konnten wir bislang verhindern.«

»Wie haben Sie das vertreten?«

Mareni räusperte sich. »Ich hab ihn aufgefordert, mir die Telefonnummer zu nennen – wir würden wen auch immer über seinen Aufenthaltsort informieren. Davon hielt er nicht so viel.«

»Wissen die anderen Dienststellen schon Bescheid?«

»Nö. Ich dachte, wir könnten zunächst etwas Zeit gewinnen und zuerst mit ihm reden. Ist das in Ihrem Sinne?«

Johanna grinste. »Und ob. Ich mach mich sofort auf den Weg und geb die Info weiter.«

Ihre Morgenwäsche fiel dürftig aus, das Frühstück auch. Während sie einen Kaffee schlürfte und ein halbes Brötchen vertilgte, informierte sie Kuhl über den Stand der Dinge. Auf dem Weg in die PI telefonierte sie mit Samthof.

Stefan Muth war ein bildschöner Mann – selbst in diesem Zustand, mit Pflaster und Schürfwunden, deutlich mitgenommen und übernächtigt, hätte er mühelos bei einem Schauspieler-Casting oder in irgendeiner dieser Talent-Wettbewerb-Shows mitmachen können. Der Bartschatten verlieh ihm einen zusätzlichen verwegenen Charme.

»Herr Muth, schön, dass der Sturz so glimpflich ausgegangen ist«, sagte Johanna fröhlich, nachdem sie gemeinsam mit Mareni den Vernehmungsraum betreten hatte.

»Deswegen bin ich kaum hier, oder?«

Johanna machte es sich bequem, Mareni zog es vor, das Aufnahmegerät einzuschalten und in der Akte zu blättern, während er herzhaft gähnte.

»Und warum darf ich nicht telefonieren?«

»Dürfen Sie – aber alles zu seiner Zeit«, erwiderte Johanna betont freundlich.

»Sie dürfen mir das gar nicht verweigern.«

Sie nickte zustimmend. »Natürlich nicht. Aber im Moment haben wir einfach nur ein paar Fragen an Sie. Wenn Sie dringend jemanden informieren möchten, dass Sie in Wolfsburg und bei bester Gesundheit sind, geben Sie uns bitte Namen und Adresse. Wir kümmern uns umgehend darum.«

Muth wirkte deutlich bedient. »Na schön. Was wollen Sie?«

»Sie kennen einige Leute, die in letzter Zeit auf unerfreuliche Art ums Leben gekommen sind«, sagte Johanna. Sie streckte die Hand aus, und Mareni reichte ihr die Fotos der toten Polizisten. »Sehen Sie sich doch bitte diese Bilder aufmerksam an.«

Muth betrachtete die Aufnahmen mit gerunzelter Stirn und schüttelte den Kopf. »Tut mir leid. Das muss ein Irrtum sein. Ich kenne niemanden von denen.«

Johanna seufzte. »Jörg Rauth und Bernd Lange kennen Sie aus Berlin, Huhlmann war in Braunschweig tätig, Ansdorf in Wolfsburg und Vogt in Peine.«

Muth warf ihr aus strahlend blauen Augen einen unschuldigen Blick zu. »Mag sein, aber, so leid es mir tut, es klingelt immer noch nicht bei mir.«

»Alle fünf waren Polizisten«, ergänzte Johanna geduldig.

Er zuckte mit den Achseln.

»Alle fünf waren Kunden Ihrer Videoverleihgeschäfte.«

»Kann sein. Warum auch nicht?«

»Mit Frau Huhlmann haben Sie sogar letztens telefoniert.«

»Ja?« Muth wagte ein Lächeln, das garantiert viele Frauenherzen höher schlagen ließ. »Ich kann mich nicht erinnern.«

»Ende Juli, kurz nach Ansdorfs Tod rief sie in Berlin an. Sie war ziemlich schockiert, dass es ihren Kollegen und Mitstreiter erwischt hatte.«

Muth hob die Hände. »Ich weiß nicht, wovon Sie sprechen, Frau Kommissarin.«

»Das wissen Sie garantiert, Herr Muth.«

Er lächelte selbstsicher. »Gut, dann lassen Sie es mich so ausdrücken – selbst wenn Sie recht hätten: Ein Telefonat ist wohl kein Straftatbestand.«

Johanna gähnte. »Das nicht, nein. Sagt Ihnen der Name Holger Bihl etwas?«

Winziges Zögern. »Bihl? So auf Anhieb … Haben Sie vielleicht von ihm auch ein Foto?«

»Haben wir.«

Er betrachtete die Aufnahme mit konzentrierter Miene. »Kann sein, dass der mal für mich gearbeitet hat, als ich meine Braunschweiger Läden eröffnet habe.«

»Und der junge Mann – hat der auch mal für Sie gearbeitet?« Johanna präsentierte Muth ein Foto von Karim Celik.

»Den kenne ich nicht, nein.«

»Nun, Celik kennt Holger Bihl und zwei seiner Kumpane oder besser gesagt: Er hat die drei notgedrungen kennenlernen müssen und konnte Monate nach einer schweren Straftat, die die drei an ihm verübt hatten, nun vorerst Bihl identifizieren.«

Muth blickte erstaunt auf. »Aha. Ich weiß, ehrlich gesagt, nicht, wovon Sie –«

»Doch, das wissen Sie sehr genau«, unterbrach Johanna ihn in ruhigem Ton. »Karim Celik wurde auf übelste Weise zusammengeschlagen und gefoltert. Er ist aktiver Muslim, engagiert sich mit seiner Familie im Islamischen Kulturzentrum Wolfsburg, seine Eltern führen ein Restaurant, in dem es kurze Zeit nach dem Angriff auf Karim zu merkwürdigen Vorfällen im Hygienebereich kam.«

»Da kann ich aber nichts für.«

»Alle toten Polizisten stehen unter Korruptionsverdacht«, fuhr Johanna unbeirrt fort. »Sie haben in den letzten gut zwei Jahren, so bestätigen es zumindest die bisher vorliegenden Untersuchungsergebnisse, regelmäßig Ermittlungen behindert, bei denen muslimische Mitbürger bei Gewaltverbrechen zu erheblichem Schaden gekommen waren oder sogar starben, wie zum Beispiel ein angesehener Architekt aus Braunschweig. Zurzeit werden alle Fälle neu aufgerollt. Sie tun sich einen großen Gefallen, wenn Sie mit uns kooperieren …«

Muth fing an zu lachen. »Um Gottes willen, und was soll ich damit zu tun haben? Muslimische Mitbürger, völlig egal, wo die herkommen, gehen mir am Arsch vorbei … Die sind mir so was von egal. Warum sollte ich denen was tun?«

»Gute Frage«, kommentierte Johanna, während sie seine Entgegnung nachklingen ließ. »Warum? Rassistische Motive? Geld? Oder gar beides? Wissen Sie, es gibt Leute, die haben einfach nur Lust zuzuschlagen, egal, bei wem und warum. Das macht denen Spaß. Erlebe ich leider immer wieder. Andere sind bereit, alles zu tun, solange die Bezahlung stimmt. Wie ist es mit Ihnen? Bleiben Sie im Hintergrund? Sehen Sie zu? Machen Sie mit? Erzählen Sie es mir. Ich bin ganz Ohr.«

Nun war Muth richtig erheitert. »Wir machen es anders, Frau Kommissarin – Sie erzählen mir, was Sie gegen mich in der Hand haben, und ich werde dazu Stellung beziehen. Ansonsten möchte ich jetzt gehen. Sie wissen, dass Sie mich nicht länger festhalten können, wenn Sie keinen triftigen Grund haben.«

»Danke für die Belehrung. Ich werd's mir merken.« Johanna lehnte sich zurück. »Wer ist Volker Dorn?«

Erneut ein winziges Zögern. »Ein Typ aus Duisburg. Er hat mir Geld geliehen.«

»Woher kennen Sie ihn?«

Muth hob die Hände. »Ich war auf der Suche nach einem Geldgeber für meine Geschäfte. Er ist mit seinem Videoverleih sehr erfolgreich im Ruhrgebiet. Mein Konzept gefällt ihm, wir haben beschlossen zusammenzuarbeiten.«

»Ich gehe jede Wette ein, dass er Ihnen einen sehr günstigen Kredit eingeräumt hat.«

»Die Wette haben Sie gewonnen.«

»Volker Dorn macht sich seit vielen Jahren in der antimuslimischen Bewegung stark«, behauptete Johanna.

»Ach was?« Muth lächelte. »Das ist sein Problem, nicht meins. Ich hab für so was gar keine Zeit.«

»Er hasst Moscheen und ist bekannt für seine großmäuligen Reden, die er im Rahmen seiner Arbeit in verschiedenen Bürgerinitiativen geschwungen hat.«

»Tatsächlich? Und? Ist ja nicht verboten, seine Meinung zu sagen, oder? Großmäulig oder nicht.«

»Nö.«

»Freut mich, dass wir einer Meinung sind.«

»In diesem Punkt, Herr Muth. Was genau tun Sie mit Dorn oder für ihn?«, wollte Johanna wissen.

»Noch mal, Frau Kommissarin: Was haben Sie gegen mich in der Hand?«

Johannas Handy vibrierte. Sie warf einen Blick aufs Display und stand auf. »Bin gleich wieder hier. Mareni, ich bin für eine kurze Pause.«

Nowaks Stimme klang aufgeregt. »Wir haben heute Morgen eine DVD erhalten – Langes Freundin Tanja Bäumler hat sie vorbeigebracht. Sie enthält neben einem alten James-Bond-Streifen zwei Hetzfilme widerlichsten Inhalts, die beide gerade auf dem Weg zu Ihnen sind. Ich kann nur vorwarnen: Sie sind unerträglich. Wie ich gehört habe, ist Muth Ihnen heute Nacht quasi zugeflogen. Falls Ihnen noch Argumente im Gespräch fehlen sollten …«

»Meine Güte – das ist ja mal eine Neuigkeit.«

»Die Bäumler versichert, dass sie die DVD unter Langes Sachen gefunden hat, die noch bei seinen Eltern in Güterfelde waren, und ich sehe keinen Anlass, an ihrer Aussage zu zweifeln. Die DVD stammt eindeutig aus Muths Laden.«

»Habt ihr das überprüft?«

»Natürlich. Die Registriernummer stimmt, und Bernd Lange wird noch in der Mitgliedskartei geführt. Außerdem hat man uns artig bestätigt, dass der Film von Lange ausgeliehen war und noch nicht zurückgegeben wurde.«

»Ich denke, wir sind auf der richtigen Spur«, sagte Johanna leise.

»Das denken wir auch. Samthof telefoniert übrigens gerade mit Braunschweig. Alle Muth-Läden werden durchsucht und seine Wohnung natürlich auch. Der Staatsschutz ist mit von der Partie und ziemlich heiß, das kann ich Ihnen sagen.«

Johanna ballte eine Faust. »Na endlich passiert etwas. Und Sie können mit Bestimmtheit sagen, dass die Filme aus Muths Laden stammen? Ich meine, DVDs und Registriernummern kann man kopieren und fälschen, wenn man sich ein bisschen auskennt.«

»Kann man. Das wird von den Technikern auch noch im Einzelnen geprüft. Aber der Hinweis auf Muth ist in jedem Fall eindeutig und reicht erst mal, um aktiv zu werden.«

»Das sehe ich auch so«, stimmte Johanna zu.

»Noch was: Ihre Kollegin Gerlach bittet um Rückruf. Die fährt grad auch eine Sonderschicht und hat was entdeckt.«

»Danke, Kollegin. Großartige Arbeit.«

»Immer wieder gerne.«

Johanna beendete das Gespräch und informierte Mareni. Danach besorgte sie sich einen Kaffee und ein Stück Streuselkuchen, bevor sie Tony anrief.

***

Sie war völlig perplex. Sekundenlang huschten Hannelore Maurers Augen über das Foto, und Annegret Kuhl sah, dass ihre Hände zitterten. Als sie es bemerkte, zog sie sie rasch vom Tisch. »Wer soll das sein?«

»Diese Frau verfolgt dich.«

»Wie bitte? Wie kommst du denn darauf?«

»Ich selbst habe es bemerkt und dann überprüft. Dabei ist dieses Foto entstanden. Leider konnte die Frau sich dem Zugriff der Polizei entziehen.«

Hannelore strich sich eine Haarsträhne aus der Stirn. »Darf ich daraus schließen, dass du mich beobachten lässt?«

Annegret sah sie eindringlich an. »Noch einmal: Ich habe zufällig mitbekommen, dass dir diese Frau auf den Fersen war, wo und wann spielt im Grunde gar keine Rolle. Dem bin ich nachgegangen, was meine Pflicht ist – erst recht in Zeiten wie diesen.«

»Du hast zufällig mitbekommen, dass mir jemand folgt?«, entgegnete Hannelore in scharfem Ton. Sie lachte kurz auf. Es klang nicht fröhlich. »Das glaubst du doch selbst nicht!«

Annegret lehnte sich zurück. »Wir wissen nicht, wer sie ist und was sie von dir will. Noch nicht«, entgegnete sie ruhig. »Hast du auch nur den Ansatz eines blassen Schimmers, warum sie dir hinterherschleicht?«

»Nein!«

»Wirst du bedroht?«

»Nein, verdammt noch mal!«

»Sie war mit einem Roller unterwegs. Ist dir in letzter Zeit mal ein Motorroller aufgefallen?«

»Du liebe Güte, nein!«

»Die Frau war in der Nähe der Klinik.«

Hannelore erbleichte.

»Wer ist diese Frau?«, wiederholte Annegret.

»Keine Ahnung – das sagte ich bereits.«

»Was will sie von dir?«

»Hör schon auf!«

»Geht es um dein Kind?«

Hannelore schlug mit der flachen Hand auf den Tisch. »Schluss jetzt«, flüsterte sie. »Lass mich in Ruhe. Bitte!«

»Den Gefallen kann ich dir nicht tun, selbst wenn ich wollte«, entgegnete Annegret ebenso leise. »Wir haben Stefan Muth. Er wird in Wolfsburg vernommen. Die Kollegen in Berlin haben Filmmaterial sicherstellen können, das eine Durchsuchung seiner

Läden und Privaträume rechtfertigt. Also – wenn du mir was zu sagen hast, sag es jetzt. Sobald eine Verbindung zu dir nachgewiesen werden kann, sieht es nicht gut aus für dich. Aber das muss ich dir kaum erläutern. Wenn du dich allerdings entscheidest zu kooperieren, tue ich alles, wirklich alles, um dir zu helfen.«

Sekundenlang blieb es still. Hannelore wurde wachsbleich und begann zu zittern. Sie wandte den Kopf und sah zum Fenster hinaus. »Ja, es geht um Mirko. Sie haben gedroht, ihn zu töten«, flüsterte sie dann. »Einmal war jemand im Heim und hat … Sie haben ihm den Sauerstoff abgedreht. Er konnte gerade noch gerettet werden.«

»Wie hast du von dem Übergriff auf dein Kind erfahren?«

»Sie haben es gefilmt.« Hannelores Stimme war nicht mehr als ein heiseres Flüstern.

»Was musstest du tun?«

Hannelore drehte Annegret wieder das Gesicht zu. »Hauptsächlich Informationen herausgeben, Interna zu Ermittlungen, Namen von Beamten, hin und wieder eine Akte schnell schließen. Und niemals durfte ich dabei auffallen.«

»Hast du Geld bekommen?«

»Nein. Es ging immer um Mirko.« Sie sprach schnell, als hätte sie Angst, sonst zu verstummen. »Manchmal habe ich monatelang nichts von ihnen gehört, und ich dachte, der Spuk wäre endlich vorbei. Aber das war er nicht.«

»Wer ist wie an dich herangetreten?«

»Ich erhielt Anrufe – die immer bedrohlicher wurden. Jemand wusste sehr genau über mich Bescheid. Später hat stets Muth Kontakt zu mir aufgenommen«, berichtete Hannelore zunehmend flüssiger und ruhiger. »Wenn ich eine Nachricht für ihn hatte, habe ich einen Videofilm mit einer ganz bestimmten Registrierungsnummer in seinem Laden abgegeben. Daraufhin rief er mich über Festnetz an und nannte mir eine Mailadresse, über die wir uns kurzfristig austauschten. Nach einem solchen Kontakt löschte er den Account wieder. Er war immer sehr vorsichtig.«

»Und wie war das Prozedere, wenn er etwas von dir wollte?«

»Ganz schlicht: Er rief mich an und erteilte mir einen Auftrag oder wies mich an, eine Mail abzurufen.«

»Weißt du etwas von Hetzfilmen?«

»Nein, das war hier nie ein Thema.«

»Kanntest du die Schläger?«

Hannelore schüttelte den Kopf.

»Warum bist du nie auf die Idee gekommen …«

Maurer lächelte traurig. »Es war zu spät – mit dem ersten Dienst, den ich Ihnen erwies, war es zu spät, und ich hätte mir nie verziehen, Mirko zu opfern oder auch nur ein weiteres Mal in Gefahr zu bringen. Nein, niemals.«

Annegret Kuhl hatte für einen Moment das Gefühl, Hannelores Schmerz zu spüren, ihre tiefe Verzweiflung. Ihre Scham. »Und du hast wirklich keine Ahnung, was die Frau von dir will?«

»Nein. Ich habe die noch nie gesehen. Ich hatte während der ganzen Zeit auch noch nie mit einer Frau zu tun, sieht man einmal von den jungen Mädels ab, die in der Videothek arbeiten und, so nehme ich jedenfalls stark an, mit den anderen Geschichten nichts zu tun haben.«

Annegret zögerte einen Moment, dann öffnete sie die Akte und entnahm ihr die Fotos von Muth, Bihl und Dorn. »Bist du Stefan Muth je persönlich begegnet?«, fragte sie, während sie Hannelore die Aufnahmen vorlegte.

»Nein. Aber ich kenne ihn von seiner Homepage.«

Die Aufnahme von Bihl sagte ihr auch nichts, doch als sie das Foto von Volker Dorn in die Hände nahm, weiteten sich ihre Pupillen.

»Kennst du den Mann?«

Hannelore Maurer sah an ihr vorbei und blickte dann erneut auf das Bild. »Nein. Ich dachte erst, aber … nein. Eine Verwechslung. Ich kenne ihn auch nicht.«

Annegret war davon überzeugt, dass sie log.

»Ich muss dich bitten, die Stadt nicht zu verlassen«, meinte sie schließlich. »Ich werde mich darum kümmern, dass du Polizeischutz bekommst und dein Sohn auch. Vielleicht lässt die Lady sich ja noch mal blicken.«

Als Hannelore einige Minuten später ihr Büro verließ, wusste Annegret Kuhl, dass sie gerade eine Entscheidung getroffen hatte, die sie ihre Karriere kosten konnte. Es bestand durchaus Flucht-

und Verdunklungsgefahr, dessen war sie sich bewusst. Andererseits war es möglich, dass die unbekannte Verfolgerin erneut die Nähe zu Maurer suchte und ihnen ins Netz ging.

Staatsanwältin Kuhl überließ sich für Momente ihren Grübeleien, dann setzte sie sich an ihren PC, um sich die Filme anzusehen, die ihr das BKA zur Verfügung gestellt hatte.

Ein Gebäude fliegt in die Luft: Getöse, Feuer, Schreie, Menschen rennen in Panik davon, liegen verletzt am Boden, winden sich vor Schmerz. Blut, Tote, Sirenen … Ein Zug entgleist, panisch umherirrende Kinder schreien nach ihren Eltern … Dunkel maskierte Männer stürmen ein Hotel und schießen auf alles, was sich ihnen in den Weg stellt.

Dann erklingt eine Stimme aus dem Hintergrund: »Diese und ähnliche Anschläge sind Alltag in vielen Ländern und Städten geworden, auf allen Kontinenten. Selbstmordattentäter verbreiten Angst und Schrecken: Sie töten aus genau diesem Grund. Das Leben ist ihnen nicht heilig. Der Tod ist ihre Botschaft. Islamistische Extremisten führen einen selbst ausgerufenen Heiligen Krieg, in dem alle vernichtet werden, die sie nicht auf ihrer Seite wähnen – zum Beispiel Christen. Juden. Oder Atheisten oder Buddhisten … Sie und ich. Unsere Kinder, unsere Familie, Freunde … Allesamt unschuldig.

Wollen wir das länger hinnehmen? Wollen wir dauerhaft mit dem Risiko leben, dass wir im nächsten Flugzeug, mit dem wir in den Urlaub fliegen, von einer Bombe zerfetzt werden könnten? Wollen wir unsere Kinder nur unter Angst ein Konzert besuchen lassen, weil nicht ausgeschlossen werden kann, dass ein Anschlag verübt wird? Oder wollen wir uns an den alltäglichen Terror gewöhnen? Ihn unser Leben bestimmen lassen und immer mehr abstumpfen. Ist das die Zukunft unserer multikulturellen Gesellschaft?

Viele Politiker wollen uns weismachen, dass eine moderne Gesellschaft immer bereit sein muss, den Dialog zu suchen – mit allen Kulturen, Religionen, Anschauungen. Ein schönes Vorhaben, ein wahrhaft humanistischer Gedanke, aber nicht praktikabel, solange es bei einem einseitigen Versuch bleibt. Wir können noch so tolerant und aufgeschlossen sein, noch so gastfreundlich und neugierig – einer hochgehenden Bombe kann man keine Argumente entgegensetzen. Sie beendet alles.

Der Islam ist keine friedliche Religion. Er ist es noch nie gewesen.

Wer anderes behauptet, lügt oder lässt sich blenden, denn wer zu Allah betet, unterwirft sich seinen Forderungen, auch und gerade den kriegerischen.

Seit geraumer Zeit gibt es in einigen Ländern vermehrt aktive und noch verdeckte Bestrebungen, sich gegen den Terror zur Wehr zu setzen, Zeichen zu setzen: Die Zeit der Worte ist vorbei. Die der Toleranz auch. Unsere Gesellschaft ist keine islamistische. Wir lassen uns nicht länger bedrohen und zu Opfern machen. Wir wollen keine Moscheen. Wir wollen keine Nachbarn, die zu Freitagsgebeten gehen und sich klammheimlich oder offen freuen, wenn wieder eine Bombe amerikanische Mitbürger getötet hat. Oder britische, deutsche. Juden, Christen. Unsere Nachbarn. Kinder. Wir wollen keine Muslime unter uns, egal, wo sie herkommen, auch oder sogar erst recht keine, die sich bis zu einem hohen Grad anzupassen und uns damit zu täuschen vermögen, aber letztlich immer das bleiben, was sie sind: Allahtreue, vor denen wir uns hüten müssen.

Wir haben uns diesen Bestrebungen angeschlossen und die Riege gegründet. Wir verteidigen unser Land und unsere Werte, und wir suchen stets Mitstreiter, die wie wir denken und fühlen und zu handeln bereit sind und der Riege angehören wollen. Wir diskutieren nicht. Wir agieren. Wir schlagen die Islamisten nicht mit ihren, sondern mit besseren Waffen, indem wir sie mit unserer Stärke verunsichern, mit unserer Bereitschaft, sie aus unserer Mitte zu vertreiben. Wir setzen das klare Signal, dass sie nicht willkommen sind, und entziehen ihnen Toleranz, Mitgefühl und unsere Rechtsordnung, die sie für ihre Zwecke missbrauchen. Wir bestrafen sie und ziehen Gesetzeshüter und Politiker auf unsere Seite. All das tun wir in der Hoffnung, dass sie die Konsequenzen daraus ziehen und sich entscheiden, zu gehen und niemals wiederzukommen. Wir befreien uns, denn wir dienen weder Allah noch denen, die sich als sein Werkzeug verstehen.«

Die Staatsanwältin legte eine kurze Pause ein, bevor sie den zweiten Film startete. Die Riege hatte einzelne Überfälle gefilmt, um ihre Vorgehensweise bei Gewaltverbrechen zu veranschaulichen.

»Überfälle müssen sorgfältig vorbereitet werden«, erläuterte die sonore Stimme aus dem Hintergrund. »Das heißt: Alibis sichern. Zeugen verhindern. Polizisten sorgfältig einweisen. Handschuhe tragen. Spuren

verhindern. Gewalt ausüben, ohne zu sprechen. Hass spürbar machen. Frauen mit Abscheu und Verachtung behandeln.«

Annegret Kuhl hielt den Atem an, als drei Maskierte auf einen gefesselten Mann, dessen Augen geschlossen waren, einzuschlagen begannen. Systematisch und wortlos.

»Niemals sprechen«, erklang plötzlich wieder die Stimme des Kommentators. »Wir erklären uns nicht. Wir drohen und beschimpfen nicht. Wir erfüllen unsere Aufgabe: den Feind, der uns vernichten will, zu verletzen und tiefe Furcht in sein Herz zu pflanzen. Todesangst. Damit er bald nur noch ein Ziel hat – davonzulaufen.«

Diesen Wunsch verspürte Annegret Kuhl auch.

12

»Ich hab den Muth noch einmal sehr genau unter die Lupe genommen und dabei sein Umfeld und die Familie mit einbezogen«, erklärte Tony.

»Und? Auffälligkeiten?«, fragte Johanna und schob ihren Kuchenteller beiseite.

»Wart's ab. Der Knabe ist ohne Vater aufgewachsen, dessen Name taucht nirgendwo auf. Die Mutter, Petra Muth, war Sekretärin –«

»War?«

»Ja, sie starb vor zehn Jahren, genauer gesagt am 11. September 2001.«

»Wie bitte?«

»Ja, sie saß in einem der Flugzeuge. Dass Stefan es nicht so dicke mit Moscheen und Muslimen hat, dürfte zweifelsohne damit zusammenhängen.«

»Rache also. Aber, meine Güte, Muth war damals Mitte zwanzig, in einem Alter also, in dem sich die meisten Männer noch mitten in der Pubertät befinden – das hat der doch im Leben nicht alleine durchgezogen!«, wandte Johanna verblüfft ein. »Wo ist die Verbindung zu Volker Dorn?«

»Diese Frage gefällt mir«, meinte Tony, und es klang, als würde sie sich die Hände reiben. »Dorn trieb sich, wie schon mal erörtert, einige Jahre in Berlin herum, lebte in verschiedenen Wohngemeinschaften. Man kann davon ausgehen, dass er keinen Wert darauf legte, sich jeweils ordnungsgemäß an- und abzumelden ...«

»Worauf willst du hinaus?«

»Petra Muth hat zeitweise auch in einer WG gelebt.«

Johanna atmete scharf ein. »Du meinst, dass die beiden sich kannten?«

»Ich gehe sogar noch einen Schritt weiter«, erklärte Tony gut gelaunt. »Trotz der Kürze der Zeit haben wir zwei ehemalige Mitbewohner von Petra Muth ausfindig gemacht und ihnen Fotos von Dorn vorgelegt. Zumindest einer von ihnen ist sich ziemlich sicher, dass Dorn mit Petra liiert war und das Kind von ihm ist.«

Johanna brauchte zwei Sekunden, um diese Information zu verarbeiten. »Vater und Sohn – ist das dein Ernst? Aber …«

»Petra Muth und Volker Dorn waren nur einige Zeit ein Paar. Er ist ja dann zurück in den Ruhrpott.«

»Eben. Und die beiden machen nach dem 11. September gemeinsame Sache, um den Tod von Petra Muth zu rächen? Klingt ein bisschen –«

»Extremisten klingen immer ein bisschen gaga, wenn du mich fragst. Ansonsten ist es dein Job, die richtigen Schlussfolgerungen aus den Infos zu ziehen und sie zu überprüfen«, meinte Tony.

»Wohl wahr. Schickst du diese Neuigkeit noch an die anderen Dienststellen raus?«

»Na klar.«

Johanna schüttelte den Kopf, während sie in den Technikraum hinüberging, wo Mareni wartete, damit sie sich gemeinsam die Filme ansehen konnten. Der Kollege reagierte ähnlich überrascht wie sie, als sie ihm von Tonys Recherchen berichtete.

»Na ja, Dorn hat sich doch schon eine ganze Weile in irgendwelchen Randgruppen herumgetrieben – auch schon vor dem 11. September, wenn ich mich recht entsinne«, meinte Mareni. »Der Anschlag war dann natürlich ein herausragendes Argument für seine rassistische Überzeugung, die bei seinem Sohn nach dem Tod der Mutter auf fruchtbaren Boden gefallen sein dürfte. Unter Umständen hat Dorn sogar Kontakt in die USA – mit all dem werden sich die Kollegen vom Staatsschutz sicherlich noch eingehend beschäftigen.«

»Scheint jedenfalls alles von langer Hand und seit Jahren geplant«, murmelte Johanna. »Womit wir zur Abwechslung mal wieder bei der Ausgangsfrage angelangt wären, die mich vor einigen Tagen hierhergeführt hat. Warum mussten die Polizisten sterben, und wer ist dafür verantwortlich?«

Mareni zuckte die Achseln. Dann wies er auf den Monitor. »Wollen wir erst mal das Filmmaterial sichten?«

Johanna hatte gut zehn Minuten gebraucht, um ihr Entsetzen zu überwinden und den heißen Zorn zu dämpfen, der immer wieder in ihr hochstieg. Dann ließ sie Stefan Muth wieder im Verhandlungsraum Platz nehmen.

»Ich hoffe, Sie haben jetzt bessere Fragen«, meinte er mit selbstsicherem Lächeln. »Ansonsten – danke schön für das Frühstück. War gar nicht schlecht, wenn man bedenkt, wo ich hier bin. Ist Wolfsburg nicht die Stadt mit dem Bahnhof, an dem der ICE regelmäßig vergisst zu halten?«

»Keine Ursache. Wie schön, dass es Ihnen geschmeckt hat. Sie werden in Zukunft noch häufiger auf Staatskosten frühstücken, und das Letzte, worüber Sie sich gerade Gedanken machen müssen, sind Zugverbindungen«, erwiderte Johanna und ignorierte das Kribbeln in ihren Fingerspitzen, auch wenn es ihr schwerfiel.

Mareni nahm neben ihr Platz und klappte sein Notebook auf, ohne eine Miene zu verziehen.

»Ach, reden Sie doch keinen Unsinn«, erwiderte Muth und winkte ab. Offensichtlich hatte er die Unterbrechung genutzt, um sich zu entspannen und den Entschluss zu fassen, das Ganze fortan mit Humor und Abgeklärtheit über sich ergehen zu lassen.

»Mein Kollege und ich haben uns gerade zwei Filme angesehen, die uns ein bisschen den Appetit verdorben haben«, erklärte Johanna mit sanftem Lächeln und registrierte zufrieden, dass Muth merklich zusammenzuckte.

Sie gab Mareni ein Zeichen, der daraufhin den Film startete. Während die Bilder über den Monitor huschten und die wohlklingende Stimme des Kommentators den Raum füllte, ließ sie Muth nicht aus den Augen. Zweifellos war er beeindruckt und verstört und sichtlich bemüht, die Fassung zu bewahren, um schließlich mit versteinerter Miene das Gesicht abzuwenden.

»Kann ich verstehen, dass Sie sich das nicht genauer angucken wollen«, sagte Johanna, als die Vorführung beendet war. »Außerdem kennen Sie das Material ja zur Genüge.«

»Ach ja? Wie kommen Sie denn darauf?« Muth verschränkte die Arme vor der Brust.

»Meine Güte, nun lassen Sie doch endlich das kindische Leugnen. Meine Kollegen in Berlin haben eine DVD sichergestellt, die eindeutig aus Ihrem Laden stammt. Neben einem James-Bond-Film befand sich darauf dieses anschauliche ›Lehrmaterial‹.«

Muth winkte gelassen ab. »Und? Können Sie das auch beweisen?«

»Können wir. Unsere Techniker sind dabei. Interessiert es Sie, in wessen Besitz die DVD war?«

Darauf antwortete Muth nicht.

»Bernd Lange hatte sie. Da waren Sie wohl nicht gründlich oder schnell genug. Und Ähnliches ist auch bei Rauth abgelaufen, wo Sie sich ja höchstpersönlich bemüht haben, Ihre widerlichen Filmchen einzusammeln.«

»Ich weiß nicht, wovon Sie sprechen.«

»Wir haben Spezialisten, die jede einzelne Sequenz der Filme, jeden Satz des Kommentators untersuchen und herausfinden werden, aus welcher Feder und aus welchem Mund dieser kranke Schwachsinn stammt. Wir werden feststellen, wo gefilmt wurde, wer die Beteiligten waren und so weiter«, fuhr Johanna in schneidendem Ton fort. »Wir werden ähnliches Material in Ihren Läden finden oder in Ihrer Wohnung, wo auch immer. Also tun Sie sich und uns einen Gefallen und hören Sie auf zu lügen.«

»Ich muss mich wiederholen, Frau Kommissarin. Wovon reden Sie um Gottes willen?«

»Sind Sie geschult worden, so zu reagieren?«, fragte Johanna. »Hat er Ihnen das eingetrichtert?«

»Von wem sprechen Sie?«

»Von Ihrem Hauptagitator Volker Dorn.«

»Der Mann hat mir Geld geliehen, und das war es auch schon. Mehr kann ich Ihnen nicht zu ihm sagen.«

»Ich denke schon«, hielt Johanna dagegen. »Wir werden nach Hinweisen suchen, wann Sie sich wo mit ihm getroffen haben, und wir werden sie finden. Man hinterlässt immer Spuren, und wenn man noch so geschickt vorgeht. Und irgendwann werden wir eins und eins zusammenzählen können.«

Muth lächelte. »Ich wünsche gutes Gelingen.« Er hatte sich erstaunlich schnell wieder gefangen.

Johanna lächelte zurück. »Haben Sie eigentlich eine Freundin, Herr Muth?«

»Das geht Sie nichts an.«

Johanna nickte verständnisvoll. Sie zog das bearbeitete Foto der Unbekannten aus der Akte. »Kennen Sie diese junge Dame?«

Muth beugte sich über das Bild. »Nein, keine Ahnung. Wer soll das sein?«

»Ihre Freundin?«

»So ein Quatsch – nein. Ist nicht mein Typ.« Er grinste.

»Vielleicht eine Mitarbeiterin?«

Muth warf dem Foto erneut einen Blick zu. »Die Aufnahme ist nicht gerade von bestechender Qualität, aber … nein, wie schon gesagt: Der bin ich noch nie begegnet, und die Mädels, die in meinen Läden arbeiten, sehen anders aus.«

»Nun, vielleicht arbeitet sie nicht in Ihren Videotheken, sondern als Mitglied der Riege.«

Muth lächelte amüsiert. »Netter Versuch, aber …«

Johanna hob die Hände. »Genau, netter Versuch. Wie war das am 11. September 2001 eigentlich – haben Sie sofort gewusst, dass sich Ihre Mutter unter den Opfern befand?«

Das Lächeln war mit einem Schlag weggewischt, der Schock stand ihm ins Gesicht geschrieben. Die blauen Augen verdunkelten sich. Er lehnte sich zurück.

»Nun, wenigstens hat sich danach ja das Verhältnis zu Ihrem Vater wesentlich intensiviert, nicht wahr?«

Muth starrte sie fassungslos an. Mareni schnalzte mit der Zunge und warf Johanna einen anerkennenden Blick zu.

»Er hat sie einbezogen, stimmt's? Ist doch eine tolle Sache, für eine gemeinsame Idee zu arbeiten, nicht wahr?«, fuhr Johanna fort. »Ein Ziel zu haben, sich zusammen mit anderen einzusetzen. Glauben Sie eigentlich hundertprozentig an Ihre Mission? An Ihren edlen Kampf? Oder worum genau geht es Ihnen?«

Muth kniff die Augen zusammen.

»Sagen Sie mir: Welcher Art kann ein Ziel sein, das man zu erreichen sucht, indem man prügelt, foltert, vergewaltigt, tötet, erpresst, korrumpiert und sein Tun mit Drogenhandel finanziert?«

Muths Kopf schoss nach vorn. »Im Krieg sind diese Mittel angebracht!«, entfuhr es ihm.

»Sie befinden sich im Krieg?«

»Ja, so ist es. Davon bin ich überzeugt, und mehr sage ich zu diesem Thema nicht mehr. Da können Sie sich anstrengen, so viel Sie wollen.« Er wischte sich über den Mund.

Johanna nickte. »Ich verstehe. Nun, zu diesen Fragen werden Sie sowie Ihr Vater und Ihre Mitstreiter noch von verschiedenen anderen Stellen vernommen, die sich wesentlich besser in dem Metier auskennen als ich. Mich interessiert aber noch ein weiterer Aspekt. Warum mussten die Polizisten sterben? Hatten Sie Ihren Job erledigt? Haben Sie aufgemuckt? Waren Sie nicht mehr verlässlich genug?«

»Keine Ahnung.«

»Vielleicht gibt es inzwischen eine eigens gegründete Gegenbewegung zu Ihrer Gruppe«, schlug die Kommissarin vor.

»Mag sein. Aber das ist eigentlich nicht ihr Stil«, wandte Muth ein.

»Worin zeichnet sich denn Ihrer Ansicht nach deren Stil aus?«

»Das sind feige Bombenleger, die immer Unschuldige treffen.«

»Welche Schuld hatte denn Sahra Scheidner auf sich geladen?«

»Sie war eine Muslima, die ihre Weltanschauung auch noch unter die Leute brachte«, stieß Muth hervor, bevor er sich auf die Unterlippe biss.

»Sie war glücklich verheiratet und schwanger. Das Ehepaar hat sich auf das Kind gefreut. Sahra hat sich das Leben genommen«, erwiderte Johanna.

Muth legte die Hände in den Schoß.

»Wussten Sie eigentlich, dass Sahra die Frau des Staatsanwaltes Robert Scheidner war? Haben Sie sie mit Absicht ausgesucht oder ist Ihnen ein Fehler unterlaufen?«

Schweigen.

»Und wussten Sie, dass Jörg Rauth und seine Frau mit den Scheidners befreundet waren?«

»Quatsch!«, entgegnete Muth schnell. »Rauth kannte den Staatsanwalt, das war alles und wohl auch nicht ungewöhnlich in seinem Job. Von Muslimen hielt Ihr Kollege übrigens auch nicht allzu viel.«

»Das hat ihn offensichtlich aber nicht davon abgehalten, privat mit dem Ehepaar zu verkehren.«

»Das ist seine Sache, besser: Das war seine Sache.«

»Rauth hat Sie aus der Drogensache rausgehauen«, bemerkte Johanna. »Ich schätze, Sie haben sich nicht lumpen lassen, Sie und Ihr Vater. Trotzdem ist Rauth tot.«

»Er hat sich umgebracht«, entgegnete Muth. »Das wissen Sie doch ganz genau. Der Mann brauchte ständig Geld – der hat gewettet, was das Zeug hielt, ist aber immer ein viel zu hohes Risiko eingegangen.«

»Sie kennen sich aus in der Branche?«

»Ein bisschen, und wie ich schon sagte: Rauth hat es einfach übertrieben und war ständig pleite. Das war sein allergrößtes Problem.«

Johanna nickte. »Wir gehen auch davon aus, dass Rauth sich erschossen hat. Wann haben Sie ihn eigentlich das letzte Mal gesehen beziehungsweise Kontakt zu ihm gehabt?«

»Keine Ahnung – ich glaube, er war ein paar Tage vorher im Laden, als ich auch gerade da war. Er sah ziemlich fertig aus. Ärger mit seiner Frau. Und einem alten Freund.«

»Hat er den Namen genannt?«

Muth schüttelte den Kopf. »Er hat ein bisschen herumgejammert – ich hab dem weiter keine Beachtung geschenkt – und ist dann wieder gegangen. Wollte sein Glück auf der Rennbahn versuchen, aber mit dem Glück hatte er es nicht so.«

Johanna glaubte ihm – aus dem einfachen Grund, weil es bezüglich Jörg Rauth keinen Grund gab, zu lügen oder zu blocken, und Muth mittlerweile in Plauderlaune geriet. Das beobachtete sie häufiger bei Verdächtigen, die zu Beginn einer Vernehmung beharrlich geschwiegen hatten oder selbstsicher aufgetreten waren und dann völlig konsterniert auf das reagierten, was die Ermittler bereits alles in Erfahrung gebracht hatten. Nach dem ersten Schreck schien es fast so, als wären sie froh, an der einen oder anderen ungefährlichen Stelle auch etwas beitragen zu können, und ließen sich in ein Gespräch hineinziehen.

Es interessierte Johanna außerordentlich, mit wem Jörg wenige Tage vor seinem Suizid noch Ärger gehabt hatte, der ihn so bedrückte, dass er Muth gegenüber eine Äußerung machte. Ein alter Freund. Klang merkwürdig.

»Kannten sich Rauth und Lange eigentlich – ich meine in ihrer Eigenschaft als Mitstreiter in Ihrem Club?«, fragte Johanna.

»Dazu möchte ich nichts sagen.«

»Kann ich verstehen – aber mir geht es bei meiner Frage nicht so sehr um den Aufbau und die Organisation Ihrer Gruppe, sondern um die Kontakte untereinander und mögliche Ansatzpunkte für einen Mord oder vielmehr mehrere Morde«, erklärte Johanna ihm bereitwillig. »So wie wir davon ausgehen, dass Rauths Suizid echt war, so glauben wir nicht an die Selbsttötungen der anderen Polizisten.«

»Verstehe, aber …«

»Lange hat im Vergewaltigungsfall von Sahra Scheidner anschließend für die nötige Ordnung gesorgt. Könnte er darüber mit Rauth gesprochen haben?«

Stefan Muth setzte ein nachdenkliches Gesicht auf. »Die Polizisten sollten natürlich mit niemandem über ihre Einsätze sprechen und untereinander keinen nachweislichen Kontakt haben, aber ausschließen lässt sich das nicht …«

Natürlich nicht. Abgesehen davon hatte Rauth nach Bekanntwerden des Falls selbstverständlich eins und eins zusammengezählt und dürfte große Mühe gehabt haben, Scheidner überhaupt noch in die Augen zu sehen.

Auf diesem Gedanken hatte Johanna kürzlich schon einmal länger herumgekaut … Und ausgerechnet Robert Scheidner bittet Marie Rauth in der Stunde der größten Not zu sich nach Hause. Was für eine bizarre Situation.

Johannas Handy begann zu rappeln. Sie reichte es an Mareni weiter. »Kümmern Sie sich darum?«

Sie fasste Muth wieder ins Auge, als Mareni mit dem Handy am Ohr den Raum verließ. »Bernd Lange hat auch Geld von Ihnen bekommen, nicht wahr?«, fuhr sie konzentriert fort, ohne tatsächlich eine Antwort auf diese Frage zu erwarten. »War er je scharf auf Drogen? Harte Drogen? Richtig fiese Drogen?«

Muth hob die Brauen und überlegte kurz. »Nein«, meinte er dann. »Lange war kein Junkie.«

»Ich nehme an, Ähnliches würden Sie von Ansdorf behaupten.«

Muth deutete eine zustimmende Geste an.

»Auf welche Weise haben Sie eigentlich Leute für die Riege gewonnen?«

Er winkte ab.

»Ist Ihnen klar, dass eine Kooperation mit uns –«

»Ach, bitte, sparen Sie sich das.«

Die Tür öffnete sich, und Mareni trat wieder ein. »Wir sollten Herrn Muth eine weitere Kostprobe unserer Gastfreundschaft zuteilwerden lassen«, meinte er vollmundig und winkte mit dem Handy. »Auch unser zweites Frühstück erfreut sich gemeinhin großer Beliebtheit.«

Johanna nahm das Handy entgegen, als Muth aus dem Raum geführt wurde.

»Hier spricht Kuhl. Unser Verdacht bezüglich Hannelore Maurer hat sich bestätigt.«

»Ach, du Scheiße.«

»Sie wurde erpresst und ist kooperativ. Bitte behalten Sie die Neuigkeit vorerst für sich. Ich habe zunächst Polizeischutz für sie und das Kind bereitgestellt.«

Johanna schwieg einen Moment. Dann erläuterte sie kurz den Zwischenstand der Befragung von Stefan Muth und beendete das Gespräch. Mareni trat wieder ein und brachte ihr einen Kaffee. »Nicht schlecht, wie Sie den Jungen zum Reden gebracht haben.«

»Danke.«

»Sie wirken düster.«

Johanna winkte ab. »Wundert Sie das? Danke übrigens für den Kaffee.«

»Ich hab noch mehr. Ich meine: Neuigkeiten.« Er drehte sich um und wies auf den Laptop. »Berlin hat sich gerade gemeldet. Die haben in Muths Wohnung Hinweise auf ein Wochenendhaus gefunden und sehen sich dort gerade um.« Mareni ordnete seine Locken. Zum ersten Mal an diesem Tag, meinte Johanna sich zu erinnern. Die Geste entlockte ihr ein Lächeln.

»Ein Techniker hat etwas Interessantes entdeckt und schon mal vorab weitergeleitet«, fuhr er fort.

Das war ungewöhnlich. Johanna stellte ihre Tasse ab.

»Ein Notizheft. Muth hatte es in seinem Schuppen hinter einen

Balken geschoben. Sie haben es bereits eingescannt und mailen es uns und den Braunschweigern gerade rüber.«

Auf den ersten Blick sahen die Eintragungen völlig harmlos aus. Unter den Überschriften Pferde, Boxen, Fußball, Autorennen und Eishockey hatte Muth sich seitenlang Quoten, Einsätze sowie Verluste und Gewinne in einer Tabelle notiert und hier und da mit erläuternden Anmerkungen zur Verfassung einzelner Sportler und Pferde versehen. Alles in allem dürfte er in den vergangenen zwei Jahren ein hübsches Zubrot im knapp fünfstelligen Bereich verdient haben. Wie es aussah, betrieb Muth das Ganze *just for fun* und hatte auch keine Suchtstruktur entwickelt – sofern die Aufzeichnungen stimmten und es keine weiteren Hefte gab, in denen seine Quote unter Umständen weniger gut aussah. Aber das hielt Johanna für unwahrscheinlich.

Interessant wurde es im zweiten Teil des Büchleins. Statt klangvoller Pferdenamen oder Spielpaarungen standen in der ersten Spalte nun die Abkürzungen JR, BL, KV, GA, UH, HM, gefolgt von Datumsangaben, Adressen und Einzelbeträgen zwischen tausend und fünftausend Euro. Wer das Heftchen ahnungslos durchblätterte, würde kaum etwas anderes dahinter vermuten als ein weiteres Wettspiel.

Mareni pfiff leise durch die Zähne. »Damit dürfte ja alles klar sein, oder? Ich wette, dass wir die Datumsangaben mühelos einer Gewalttat im Umkreis der aufgeführten Straßen zuordnen können. Die Kollegen, die die einzelnen Fälle aufrollen müssen, werden sich freuen.« Er lächelte und tippte dann auf das letzte Kürzel. »Wer ist HM?«

»Jemand aus Braunschweig«, erwiderte Johanna zögernd.

»Hab ich was verpasst, oder trauen Sie mir nicht mehr?«

Die Frage war berechtigt. Johanna nickte. »Staatsanwältin Hannelore Maurer. Sie wurde erpresst und kooperiert mit uns. Sie hat kein Geld erhalten, wie Sie der Auflistung entnehmen können. Kuhl hofft, und ich teile ihre Ansicht, dass wir mit den Ermittlungen weiterkommen, wenn Maurer auf freiem Fuß bleibt und beobachtet wird beziehungsweise Polizeischutz erhält. Das sollte übrigens alles unter uns bleiben – so weit es geht.«

»Ich verstehe. Seit wann wissen Sie das eigentlich?«

»Seit meinem Gespräch vorhin mit Kuhl. Apropos Maurer: Hat sich Ihr PC-Spezialist eigentlich schon gemeldet?«

Mareni schüttelte den Kopf und sah auf die Uhr. »Ans Telefon geht der jetzt garantiert nicht – er ist ein Nachtmensch und schläft noch oder sitzt jetzt beim Frühstück und will nicht gestört werden. Wir müssen uns gedulden. Sobald er was hat, meldet er sich.«

»Gut. Dann legen wir Muth das Heftchen vor. Mal sehen, was er dazu sagt.«

***

Leif Barlon schlürfte seine dritte Tasse Kakao. Dazu aß er Croissant mit Frischkäse und Himbeermarmelade – der reinste Zuckerschock, und ein Hochgenuss obendrein. In Barlons Familie gab es keine Diabetiker, darum schob er etwaige Befürchtungen gelassen beiseite. Die meisten Krankheiten waren seiner Ansicht nach ohnehin auf eine genetische Disposition zurückzuführen, einschließlich aller Psychomacken. Zwei Alkoholiker hatten sich um den Verstand gesoffen – sein Vater und eine Cousine –, Schlaganfälle und Bronchitis waren neben einer Neigung zu Schwerfälligkeit, Rheuma und Bierbauch auch vertreten, doch von Diabetikern weit und breit keine Spur. Da Barlon unverheiratet war und selten eine feste Beziehung hatte, gab es auch niemanden, der auf seine Essgewohnheiten Einfluss nehmen konnte. Und das war auch gut so. Er grinste und beugte sich zum Monitor vor.

Das Bildbearbeitungsprogramm lief jetzt zum dritten Mal durch, und das Ergebnis konnte sich sehen lassen. Ein gelb-rotes Firmenlogo hatte sich aus dem Einerlei der grau-schwarzen Farbnuancen herausgeschält – kein C&A-Etikett und auch kein Krokodil, wie die Kommissarin befürchtet hatte. Leif Barlon war ziemlich sicher, dass Mareni oder seine Kollegen etwas damit anfangen konnten. Er schob sich das letzte Stück Croissant in den Mund und griff zum Telefon.

»Grad haben wir von dir gesprochen«, begrüßte ihn Luca. »Ich hätte wetten können, dass du noch schläfst.«

»Wette verloren! Ich maile euch mal was rüber. Könnte mir vorstellen, dass ihr dazu was in euren Datenbanken findet.«

»Super – danke dir!«

»Rechnung kommt.«

»Klar.«

***

»Komfortbau«, las Mareni und hob die Schultern. »Irgendeine Baufirma. Er blickte auf und sah Johanna an, die bereits in der offenen Tür stand. »Klingelt da was?«

»Nicht das Geringste. Aber das muss nichts heißen. Schicken Sie die Datei meiner Kollegin Tony Gerlach – mit Dringlichkeit. Die liebt solche Aufgaben.« Allerdings nicht gerade am Wochenende, fügte Johanna in Gedanken hinzu.

Kurz darauf saßen sie wieder zu dritt im Vernehmungsraum.

»Unsere Berliner Kollegen haben einen hochinteressanten Fund gemacht«, erklärte sie ohne Umschweife und legte Muth die Ausdrucke seines Heftes vor. Diesmal war er vollkommen perplex.

»Tja, wissen Sie, man kann noch so superschlau sein«, hob Johanna wieder an und suchte seinen Blick. »Irgendwas fällt einem dann doch, womöglich zu einem denkbar ungünstigen Zeitpunkt, vor die Füße, und sei es ein harmlos anmutendes Heftchen. Die eine oder andere Notiz macht sich jeder mal, nicht wahr? Ich schreibe mir bereits einen Einkaufszettel, wenn ich mehr als vier Artikel brauche, aber das nur so nebenbei. Wer schreibt, der bleibt, hat meine Großmutter immer gesagt … Kennt man den Spruch eigentlich heutzutage noch?«, fügte sie leutselig hinzu.

Mareni nickte mit leisem Schmunzeln, Muth kniff die Lippen zusammen.

»Wie dem auch sei … Offensichtlich haben Sie das Risiko der Entdeckung unterschätzt nach all der Zeit, in der Sie immer unbehelligt blieben, sonst hätten Sie das Büchlein wohl kaum aufgehoben, oder wie darf ich mir diesen Fund erklären?«

Muth warf ihr einen entnervten Blick zu. »Ich hab nicht damit gerechnet, nein. Was wollen Sie – dass ich Ihnen gratuliere? Wie sind Sie überhaupt auf das Gartenhaus gekommen?«

»Müsste ich die Berliner Kollegen fragen. Vielleicht lag irgendwo bei Ihnen eine Rechnung über Gartengeräte herum oder Ähnliches, vielleicht hat ein Nachbar etwas mitbekommen«, erörterte Johanna, und ihrer Stimme war anzuhören, dass sie ihre Zufriedenheit über den Ermittlungserfolg ungeniert auskostete.

»Es sind häufig die Kleinigkeiten, über die gerade hervorragend organisierte Leute wie Sie stolpern«, antwortete sie bereitwillig. »Die Aktivitäten Ihrer Gruppe werden seit Jahren bis ins kleinste Detail sorgfältigst geplant und vorbereitet. Sie hinterlassen keine auffälligen Mails und bewegen sich nur mit höchster Vorsicht im Internet, Sie telefonieren umsichtig, Sie verwischen sehr gekonnt alle möglichen Spuren und bedienen sich dabei professioneller Hilfe, Sie finanzieren Ihre Verbrechen durch andere Verbrechen, während Sie Ihrem bürgerlichen Tagesgeschäft nachgehen … und so weiter und so fort. Alles nahezu perfekt, aber dann kommen wir Ihnen doch auf die Schliche, eins fügt sich ins andere. Schließlich müssen wir nur noch eins und eins zusammenzählen und finden dabei ein Heft mit penibel geführten Listen, in denen neben Ihren Wettspielchen die bestochenen Beamten tabellarisch erfasst sind, sogar ihre Einsätze in Ihrem Auftrag nachvollziehbar werden und die Auszahlungen sich erschließen. Und angefangen hat alles mit einem Telefonat, das Ulrike Huhlmann am Tag nach Günther Ansdorfs Tod mit Ihnen geführt hat. Ist schon komisch, oder?«

Aber Muth fand das alles andere als erheiternd.

Der Einzige, der bemerkenswert selten auftaucht, ist Volker Dorn, dachte Johanna. Zu ihm führten nur der Kredit und die Tatsache, dass er mit allergrößter Wahrscheinlichkeit Stefans Vater war. Ansonsten existierten bislang keinerlei Verbindungen, und wenn Muth Pech hatte und Dorn so schlau war, wie es den Anschein erweckte, würden sie ihm nichts anhaben können.

»Was wollten Sie eigentlich letzte Nacht in Wolfsburg – oder in Braunschweig?«, fragte Johanna, als Muth stumm blieb.

»Den nächsten Mord verüben? An Maurer, der Letzten auf Ihrer Liste?«

»Nein!«, entgegnete er sofort. »Das hatte ich nicht vor.«

»Sind Sie für die anderen Morde verantwortlich?«

»Nein. Wir haben nichts damit zu tun. Ich wollte Maurer ein bisschen im Auge behalten. Sie ist die Einzige von meinen Leuten … wenn ich das mal so sagen darf, der bisher nichts passiert ist. Dafür muss es doch einen Grund geben.«

»Nun, vielleicht hält sich Ihre Auftragnehmerin zurück, seitdem wir ermitteln und sie entdeckt wurde – wenn auch nur für einen flüchtigen Moment«, schlug Johanna vor.

Muth schüttelte den Kopf. »Von wem sprechen Sie? Ich habe niemanden beauftragt. Ich selbst wollte mich vergewissern, was hier eigentlich los ist. Ich habe keinen der Polizisten umgebracht oder umbringen lassen. Warum hätte ich das tun sollen? Sie haben wertvolle Arbeit geleistet, in unserem Sinne jedenfalls. Es gab nicht den geringsten Grund, diese Zusammenarbeit einzustellen – noch dazu auf diese Weise. Der Einzige von ihnen, der mir zwischendurch Sorgen bereitet hat, war Rauth, aufgrund seiner persönlichen Probleme und seiner Geldgier …«

»Warum haben Sie Rauths Witwe bedroht? Ging es da tatsächlich um Filme? Befürchteten Sie, dass er Material zurückgehalten hatte? Womöglich mit Absicht?«

»Warum hätte er das tun sollen?«

»Gute Frage«, meinte Johanna. »Vielleicht wollte er etwas in der Hand haben, wenn es mal hart auf hart gekommen wäre – um sich gegen Sie abzusichern, zum Beispiel. Oder um Sie zu erpressen. Vielleicht hat Lange etwas Ähnliches beabsichtigt und sich Kopien gemacht. Womöglich steckten die beiden unter einer Decke, und genau hier ist der entscheidende Haken an der ganzen Sache.«

»Lange gefielen die Filme«, entgegnete Muth kühl. »Er mochte sie richtig gern. Rauth war eher ein Fan der Ballerspiele, der richtig harten Ballerspiele.«

Johanna lief ein Schauer über den Rücken. »Hatten alle Polizisten diese Art von Filmen? Sollten sie sie unter die Leute bringen?«

»Das müssen Sie schon selbst herausfinden.«

»Na schön.« Johanna seufzte. »Das werden wir früher oder später ganz bestimmt. Aber noch mal: Was wollten Sie bei Rauth – Monate nach dessen Tod? Wenn die Filme so wichtig waren, hätten Sie dem doch viel eher nachgehen müssen. Und wenn er Kopien hatte …«

»Wir wollten nicht auffallen und keine schlafenden Hunde wecken«, fiel er ihr ins Wort. »Darum haben wir uns zuerst völlig still verhalten. Aber nach Lange und Ansdorf und den anderen … Ich wollte ganz sichergehen, dass nichts zu uns führt.«

»Ausgerechnet als die Ermittlungen erneut aufgenommen wurden und in vollem Gange waren, lassen Sie alle Vorsicht fallen und bedrängen die Witwe wegen irgendwelcher Filme?« Johanna klang, als würde sie sich jeden Moment vor die Stirn tippen. »Selbst wenn die Filme von ähnlichem Kaliber waren wie die, die wir uns vorhin ansehen mussten … Sie können mir nicht weismachen, dass Sie deswegen ein solches Risiko eingegangen sind.«

Sie hielt seinen Blick fest. »Worum ging es, Herr Muth? Was haben Sie in seinem Zimmer gesucht?«

»Sie sind ganz schön nervig, Kommissarin.«

»Ich weiß, ist so eine Art Markenzeichen von mir. Also?«

Muth schwieg lange. Dann biss er sich auf die Unterlippe und sah auf. »Na schön. Spielt wohl ohnehin keine Rolle mehr. Ich habe Kopien gesucht.«

»Was für Kopien?«

Muth tippte auf die Blätter mit den Aufzeichnungen aus seinem Heft.

Mareni beugte sich vor. Johanna runzelte die Stirn. »Würden Sie das bitte erläutern«, meinte sie dann.

»Irgendwas war richtig schiefgelaufen«, sagte Muth. »Und ich hatte so eine Ahnung …« Er verschränkte die Hände ineinander und sah sie plötzlich verblüfft an. »Aber warum sollte ich Ihnen das erzählen?«

»Ach, kommen Sie, Muth, ganz einfach – weil es Ihnen dann besser geht, Sie sich außerdem eine bessere Position beim Richter erhoffen, was durchaus im Bereich des Möglichen liegt, und Sie selbst wissen wollen, wer hinter all dem steckt. Nicht zuletzt sind Sie es gewohnt, mit Polizisten zusammenzuarbeiten.« Sie lächelte, obwohl sie sich fast den Kiefer dabei ausrenkte. Dieser Schwerverbrecher mit seiner Ahnung war der Schlüssel zum Ganzen.

»Na gut … Mein Vater hat mir die Hölle heißgemacht«, hob er schließlich an. »Ich musste etwas unternehmen, um herauszufinden, was da ablief. Hatten wir es mit einer islamistischen Terrorgruppe zu tun? Wie war man uns auf die Spur gekommen?« Er brach ab und stierte ins Leere.

»Und Rauth war die Nahtstelle?«

»Vielleicht. Ich weiß es bis heute nicht ... Bei der Drogenrazzia ist er uns zu Hilfe gekommen. Ich konnte mich rechtzeitig dünne machen und Alarm schlagen. Die Aktion lief volles Pfund ins Leere ...« Er lächelte für einen Augenblick versonnen. »Ich war ihm sehr dankbar, das können Sie mir glauben.«

»Tu ich gerne. Und weiter?«

»Rauth hat mein Netbook sichergestellt. Und das Heft.«

Johanna runzelte die Stirn. »Sie hatten es im Laden?«

»Ja, in einer Geldkassette im Schreibtisch – warum auch nicht? Kein Mensch konnte mit den Kürzeln etwas anfangen, wenn er den Zusammenhang nicht kannte.«

»Aber Rauth kannte den Zusammenhang.«

Muth zuckte mit den Achseln. »Er kannte die anderen Polizisten in Wolfsburg und Braunschweig nicht, das nehme ich jedenfalls stark an, hätte aber wahrscheinlich in der Tat ohne große Probleme ableiten können, dass ich eine Art Kassenbuch geführt habe.«

»Ein wichtiges Dokument, um sich bei Bedarf ...«

Muth winkte ab. »Der Mann war an meinen Wetten interessiert, der Rest ging ihm am Arsch vorbei. So gut kannte ich ihn, glauben Sie mir.«

»Nun gut, und weiter?«

»Netbook und Heft händigte er mir ein paar Tage später aus – und ich gehe davon aus, dass er sich Kopien gemacht hat. Es wäre zu mühselig gewesen, den ganzen Kram abzuschreiben. Einige Zeit darauf hatte er einen ordentlichen Batzen Geld beim Pferderennen gewonnen, wie er bei einem Abstecher in die Videothek mal in einem Nebensatz fallen ließ. Den Gaul konnte er nur auf der Rechnung haben, weil er in meinem Heft aufgelistet ist.«

»Klingt schlüssig.« Johanna sah Mareni an. »Oder?«

»Unbedingt, aber wie ging es weiter?«

»Als die Sache anfing, heiß zu werden, musste ich mich vergewissern, dass keine Spuren zu mir, zu uns führten. Rauth hatte tatsächlich noch Videos und Spiele aus dem Laden, aber viel wichtiger waren mir die Kopien aus meinem Heft. Mir wurde dann auch klar, dass ich mich viel eher darum hätte kümmern müssen.«

»Haben Sie sie gefunden?«, fragte zur Abwechslung Mareni.

»Das ist es ja – nein.«

»Vielleicht hat er sie gut versteckt.« Mareni räusperte sich, und Johanna ahnte, was er dachte – ein intelligenteres Versteck als hinter einem Balken in einem Gartenschuppen fand sich immer.

»Ich habe sein Zimmer gründlich durchsucht, obwohl ich sicher war, dass er die Notizen in der DVD-Box eines Films versteckt hatte«, fuhr Muth fort. »Aber sie waren weder dort noch woanders.«

»Wie kommen Sie auf dieses Versteck?«, fragte Johanna.

»Rauth hat mal erwähnt, dass er seine zusätzlichen Scheine dort bunkert und Notizen zu Wetten auch. Da ginge seine Frau garantiert nicht ran. Ist doch naheliegend, dass er die Zettel von mir auch dort aufbewahren würde.«

Die Schlussfolgerung hätte Johanna auch gezogen. Sie fand es darüber hinaus bemerkenswert, dass Rauth und Muth fast so etwas wie ein Kumpelverhältnis verbunden hatte. »Die Aufzeichnungen waren also verschwunden«, griff sie den Faden wieder auf. »Können Sie nicht einfach abhandengekommen sein? Vielleicht hat er sie selbst weggeworfen. Oder sie sind beim Zimmeraufräumen nach Rauths Tod im Müll gelandet …«

Sie stockte.

Das Zimmer sei nicht aufgeräumt gewesen, hatte Katryna Nowak in einem Nebensatz erwähnt. Die Witwe meide es nach wie vor. Aber vielleicht hatte sie es auf der Suche nach Papieren und all den Unterlagen, die in einem Todesfall vorgelegt werden müssen, doch durchstöbert, die Blätter entdeckt und weggeworfen … weil sie ihr unwichtig schienen oder sie an nichts erinnert werden wollte, was mit Jörgs Wetten zusammenhing. Hätte, könnte, sollte, würde …

Johanna stand langsam auf. »Kurze Unterbrechung. Ich muss mal telefonieren.«

Katryna Nowak hatte mit der Witwe telefoniert und bestätigte Johanna innerhalb weniger Minuten, dass Marie Rauth versicherte, nichts aus dem Zimmer entfernt oder entsorgt zu haben, was für die Ermittlungen bedeutsam sein könnte, schon gar keine Papiere und Aufzeichnungen. Auch keine Kopien oder lose Blätter.

»Klingt sie überzeugend?«

»Tja, schon …«

»Aber?«

»Unsere Nachforschungen gefallen ihr natürlich gar nicht.«

»Kann ich verstehen«, stimmte Johanna zu. »Wem würden solche Notizen überhaupt auffallen? Und wer kann nach Rauths Tod in dem Zimmer gewesen sein? … Ach, du Scheiße …«

Dazu sagte Nowak zunächst einmal nichts. »Ich glaube, wir haben gerade denselben Gedanken«, stellte sie dann leise fest.

Johanna rieb sich die Stirn. »Könnten Sie bitte nachforschen, ob der Staatsanwalt Wochenenddienst hat?«, fragte sie schließlich.

»Mach ich. Ich melde mich gleich wieder.«

»Danke.«

Johanna legte das Handy beiseite. Ihr war elend.

Nowak meldete sich kurz darauf wieder. »Er hat frei und ist verreist. Möchten Sie wissen, wo er sich gerade befindet?«

»Ich liebe rhetorische Fragen.«

»Er verbringt das Wochenende in Hildesheim.«

»Ach? Das ist nicht weit von Wolfsburg.«

»Ganz und gar nicht. Möchten Sie wissen, was er in Hildesheim macht?«

Darauf antwortete Johanna erst gar nicht.

»Er hat einen Termin mit einem Makler.«

»Will er umziehen?«

»In der Tat. Er guckt sich nach einer neuen Bleibe um, weil er ab Januar der neue leitende Oberstaatsanwalt in Hildesheim ist. Das hat mir seine Sekretärin erzählt – unter dem Mantel der Verschwiegenheit selbstverständlich.«

Johanna ließ die Neuigkeit einen Moment sacken.

»Seine Dienst-Handynummer schicke ich Ihnen gleich per SMS«, kündigte Nowak an. »Brauchen Sie den Namen des Maklers vielleicht auch? Ich könnte ja mein Glück noch mal versuchen … Scheidners Sekretärin freut sich vielleicht, ein bisschen mit mir zu plaudern.«

»Sie sind ab sofort meine Lieblingsermittlerin beim LKA«, sagte Johanna, und sie meinte es ernst.

»Na, wenn das keine Auszeichnung ist.«

***

Die »Komfortbau« hatte ihren Sitz in der Ringbahnstraße in Berlin-Tempelhof und war vorrangig im Innenausbau tätig, wie Tony herausgefunden hatte. Je nach Auftragslage beschäftigte das Unternehmen zwischen dreißig und vierzig Mitarbeiter. Auf der Homepage präsentierte sich eine Auswahl von ihnen – in einheitlicher blau-schwarzer Arbeitskleidung mit dem gelb-roten Firmenlogo.

Treffer. Tony lächelte und gab die Info weiter.

13

Sie konnte hören, dass Udo Samthof nach Luft schnappte. »Habe ich das richtig verstanden – Sie wollen im Zusammenhang mit den toten Polizisten und der Terrorgruppe Staatsanwalt Robert Scheidner befragen, der zufälligerweise sein Wochenende in Niedersachsen verbringt? Mit welcher Begründung um Gottes willen?«

»Mir ist das genauso unangenehm wie Ihnen«, erwiderte Johanna. »Darum möchte ich mich ja vorher mit Ihnen absprechen. Aber ich halte es für möglich, dass er …«

»Ja?«

»Es ist nicht auszuschließen, dass er zufällig entdeckte, wer dafür gesorgt hat, dass das Verbrechen an seiner Frau nicht aufgeklärt werden konnte«, erörterte Johanna. »Und zahlreiche andere Verbrechen auch nicht.«

»Würden Sie bitte deutlicher werden?«

»Robert Scheidner traf bei den Rauths ein, bevor die Polizei vor Ort war – als Freund der Familie, wie die Witwe ausgesagt hat«, erörterte Johanna.

»Und?«

»Rauth verfügte über Kopien von Stefan Muths Aufzeichnungen zu den Aktivitäten der Polizisten, ihrer Entlohnung sowie stichpunktartige Hinweise bezüglich ihrer Einsatzorte. Das hat die Vernehmung von Muth gerade ergeben.«

»Das ist hochinteressant, aber dürfte wohl kaum –«

»Stefan Muth hat die Witwe kürzlich aufgesucht und das Zimmer durchsucht«, unterbrach Johanna ihren Vorgesetzten. »Er vermutete die Belege in einem Versteck, von dem er persönlich Kenntnis hatte. Aber es war leer. Die Annahme, dass Scheidner sich in Rauths Zimmer umgesehen hat und dabei –«

»Warum hätte er das denn tun sollen?«

»Aus professioneller Neugierde.«

»Ist das Ihr Ernst?«

»Ja.«

»Dann sollten wir zunächst die Witwe fragen.«

»Sie könnte es leugnen«, gab Johanna zu bedenken.

Stille.

»Erst die Witwe. Dann sehen wir weiter.«

»Gut. Ich spreche mit Nowak.«

Johanna schwitzte. Sie bewegte sich auf dünnem Eis. Das war ihr klar. Wenn sie Scheidner unberechtigterweise auf die Füße trat, konnte das ihre Karriere abrupt beenden. Ihre Vorgesetzte Grimich würde sich die Hände reiben, wenn sie aus dem Urlaub zurückkehrte. Andererseits war sie hundertprozentig sicher, dass es irgendeinen Zusammenhang zwischen Scheidners Aufenthalt bei den Rauths und dem Verschwinden der Notizen gab. Dass sie sich bei dieser Annahme völlig auf die Aussage eines Terroristen verließ, war ihr bewusst und würde ihr keine Sonderpunkte einbringen, falls sie schieflag.

Sie schrieb ein Memo für Annegret Kuhl und setzte sich erneut mit Katryna Nowak in Verbindung.

***

Sie wartete, bis Marie Rauth ihre Einkäufe ins Haus gebracht hatte, und gab noch fünf Minuten obendrauf, bevor sie aus dem Wagen stieg und klingelte.

»Sie schon wieder?« Das klang alles andere als einladend.

»Tut mir leid, Frau Rauth«, sagte Katryna entschuldigend. »Aber es hat sich noch eine wichtige Frage ergeben, die nicht warten und auch nicht telefonisch erörtert werden kann. Darf ich hereinkommen?«

Die Witwe stützte sich einen Moment am Türrahmen ab, dann trat sie beiseite. »Na schön. Kommen Sie. Die Kinder sind unterwegs. Aber machen Sie es bitte kurz.«

Katryna lächelte höflich und folgte der Frau in die Küche. Wenn du wüsstest, dass ich dir laut Johanna Krass so richtig auf den Zahn fühlen soll, fuhr es der LKA-Beamtin durch den Kopf. Die Einkaufstüten standen auf dem Tisch, der offenstehende Kühlschrank summte.

Marie Rauth räumte Lebensmittel ein und warf der Kommissarin einen auffordernden Blick zu. »Also? Was ist noch so wichtig?«

»Robert Scheidner war hier, bevor die Polizei eintraf, nicht wahr?«, begann Katryna in gleichmütigem Tonfall.

Marie Rauth stopfte den Salat ins Gemüsefach und drehte sich langsam um. »Ja. Das erwähnte ich doch schon mehrfach. Warum ist das plötzlich –«

»Wie lange ungefähr?«

»Ich weiß es nicht genau – einige Minuten? Eine Viertelstunde?«, schätzte sie. »Das kann ich wirklich nicht genauer sagen. Was ist denn so wichtig daran?«

Katryna überging die Frage. »Was hat er gesucht?«

»Wie bitte?«

»Ich frage Sie, was Robert Scheidner im Zimmer Ihres Mannes gesucht hat«, wiederholte Katryna.

»Frau Kommissarin, ich glaube, Sie verwechseln da was. Der Mann aus dem Videoladen hat –«

»Frau Rauth, ich bin nicht bescheuert«, unterbrach Katryna sie beherzt und mit deutlich erhobener Stimme. »Was hat Robert Scheidner im Zimmer Ihres Mannes gesucht? Und ich möchte Ihnen den heißen Tipp geben, nicht zu lügen!«

Die Witwe starrte Katryna einen Augenblick verwirrt an und schob die Kühlschranktür zu. Dann trat sie an den Küchentisch und setzte sich. Sie stützte den Kopf in die Hände. »Nichts hat er gesucht«, sagte sie leise. »Ich persönlich habe ihn gebeten, sich bei Jörg umzusehen – mit den Augen des Staatsanwalts. Ich hatte Angst, dass mein Mann … irgendwelchen Mist gebaut hatte. Es war alles so merkwürdig gewesen in der Zeit davor, und ich wollte sichergehen, dass er nichts angestellt hatte.« Sie blickte hoch. »Verstehen Sie? Das hätte ich nicht auch noch ertragen.«

Katryna setzte sich unaufgefordert zu ihr. »Ja, ich verstehe. Wie lange war er oben?«

Sie schüttelte den Kopf. »Keine Ahnung.«

»Was hat er gefunden?«

»Nichts.«

Katryna hob eine Braue.

»Er sagte, da sei nichts, ich könnte ganz beruhigt sein«, bekräftigte die Witwe. »Dann habe ich die Polizei gerufen.«

»Überzeugte Sie seine Aussage?«

Rauth ließ die Hände sinken. »Frau Kommissarin, mein Mann hatte sich erschossen – ich war völlig von der Rolle! Glauben Sie allen Ernstes, ich hätte darauf geachtet, ob Robert mir etwas verheimlicht? Und selbst wenn …«

»Ich verstehe. Danke, Frau Rauth.«

Katryna stand auf, verließ eilig das Haus und setzte sich zum Telefonieren ins Auto.

***

»So was habe ich mir gedacht«, entgegnete Johanna nach Katryna Nowaks Kurzbericht. »Und wir werden niemals beweisen können, dass er die Kopien hat oder hatte. Er wird nicht so dämlich sein, sie irgendwo aufzubewahren.«

»Was macht Sie eigentlich so sicher?«

Gute Frage, dachte Johanna. Vielleicht bin ich nur froh, einer Spur nachgehen zu können. »Sicher bin ich nicht, aber stutzig: Scheidner taucht mehrfach auf bei der ganzen Sache – wobei mir zwei Aspekte besonders zu denken geben. Zum einen hat Scheidner verneint, als ich ihn ganz am Anfang der Ermittlungen noch in Berlin während eines Telefonats fragte, ob er Bernd Lange kennen würde oder ihm der Name etwas sage. Ich habe diesen Aspekt zunächst beiseitegeschoben, weil er nicht bedeutsam schien, aber jetzt bekommt er Gewicht. Ich denke, dass er nicht über ihn sprach, weil er zu diesem Zeitpunkt längst wusste, was der Mann verbrochen hatte, und mich auf keinen Fall zu weitergehenden Fragen ermuntern wollte. Die Entschlüsselung der Namenskürzel der Beamten und der Hinweise auf die Taten dürfte ihm keine allzu große Mühe bereitet haben, und von den aufgelisteten Geldbeträgen auf Korruption zu schließen erfordert nicht allzu viel Phantasie bei einem Staatsanwalt.«

»Er wusste also, was da lief.«

»Er dürfte verstanden beziehungsweise herausgefunden haben, dass eine große Sauerei in Gang war, in deren Zusammenhang seine Frau ein Opfer war«, bestätigte Johanna.

»Und warum hat er dann nicht als Staatsanwalt gehandelt?«, fragte Nowak.

»Vielleicht hat er sogar darüber nachgedacht«, grübelte Johanna. »Am Anfang jedenfalls.«

Sie schwiegen beide einen langen Augenblick.

»Und der zweite Aspekt, der Sie stutzig macht?«, nahm Katryna Nowak schließlich den Gesprächsfaden wieder auf.

»Eine Beamtin, die auch auf der Liste steht, lebt noch. Sie bekam kein Geld, sie wurde erpresst«, antwortete Johanna. »Aber ich halte es für möglich, dass sie davongekommen ist, weil Scheidner durch mich erfahren hat, dass die Fälle neu aufgerollt werden und sich sogar das BKA eingeschaltet hat.«

»Und was ist mit dieser Unbekannten, die Sie fotografiert haben?«

»Vielleicht hat sie mit all dem gar nichts zu tun. Oder es gibt eine Verbindung zu Scheidner oder zu jemandem, den Scheidner kannte.«

Nowak schwieg erneut. »Glauben Sie wirklich, dass der Mann –« Sie brach ab. »Meine Güte. Ich wage gar nicht, den Gedanken zu Ende zu denken.«

»Ich weiß, wie verrückt sich das anhört – immerhin geht es um vier Morde. Aber ehrlich gesagt: Da passt einiges zusammen, was vorher nirgendwo hinpasste und worüber ich mit ihm reden möchte«, erklärte Johanna. »Nein – reden muss! Und ich bin sehr gespannt, wie er reagiert. Vielleicht hat er eine hinreißend logische Erklärung. Dann erleben Sie mich heilfroh. Vielleicht gibt er zu, die Auflistung weitergegeben zu haben oder bietet eine Erklärung an, die diese Schlussfolgerung zulässt. Unter Umständen streitet er alles ab, voller Empörung womöglich, und wiederholt lediglich, was er der Witwe bereits sagte. Dann haben wir nichts gewonnen. Das ist mir schon klar. Und ich habe einen Arsch voller Probleme, um es mal rustikal zu formulieren.«

»Ich möchte nicht in Ihrer Haut stecken«, meinte Nowak. »Das kann richtig ins Auge gehen.«

»Danke für Ihre tröstlichen Worte.«

»Gerne.« Sie räusperte sich. »Ach – noch was: Dieses Firmenlogo auf der Kapuze konnte Antonia Gerlach einer Berliner Baufirma zuordnen. Ich habe da vorhin mal angerufen, als ich die Info erhielt – wir sind nicht die Einzigen, die am Wochenende arbeiten müssen. Der Geschäftsführer sagte mir, dass diese Kapuzenpullover und Jacken sehr beliebt sind und jeder Mitarbeiter die Möglichkeit hat, die Dinger nachzukaufen und zu verschenken zum Beispiel, wovon reichlich Gebrauch gemacht wird. Es könnte sein, dass diese Spur in eine Sackgasse führt oder sich zur berühmten Suche nach der Stecknadel im Heuhaufen entwickelt.«

»Schade.«

»Ja. Aber noch ist nicht aller Tage Abend.«

»Beruhigt mich zu hören.«

»Das Foto, das uns von der Unbekannten vorliegt, ist nicht sehr aussagekräftig …«

»Sie hätten es mal vor der Bildbearbeitung sehen sollen«, wandte Johanna ein.

»Okay, ich nehme die Kritik zurück«, erklärte Katryna Nowak bereitwillig. »Doch worauf ich hinauswill … Ich möchte auf keinen Fall etwas versprechen, aber ich habe das eigentümliche Gefühl, dass ich das Gesicht schon mal irgendwo gesehen habe.«

»Ernsthaft?«

»Ja. Ich werde darüber nachdenken. Mein Gedächtnis für Gesichter ist normalerweise ganz gut, auch wenn eine Begegnung bereits länger zurückliegt.«

»Prima. Vielleicht haben wir Glück. Hat sich bezüglich Volker Dorn schon etwas ergeben?«, schob Johanna nach.

»Soweit ich weiß, steht er bereits unter Beobachtung des Staatsschutzes.«

»Da gehört er auch hin.«

»Viel Glück, Kommissarin Krass.«

Kann ich gebrauchen, dachte Johanna.

Samthof erteilte kurz darauf seine Zustimmung zu einem Gespräch mit Scheidner, aber sie hörte seiner Stimme an, wie sehr ihm das Einverständnis Magenschmerzen bereitete und er hoffte, dass Johannes Verdacht sich als Seifenblase entpuppte. Das hoffe ich auch, dachte sie. Der Mann hat genug durchgemacht, eigentlich möchte ich ihn gar nicht behelligen.

Bevor sie sich auf den Weg nach Hildesheim machte, besprach sie sich mit Annegret Kuhl und Mareni, der in Wolfsburg die Stellung halten würde. Sowohl Stefan Muth als auch Holger Bihl waren bereits an die Kollegen vom Staatsschutz übergeben worden, zusammen mit dem Filmmaterial und den Vernehmungsprotokollen.

Inzwischen war es später Nachmittag. Auf einigen Straßen sah es nach dem nächtlichen Unwetter immer noch ziemlich wüst aus. Johanna vertraute dem Navi und folgte stur den vorgeschlagenen Umgehungshinweisen. Katryna Nowak war es gelungen, Scheidners Sekretärin den Namen des Maklerbüros zu entlocken – woran Johanna nicht einen Augenblick gezweifelt hatte –, und nachdem der Staatsanwalt nicht an sein Diensthandy gegangen war, hatte sie Kontakt mit dem Büro aufgenommen. Der Einfachheit halber hatte sie sich als Interessentin ausgegeben und erfahren, dass an diesem Nachmittag nur eine Hausbesichtigung stattfand – im südöstlich gelegenen Hildesheim-Galgenberg: Was für ein hinreißender Name! Die beiden anderen Termine seien wegen des Unwetters abgesagt worden. Das vereinfachte das Ganze natürlich. Wie sie Scheidner entgegentreten würde, war ihr bislang schleierhaft.

Beschauliche Einfamilienhäuser mit gepflegten Vorgärten säumten die Straße. Vor der angegebenen Adresse parkten mehrere Autos, darunter zwei Wagen mit Kennzeichen aus Hannover und Peine sowie ein Berliner. Johanna fuhr einmal am Haus vorbei, wendete am Ende und parkte in sicherer Entfernung, aber so, dass sie die Haustür im Blick behielt. Obwohl sie mit einem Zivilfahrzeug der Wolfsburger Polizei unterwegs war und nicht befürchten musste, mit diesem Kennzeichen sonderlich aufzufallen, war Vorsicht angebracht. Scheidner war nicht dumm. Plötzlich bereute sie, Mareni nicht dabei zu haben. Aber der Mann hatte genug in Wolfsburg zu tun. Unter anderem stand eine ausführliche Besprechung mit PI-Leiter Jürgen Reinders an … Darum beneidete Johanna ihn nicht.

Ein Pärchen um die dreißig trat aus der Haustür und wurde von einem dickbäuchigen Mann in grauem Anzug aufs Herzlichste verabschiedet. Zehn Minuten später verließ ein älteres Paar das Haus, dahinter schob sich Scheidner durch die Tür. Zumindest ging Johanna davon aus, dass es sich um den Staatsanwalt handelte. Das Foto, das Tony ihr aufs Handy geschickt hatte, zeigte einen blassen Mann mit blauen Augen, Details, die auf die Entfernung noch nicht zu erkennen waren.

Der Makler und der Mann, den Johanna für Scheidner hielt, tauschten Visitenkarten, und es wirkte ganz so, als stünde einem erfolgreichen Vertragsabschluss nicht mehr allzu viel im Weg. Der Dickbäuchige bugsierte seinen massigen Körper deutlich mühsam in den Wagen und winkte, während Scheidner sein Auto aufschloss und nach einem letzten langen Blick auf das schmucke Haus hinters Lenkrad seines BMW schlüpfte.

Johanna überlegte nicht lange, sondern folgte ihm. Wenn er in Richtung Berlin zurückfuhr, würde sie kaum eine Gelegenheit finden, in Kontakt mit ihm zu treten – es sei denn, sie forderte ihn zum Halten auf. Aber das wollte sie auf keinen Fall, besser gesagt: Für ein solches Vorgehen bestand nicht der geringste Grund.

Scheidner fuhr über die B 1 in Richtung Vechelde, wo er ins Zentrum abbog und an der Hildesheimer Straße vor einer Gaststätte mit Hotelbetrieb stoppte. Johanna ließ ihm fünf Minuten Zeit, dann informierte sie Mareni über ihren Standort und betrat das Lokal. Scheidner hatte sich einen ruhigen Platz am Fenster ausgesucht und bestellte gerade bei einer zierlichen Kellnerin. Johanna näherte sich dem Tisch. In seinen blassblauen Augen weiteten sich die Pupillen, als ihre Blicke sich trafen.

Er hat mich erkannt, dachte Johanna. Was nichts anderes bedeutete, als dass er sich über sie informiert hatte, denn sie waren einander noch nie zuvor begegnet.

»Guten Abend, Herr Scheidner«, grüßte sie höflich. »Ich bin Johanna Krass. Hätten Sie Zeit für ein kurzes wichtiges Gespräch?«

Die Kellnerin trat zwei Schritte beiseite und warf Johanna einen fragenden und leicht abschätzigen Blick zu, während Scheidner sichtlich irritiert wirkte. Schließlich nickte er. Johanna nahm ihm gegenüber Platz und bestellte einen Vechelder Bürgerteller.

»Ich hoffe, dass Ihr Anliegen sehr wichtig ist«, sagte Scheidner, als die Kellnerin sich abgewandt hatte.

»Ich hätte mir sonst kaum die Mühe gemacht, Sie im Wochenende zu stören«, erwiderte Johanna.

»Sind Sie allen Ernstes aus Berlin angereist, um mit mir zu sprechen?«, fragte Scheidner, und seine Verwunderung klang verdammt echt.

Johanna lächelte. »Nein, Herr Staatsanwalt, ich ermittele in Braunschweig und Wolfsburg, und als ich erfuhr, dass Sie auch in Niedersachsen unterwegs sind, hielt ich ein Treffen nicht nur für eine gute Idee, sondern für ein durchaus realistisches Vorhaben.«

Scheidners Augen huschten über ihr Gesicht. »Worum genau geht es, Frau Krass?«

»Um Jörg Rauth, zum Beispiel.«

»Zum Beispiel?«

»Ja, lassen Sie uns mit ihm anfangen. Sie waren befreundet ...«

Scheidner beugte sich über den Tisch vor. Eine steile Falte nistete sich über der Nasenwurzel ein. »Bei allem Respekt, Frau Krass, aber ich darf Sie daran erinnern, dass wir darüber schon miteinander gesprochen haben – vor einigen Tagen am Telefon«, sagte er ruhig, aber bestimmt. Ganz offensichtlich hatte er nicht vor, sich von der Kommissarin den Appetit verderben zu lassen.

»Richtig. Am Montag, um genau zu sein«, gab Johanna gleichmütig zurück. »Inzwischen haben sich einige Aspekte ergeben, die mich sehr nachdenklich stimmen. Darum bin ich hier. Wie gesagt – ich hätte Sie sonst kaum ...«

»Zum Beispiel?«

»Wie es aussieht, hatte Rauth in der Tat allen Grund, sich das Leben zu nehmen: Er war hoch verschuldet, seine Frau hatte die Faxen dicke und wollte ihn verlassen.«

Scheidner nickte. »Das ist ja auch nicht neu.«

»Darüber hinaus lag ihm Ärger mit einem alten Freund schwer auf der Seele«, fuhr Johanna unbeirrt fort.

»Tatsächlich? Und Sie glauben, dass ich damit gemeint sein könnte?«, fragte Scheidner.

»Durchaus. Wann haben Sie ihn zum letzten Mal gesehen oder gesprochen?«

Der Staatsanwalt lehnte sich wieder entspannt zurück. »Ein, zwei Wochen vor seinem Tod, glaube ich. Es ging ihm nicht gut, das war deutlich zu sehen, aber ... Wie ich auch schon sagte, ich bin nicht weiter in ihn gedrungen.«

»Warum eigentlich nicht?«

»So eng war unser Verhältnis nicht. Nicht mehr. Das habe ich auch schon erläutert, wenn Sie sich bitte erinnern.«

»Tue ich. Warum hatte es sich abgekühlt?«

»Wie das manchmal so ist im Leben …«

Die Kellnerin servierte das Essen und die Getränke. Einen Moment herrschte Stille am Tisch. Der Bürgerteller war vorzüglich. Scheidner hatte Fisch bestellt. Er aß langsam und konzentriert.

»Lassen Sie uns nicht länger um den heißen Brei herumreden, Herr Scheidner«, hob Johanna wieder an. »Nach dem Tod Ihrer Frau hat sich einiges in Ihrem Leben abgekühlt – auch die Freundschaft zu den Rauths. Aber ich glaube, dass es dafür noch andere Gründe gab.«

Scheidner hob den Blick. »Und ich glaube, dass Sie das nichts angeht, Frau Kommissarin.«

»Ich befürchte doch. Jörg Rauth hatte sich kaufen lassen. Von einer antimuslimischen Terrorgruppe. Er war übrigens nicht der Einzige.«

Scheidners Augen weiteten sich. Entweder war er ein sehr guter Schauspieler oder er hatte seine eigenen Recherchen auf den Zusammenhang zwischen Korruption und Straftat beschränkt, ohne allzu weit in die Tiefe zu gehen. Oder Johanna lag völlig falsch mit ihrem Verdacht gegen ihn und konnte langsam anfangen, sich warm anzuziehen, weil er ihr forsches Vorgehen sicher nicht so stehen lassen würde.

»Der Verfassungsschutz ermittelt inzwischen gegen eine ganze Reihe von Verdächtigen in Berlin, Niedersachsen und im Ruhrgebiet, und eine Vielzahl von Fällen wird neu aufgerollt, aber die Todesfälle unter den Polizisten geben, abgesehen von Rauths Suizid, immer noch Rätsel auf«, legte Johanna nach kurzem Überlegen die Karten auf den Tisch.

»Und was wollen Sie von mir?«, fragte Scheidner und legte sein Besteck beiseite. »Glauben Sie etwa, dass ich Jörg gedeckt habe? Das ist nicht Ihr Ernst.«

»Als Marie Rauth Sie bat, in Jörgs Zimmer nach Auffälligkeiten Ausschau zu halten, konnten Sie nicht wissen, worum es ging, geschweige denn, in welche miesen Geschichten der Mann verwickelt war«, legte Johanna ihre Überlegung dar. »Sie selbst wusste es ja auch nicht – sie ahnte lediglich, dass einiges im Leben ihres Mannes nicht mit rechten Dingen zugegangen war, und sie wollte sich nicht damit befassen.«

Scheidner nahm sein Besteck wieder zur Hand und aß weiter. »Stimmt«, gab er zu. »Sie sind gut informiert. Marie bat mich, meine Blicke schweifen zu lassen, aber ich habe auf die Schnelle nichts entdeckt.« Er zuckte mit den Achseln.

»Sehen Sie, und genau das ist der springende Punkt. Ich glaube sehr wohl, dass Sie auf etwas gestoßen sind ...« Sie hob eine Hand, als Scheidner sie unterbrechen wollte. »Das kann ich nicht beweisen, natürlich nicht, aber lassen Sie mich bitte trotzdem fortfahren. Sie haben Aufzeichnungen gefunden, die Jörgs Wettlust bestätigten und die sie entsorgen wollten, um die Familie vor weiterem Kummer zu bewahren. Bei näherem Hinsehen wurde Ihnen jedoch klar, dass sich die Notizen nicht nur aufs Wetten bezogen, sondern Aufschluss gaben über käufliche Polizisten, ihren Einsatz bei schweren Straftaten und ihre Belohnung.«

»Eine kurzweilige Darstellung. Woher wollen Sie das eigentlich so genau wissen?«, fragte Scheidner interessiert nach.

»Weil wir das Original-Heft bei einer Hausdurchsuchung gefunden haben. Rauth hatte es bei einer Razzia verschwinden lassen und sich Kopien gemacht.«

»Warum Kopien?«

»Das Heft gehört ursprünglich dem Leiter der Terrorgruppe Berlin und Niedersachsen, dessen Laden seinerzeit nach Drogen durchsucht wurde, nur nach Drogen übrigens, und der genau wie Jörg gerne wettet. Darüber hinaus hielt der Mann es für nötig, Polizeieinsätze mit gekauften Beamten zumindest stichwortartig zu notieren – vielleicht um den Überblick zu behalten. Rauth hat es sichergestellt, bevor die Kollegen von der Kriminaltechnik vor Ort waren, und wollte die Bemerkungen und Tipps hinsichtlich der Wettgeschäfte für sich nutzen, ohne dass sein Auftraggeber dies bemerkte. Einige Tage später hat er das Heft seinem Besitzer zurückgegeben.«

»Das klingt alles ziemlich scheußlich.«

»Das ist ziemlich scheußlich und entspricht den Tatsachen. Der Heftbesitzer bestätigt das inzwischen.«

Scheidner nickte ernst. »Und, um unser Gespräch auf den Punkt zu bringen, Sie denken oder schlussfolgern nun, dass ich diese Zettel gefunden habe, als ich mich in Jörgs Zimmer umsah?«

»Genau das ist mein Ansatz. Ich denke, dass Sie die Notizen an sich genommen haben. Und nun schließt sich natürlich die Frage an, was Sie damit gemacht haben.«

»Das sage ich Ihnen gerne«, erklärte Scheidner plötzlich. »Ich habe sie vernichtet, nachdem ich die ersten Seiten mit den Wetten überflogen hatte. Den Rest habe ich mir gespart. Warum sollte ich diesen Mist lesen, der Jörg ganz offensichtlich ins Verderben geführt hatte?«

Kluge Antwort, kluge Vorgehensweise, dachte Johanna. Nichts anderes hatte sie erwarten dürfen. Sie leerte ihren Teller und bestellte einen Kaffee bei der Kellnerin. Scheidner schloss sich an.

»BL steht für Bernd Lange«, hob sie erneut an. »Sie kennen den Namen, Sie kennen den Mann. Er hat seinerzeit die Ermittlungen im Fall Ihrer Frau versaut.«

»Es gab dazu eine nachträgliche interne Untersuchung«, ergänzte Scheidner bereitwillig.

»Richtig. Man konnte ihm nichts nachweisen.«

Der Staatsanwalt nickte langsam. »Ich weiß. Eine Verkettung unglücklicher Umstände und Irrtümer – so lautete das Ergebnis der Untersuchung.«

»Als ich Sie am Telefon nach ihm fragte, gaben Sie vor, den Namen nicht zu kennen.«

»Mag sein. Ich hab ihn wohl verdrängt. Das dürfte nachzuvollziehen sein.«

»Ist es«, gab Johanna zu. »Aber Lange gehörte auch zu der Truppe geschmierter Bullen. Er hat Geld dafür bekommen, dass die Täter nicht gefasst werden konnten«, setzte sie ihre Schilderung fort und behielt Scheidner sehr genau im Auge. »Dieser Fall war bei den Aufzeichnungen genauso aufgeführt wie zahlreiche andere Fälle. Die Kürzel dürften sie schnell entschlüsselt haben, und aus den angegebenen Hinweisen bezüglich Ort, Zeit und Summen den Zusammenhang zu schlussfolgern war garantiert kein größeres Problem für Sie.«

Scheidner nickte ungerührt. »Ich stimme Ihnen zu. All das hätte mir keine Probleme bereitet, wenn ich mich tatsächlich damit befasst hätte«, betonte er, während der Kaffee serviert wurde.

Johanna trank einen Schluck. »Eine Beamtin, die sich auch auf der Liste befindet, lebt noch«, fuhr sie dann fort. »Sie erhielt kein Geld für ihre Zusammenarbeit mit der Gruppe, sondern wurde erpresst. Die Angst um ihr schwerbehindertes Kind hat sie dazu veranlasst, die Verbrecher mit Infos zu versorgen. Es scheint irgendwie … gerecht, dass es sie nicht erwischt hat, finden Sie nicht?«

Scheidner erwiderte ihren Blick nachdenklich.

»Wer könnte außer Ihnen noch Kenntnis von den Kopien gehabt haben?«, fragte Johanna weiter.

»Niemand. Und falls Sie tatsächlich mich verdächtigen, in einem wie auch immer gearteten Zusammenhang mit den Todesfällen zu stehen, so werden Sie sich die Mühe machen müssen, Ermittlungen gegen mich einzuleiten – mit allem, was dazugehört.«

»Das werde ich nicht tun, Herr Scheidner«, erwiderte Johanna sofort. »Ich bin einer Spur nachgegangen, die sich mir erschloss und von der ich mir Erhellung der Tatumstände versprach – nicht mehr, aber nicht weniger. Das ist mein Job.«

Scheidner nickte. »Ich verstehe, aber darf ich Sie bitten, mich jetzt allein zu lassen?«

»Sie dürfen. Danke für Ihre Gesprächsbereitschaft.«

Johanna trank ihren Kaffee aus und stand auf, um zu bezahlen und das Lokal zu verlassen. Eines stand fest: Hatte Scheidner etwas mit den Morden zu tun, würde es schwer werden, ihm das nachzuweisen. Vielleicht unmöglich.

***

Katryna war kurz vor dem Einschlafen. Das Essen war phantastisch gewesen. Piets Qualitäten als Liebhaber verdienten das gleiche Prädikat.

Ihre Gedanken flossen ineinander über, während sie sich an seinen breiten Rücken kuschelte – Marie Rauth, Johanna Krass und ihr Verdacht, das Foto von der Unbekannten, Piets langatmiger Exkurs über den Ausbau des Dachgeschosses, den er im Herbst realisieren wollte, damit sie zu zweit genügend Platz hätten, eine Baufirma, die Dämmmaterial zu günstigen Konditionen lieferte, Komfortbau, eine Feier am Wasser, Schlachtensee …

Sie schlug die Augen auf und starrte eine volle Minute in die Dunkelheit, bevor sie sich aufsetzte und Piet an der Schulter rüttelte. »Ich muss noch mal los.«

»Was?« Er war innerhalb einer Sekunde so wach, wie es nur Polizisten sein können. Mütter und Mediziner verfügten über eine ähnliche Begabung, von null auf hundert in den Aktivitätsmodus zu schalten, hatte Katryna gehört. »Ich hab gar kein Handy gehört. Was ist los?«

»Mir ist etwas Wichtiges eingefallen, und ich muss dazu sofort einen alten Fall recherchieren.«

»Wirklich jetzt? Hat das nicht bis morgen Zeit?«

Katryna schüttelte den Kopf. »Nein. Bis später.« Sie gab ihm einen Kuss und stand auf.

Fünf Minuten später befand sie sich auf dem Weg zum LKA in Tempelhof, und eine Viertelstunde darauf betrat sie ihr Büro, fuhr den Computer hoch, setzte Kaffee auf und loggte sich in die Datenbank ein.

Katryna würde sich selbst nicht als Recherchespezialistin im Innendienst bezeichnen, sie kannte auch keine besonderen Tricks, um an gesperrte Daten zu gelangen, aber die Nutzung der üblichen Programme und Anwendungen bereitete ihr nicht nur keine Schwierigkeiten, sie hatte sogar Freude an ihnen – die schnelle Verfügbarkeit von Informationen und Zusammenhängen, die unkomplizierte Möglichkeit, alte Fälle in kürzester Zeit nachschlagen zu können, sofern sie bereits in der Datenbank erfasst waren, faszinierte sie immer wieder. Sie gab die Stichworte »Komfortbau Berlin« ein und wurde kurz darauf fündig.

Die Baufirma hatte im Laufe der letzten Jahre mehrfach mit der Polizei beziehungsweise mit den Behörden zu tun gehabt – einmal wegen Steuerhinterziehung, zweimal hatte es Anzeigen wegen Baupfusch gegeben, und einmal war die Polizei nach einem Betriebsunfall auf den Plan gerufen worden. Katryna öffnete die Online-Akte und nickte nachdenklich, als sie die ersten Sätze sowie die Liste der vernommenen Zeugen und Zeuginnen überflog und ihr Blick an einem Namen hängen blieb. Ihr Gedächtnis hatte sie nicht getäuscht.

Katryna war im letzten Sommer erneut für einige Wochen als Vertretung im LKA-Berlin tätig gewesen und hatte einen Kollegen bei den Vernehmungen unterstützt. Ein Komfortbau-Mitarbeiter war während einer Betriebsfeier, die am Schlachtensee stattgefunden hatte, verunglückt. Die Recherchen hatten ergeben, dass Mark Bäumer sturzbetrunken gewesen war und seinen Rausch abseits des Partygeschehens in einem Gebüsch in Ufernähe hatte ausschlafen wollen. Vielleicht war er dort auch einfach nur umgekippt. Gegen Ende der Feier war er ertrunken im Schlachtensee aufgefunden worden. Die Annahme, dass Bäumer mit dem Gesicht ins Wasser geglitten war, aufgrund seines Alkoholpegels schnell das Bewusstsein verloren hatte und ertrunken war, hatte sich bei den Zeugenbefragungen schnell herauskristallisiert, um nicht zu sagen förmlich aufgedrängt.

Einige Mitarbeiterinnen und Mitarbeiter waren ein zweites Mal vernommen worden, nachdem deutlich geworden war, dass Bäumer alles andere als beliebt gewesen war. Niemand schien ihm auch nur eine Träne nachzuweinen, ohne dass die Kolleginnen und Kollegen im Einzelnen dazu hatten Stellung nehmen wollen. Doch abgesehen davon, hatte sich der Anfangsverdacht, dass Bäumer möglicherweise getötet wurde, nicht verfestigt. Ein Unfall hatte sich ereignet, für den der Betroffene weitestgehend selbst verantwortlich gewesen war.

Katryna schenkte Kaffee nach und klickte sich durch die einzelnen Protokolle. Sie stellte ihre Tasse ab. Sarah Mohn. Ja, mit dieser Frau hatte sie gesprochen. Sie erinnerte sich an das schmale kindliche Gesicht und die großen dunklen Augen, und sie erinnerte sich vor allem an die wundervolle, glockenklare Stimme der Frau. Sie war dreißig, aber sie hatte wie Anfang zwanzig gewirkt. Katryna lehnte sich zurück und schlug ein Bein über das andere. Sarah Mohn könnte die Unbekannte auf dem Foto sein.

14

Johanna hatte schlecht geschlafen und sich darum ein besonders üppiges Frühstück aufs Zimmer bestellt. Die Unterredung mit Scheidner würde Folgen haben, und zwar unangenehme, dessen war sie sich sicher. Als ihr Handy klingelte, war sie davon überzeugt, dass Samthof sie nach Berlin zurückbeordern wollte, um sie die nächsten drei Monate in ihrem staubigen Büro verkümmern zu lassen. Aber es war Katryna Nowak.

»Sarah Mohn«, sagte sie nach kurzer Begrüßung. »Die Frau auf Ihrem Foto könnte Sarah Mohn sein – eine Mitarbeiterin von Komfortbau.«

Johanna stutzte kurz. Sarah. Die Frau hieß auch Sarah. Merkwürdiger Zufall. Nur Scheidners Sahra schrieb sich anders als gewöhnlich, wie sie selbst erst im Laufe der Ermittlungen festgestellt hatte. Sie schüttelte den Kopf. »Aber Sie sind nicht hundertprozentig sicher?«

»Nein – fünfundneunzigprozentig. Ich habe die Frau vor einem Jahr zu einem Unglücksfall mit Todesfolge befragt, der sich anlässlich einer Betriebsfeier ereignet hatte«, antwortete die Kollegin und fasste die damaligen Ereignisse und Ermittlungsansätze in wenigen Worten zusammen.

»Das reicht für eine Personenüberprüfung. Aber wo ist die Verbindung?«, grübelte Johanna.

»Scheidner war der leitende Staatsanwalt.«

»Echt?«

»Ich verstehe, was in Ihnen vorgeht, allerdings endet die Verbindung hier auch schon«, schränkte Nowak sofort ein. »Wir haben seinerzeit Dutzende von Leuten befragt, manche mehrfach, weil viele nicht sonderlich traurig oder entsetzt schienen, dass ein Kollege verstorben war, noch dazu auf diese höchst unerfreuliche Art. Scheidner hat das Verfahren aber einstellen müssen, da keine Indizien für eine Straftat vorlagen, auch wenn es so schien, als hätte manch einer ein Motiv haben können – vielleicht nicht gerade für einen Mord, aber unterlassene Hilfeleistung wäre in dem Fall durchaus denkbar gewesen. Doch der Herr Staatsanwalt war ja nicht persönlich dabei.«

»Sind Sie sicher?«

»Im Computer existiert kein Vermerk, dass sich Scheidner höchstpersönlich bei den Zeugenvernehmungen eingebracht hat – nur mein Name und der meines Kollegen tauchen auf«, erwiderte Nowak. »Die aktive Beteiligung des Staatsanwalts bei den Vernehmungen ist ja ohnehin eher die Ausnahme und dürfte bei so einem unspektakulären Fall noch seltener vorkommen.«

»Und was ist mit der Handakte?«

»Die dürfte bereits im Archiv sein … Soll ich mich vergewissern, ob die Unterlagen den Eintragungen in der Datenbank entsprechen?«

»Bitte.«

»Gut. Mach ich. Und sonst?«

Johanna sah auf die Uhr. »Ich werde mit Tony sprechen. Ich muss alles über diese Frau wissen und über diese Firma. Danke, dass Sie sich so dahintergeklemmt haben. Der Hinweis könnte sich als bedeutsam erweisen.«

»Gerne. Ach, Frau Krass – ich weiß nicht, ob es wichtig ist, aber …«

»Nur zu.«

»Sollten Sie mit dieser Frau zu tun haben, werden Sie feststellen, dass sie sehr ungewöhnlich ist – zart, kindlich«, erörterte Katryna Nowak mit leisem Zögern. »Und sie verfügt über eine wunderbare Stimme. In eine Baufirma passt diese Frau irgendwie gar nicht.«

»Interessant«, sagte Johanna, und sie meinte es auch so.

Wie nicht anders zu erwarten gewesen war, benötigte sie ihre gesamte Überredungskunst, um Tony am Sonntag zu bewegen, an ihren Arbeitsplatz zu eilen, noch dazu am frühen Morgen.

»Hör zu – wenn der Scheidner mich bei Samthof anschwärzt, muss ich wenigstens ein, zwei gute Antworten parat haben, um meinen Ermittlungseifer zu begründen«, fügte sie schließlich hinzu. »Du kennst doch das Spiel – scheiß niemals einen Vorgesetzten an, erst recht keinen Staatsanwalt, sofern du nicht sehr, sehr, sehr gute Gründe dafür hast und sie jederzeit belegen kannst. Außerdem werden sie mir den Fall beziehungsweise die Fälle bald entziehen, das spüre ich bis in den kleinen Zeh! Aber bis dahin möchte ich so viele Argumente wie nur irgend möglich für meinen Verdacht sammeln. Ich bin nämlich fest davon überzeugt, dass die Morde an den Polizisten nicht auf das Konto welcher Terrorgruppe auch immer gehen, könnte mir aber vorstellen, dass diese Ansicht in den oberen Etagen –«

»Ja, schon gut, beruhige dich! Ich hab's kapiert«, brummte Tony. »Ich melde mich, sobald ich etwas habe. Aber einen Kaffee darf ich noch trinken, oder?«

»Auch zwei.«

»Zu gütig.«

Anschließend informierte Johanna Annegret Kuhl und Luca Mareni per Mail über die neuesten Hinweise. Pause, dachte sie dann. Wird Zeit, abzuschalten und die Familienkontakte etwas zu pflegen.

Sie fuhr ins Altenheim und saß eine halbe Stunde am Bett ihrer Großmutter. Käthe musterte sie aus fragenden Augen und behauptete ein ums andere Mal, sie nicht zu kennen. Das war nur schwer auszuhalten. Johanna hielt ihre Hand und mühte sich ein Lächeln ab. Hauptsache, sie fragte nicht nach Peter, einem Bruder, den es nie gegeben hatte.

Gertrud Krass öffnete erst nach dem dritten Klingeln. Sie war ungehalten über die Störung, davon zeugte der strenge Blick. Als sie ihre Tochter erkannte, machte sie große Augen. »Du? Was machst du in Wolfsburg?«

»Verbrecher jagen.«

»Ach so. Na dann biste ja genau richtig bei mir … Willst du reinkommen?«

Allein diese Frage. Johanna seufzte unterdrückt. Alles wie immer. Herzlichkeit ist nicht ihr zweiter Vorname, dachte sie, als sie Gertrud in die Küche folgte, aber wie lange will ich darüber noch lamentieren? Ihre Mutter kochte Kaffee und meckerte über dies und jenes, das ihren eintönigen Alltag noch eintöniger machte. Und was ist mit meinem Alltag, überlegte Johanna plötzlich. Durchdrungen von Mord und Totschlag, von Gier und Grausamkeit, Macht, Intrigen und Lügen, immer auf der Suche nach einem, der zur Verantwortung gezogen werden konnte und musste. Manchmal gelang das, aber bei genauerer Betrachtung war ihr Alltag genauso eintönig. Und nach dem Job? Rückzug, Naturnähe, Einsamkeit. Stille.

Johanna lehnte dankend ab, als Gertrud ihr einen zweiten Kaffee anbot, und brach auf, bevor der Trübsinn die Oberhand gewinnen konnte. Sie schlenderte durch die Fußgängerzone und gönnte sich ein Eis beim Italiener: Stracciatella und After Eight. Die Rathausuhr schlug zwölf.

Sie machte sich auf den Weg zurück ins Hotel, als Tonys SMS eintraf: »Mail mit Bericht unterwegs. Zieh dich warm an.«

Sarah Mohn war nach dem frühen Unfalltod ihrer Eltern bei ihren Großeltern in Berlin-Reinickendorf aufgewachsen. Ihr Großvater Manfred Mohn war Dachdecker gewesen und verunglückte bei Arbeiten auf dem Dach des eigenen Schuppens. Sarah war damals zehn Jahre alt gewesen und seinerzeit zum ersten Mal von der Polizei befragt worden. Im Bekannten- und Familienkreis hatte Manfred Mohn als herrischer und aufbrausender Zeitgenosse gegolten, dem häufiger mal die Hand ausgerutscht war und der seine Frau regelmäßig verprügelt hatte, wie eine Bekannte unverblümt zu Protokoll gegeben hatte. Was den Sturz vom Dach bewirkt hatte, konnte nicht geklärt werden.

Einige Jahre später verstarb eine Nachbarin der Mohns, Monika Berthan, auf ungewöhnliche Weise. Der Ehemann war mit den drei Kindern ins Schwimmbad gefahren. Als die vier zurückkehrten, entdeckte der Mann seine Frau nach längerem Suchen im Keller. Mehrere Wespenstiche hatten ihr, die hochallergisch auf Wespenstiche reagierte, den Garaus gemacht. Die Polizei war hinzugezogen worden, weil Monika Berthans Allergie bekannt gewesen war und noch niemals zuvor Wespen im Keller bemerkt worden waren. Darüber hinaus war die Kellertür eigentümlicherweise verschlossen gewesen, was sich niemand erklären konnte. Weitere Recherchen, in deren Verlauf die Nachbarn und auch Sarah befragt worden waren, ergaben, dass das Jugendamt sich bereits mehrfach mit den Erziehungsmethoden der verstorbenen Frau beschäftigt hatte – ohne langfristigen Erfolg. Sie galt als cholerische Schlägerin. Ihre Spezialität sollte das Züchtigen mit feinsten Ruten gewesen sein. Die Umstände ihres Todes konnten nicht eindeutig geklärt werden.

Jahre später hatte es dann Mark Bäumer erwischt. Auch er war alles andere als beliebt gewesen, weder in der Firma noch privat, und die Umstände seines Todes boten ebenfalls durchaus Spielraum für Mutmaßungen und Spekulationen, ohne zu einer Spur zu führen.

Johanna beschwor sich, keine voreiligen Schlüsse zu ziehen, aber dass in Sarah Mohns Nähe auffallend häufig Menschen verunglückten, die aufgrund ihrer Persönlichkeit, Charakterschwächen oder Missetaten niemand so recht vermisste, würde sie ohne Weiteres behaupten können. Hinzu kam die nüchterne Feststellung, dass die aufgeführten Opfer unter Umständen nur die Spitze des Eisberges, nämlich diejenigen waren, die aufgrund polizeilicher Ermittlungen aktenkundig geworden waren. Zwischen dem verunglückten Bäumer und jener Kinderschlägerin Monika Berthan lagen jedoch etliche Jahre, und über den Unfalltod der Eltern lagen keinerlei Erkenntnisse vor … Johanna schluckte.

Ansonsten hatte Mohn ein wenig aufregendes Leben geführt – Schule, kaufmännische Lehre, Aushilfsjobs in verschiedenen Firmen, schließlich eine Festanstellung bei Komfortbau. Sie war zweimal innerhalb Berlins umgezogen, und ihr polizeiliches Führungszeugnis war blütenweiß. Sarah Mohns Führerschein berechtigte sie zum Fahren von Autos, Motorrädern und Lkws; sie hatte aber kein Fahrzeug auf ihren Namen angemeldet.

Als Nachtrag zur Baufirma hatte Tony ihrem Bericht hinzugefügt, dass das Unternehmen vor Kurzem eine bankrotte Tischlerei in Helmstedt aufgekauft hatte.

Johanna las den Bericht zweimal. Anschließend leitete sie ihn an Samthof und Kuhl weiter und sprach erneut mit Nowak, die sie zudem bat, feststellen zu lassen, ob Mohn unter ihrer Berliner Adresse zu erreichen war. Die Antwort traf innerhalb einer halben Stunde ein und wurde verneint; unter Mohns Mobilfunknummer meldete sich lediglich die Mailbox.

Johanna zögerte nur kurz, bevor sie Mareni anrief. »Haben Sie Lust auf einen Ausflug nach Helmstedt?«

Die Firma befand sich im Bruchweg im nordwestlichen Helmstedt. Das Gelände war durch einen robusten Zaun gesichert, das Tor verschlossen. Das Hauptgebäude, in dem Büro- und Werkstatttrakt untergebracht waren, machte einen alles andere als maroden Eindruck. Die gesamte Anlage wirkte neu, sauber und aufgeräumt. Außer einigen Paletten und zwei Fahrzeugen war der Hof leer.

»Wie ein bankrottes Unternehmen sieht das nicht aus«, bemerkte Johanna und spähte durch den Zaun.

»Vielleicht hat sich der Meister bei einem Auftrag verkalkuliert oder ein Auftraggeber ist pleite – das bedeutet für die Subunternehmen häufig auch ganz schnell das Aus, insbesondere wenn hohe Kredite zu bedienen sind.«

»Und was will die Berliner Komfortbau mit einer Tischlerei in Helmstedt? Zonenrandförderung gibt's ja schon eine ganze Weile nicht mehr.«

Mareni zuckte mit den Achseln. »Vielleicht war der Betrieb ein Schnäppchen. Glauben Sie wirklich, dass …«

Die Tür des Bürotrakts öffnete sich. Eine junge Frau trat auf den Hof und sah zu ihnen herüber. Johanna hob eine Hand und winkte. »Ja, das glaube ich«, antwortete sie leise.

Die Frau kam ihnen langsam entgegen; sie war schmal und zierlich und trug ihr dunkles Haar kurz. Das Gesicht war blass.

»Frau Mohn?«, fragte Johanna.

»Ja, die bin ich. Sind Sie von der Speditionsfirma?«

»Nein«, erwiderte Johanna, während sie das Gesicht musterte und die Stimme der Frau nachklingen ließ. Katryna Nowak hatte recht gehabt – ihr Klang war bemerkenswert schön, eindringlich und klar. Eine Chorstimme, der man gern zuhörte. Und Mohn war die Frau vom Foto, daran zweifelte die Kommissarin nicht einen Augenblick.

»Würden Sie uns bitte hineinlassen?«, bat Johanna höflich. »Wir sind von der Polizei.«

»Geht es um den Konkurs der Firma?« Mohn schüttelte bedauernd den Kopf. »Ich bin eine Mitarbeiterin der Berliner Komfortbau, die die Tischlerei gekauft hat, und gerade dabei, die Buchhaltungsunterlagen zu ordnen und zu prüfen. Unser Anwalt sagte uns schon, dass hier noch einiges im Argen liegt.«

»Können wir das drinnen besprechen?«

»Wie Sie meinen.« Sarah Mohn seufzte und öffnete das Tor. Sie wirkte völlig unbefangen.

Auf dem Weg ins Büro sah Johanna sich verstohlen um. Im Flur standen jede Menge Kartons und Kisten, Möbel und diverse Gerätschaften. Mohn ging voraus und verschwand hinter einem wuchtigen Schreibtisch, auf dem sich Ordner, Hefter und zahllose Ablagekörbe stapelten und der sie noch zierlicher wirken ließ. Ein PC summte träge vor sich hin.

»Sie sehen, ich habe mehr als genug zu tun«, sagte sie freundlich und wies auf zwei Klappstühle, die hinter der Tür lehnten. »Bitte, nehmen Sie Platz.«

»Sie kümmern sich also erst mal ums Aufräumen und machen klar Schiff, bevor der Betrieb weiterlaufen kann«, meinte Johanna.

»Ja, so ist es …« Mohn sah sie fragend an. »Was genau wollen Sie eigentlich?«

»Zunächst einmal möchte ich eine Liste aller Fahrzeuge einsehen, über die die Tischlerei verfügt.«

»Warum das denn?«

»Die gehören auch zur Konkursmasse, oder?«

»Natürlich, aber wir einigen uns mit den –«

Johanna winkte ungeduldig ab. »Wir gehen einem Hinweis nach, Frau Mohn. Sie wissen doch, wie das ist – bei Konkursgeschichten verschwindet immer eine ganze Menge Kram, und die Gläubiger gehen anschließend leer aus.« Sie spürte, dass Mareni ihr einen schnellen Blick zuwarf.

»Na schön.« Mohn griff einen schmalen Ordner, der hinter ihr im Regal stand, und reichte ihn der Kommissarin über den Schreibtisch. »Es hat alles seine Ordnung. Wir lassen nichts verschwinden, wenn es das ist, was Sie andeuten wollen. Hier ist alles aufgelistet: Lieferfahrzeuge, Pkws, Baufahrzeuge …«

Johanna blätterte die Unterlagen langsam durch. Es gab sogar ein Betriebsfahrrad und einen Motorroller.

»Zufrieden?«, fragte Mohn.

Johanna blickte auf. »Durchaus.« Sie reichte Mareni den aufgeschlagenen Ordner. »Wann waren Sie das letzte Mal mit einem der Fahrzeuge unterwegs?«

Mohn starrte sie verdutzt an. »Hören Sie – ich bin berechtigt, die Fahrzeuge zu benutzen, schließlich ist Komfortbau jetzt Eigentümerin und –«

»Ich weiß. Darum geht es nicht. Ich muss eine Zeugenaussage überprüfen.«

»Was für eine Zeugenaussage?«

»Frau Mohn, waren Sie am Freitagabend mit dem Motorroller dieses Betriebes in Braunschweig unterwegs?«

»Warum wollen Sie das wissen?«

»Beantworten Sie doch einfach meine Frage.«

Mohn verschränkte die Arme vor der Brust. »Das tu ich gerne, sobald ich weiß, worum es geht.«

Johanna seufzte unterdrückt und nickte dann Mareni zu, der sofort aufstand und aus dem Büro schlüpfte. »Mein Kollege sieht sich ein bisschen um …«

»Das dürfen Sie gar nicht ohne ausreichenden Grund!«

»Vollkommen richtig, aber mein Grund ist ausreichend.«

»Dann müssen Sie ihn mir nennen«, beharrte Sarah Mohn und runzelte die Stirn.

»Eine Braunschweiger Beamtin wurde verfolgt – von einer Frau auf einem Motorroller.«

Mohn schwieg einen Moment verblüfft. »Und das soll ich gewesen sein? Wie kommen Sie denn darauf?«

Johanna hörte die Tür klappen, kurz darauf trat Mareni ein. Er nickte ihr lächelnd zu.

»Ganz einfach – weil ich Sie fotografiert habe.« Sie blickte den Wolfsburger Kollegen an. »Wir setzen die Befragung in der PI fort.«

Falls Sarah Mohn über Johannas forsche Vorgehensweise erschüttert war, ließ sie sich bemerkenswert wenig anmerken. Eine gewisse Irritation und Ärger über die Störung zeichneten sich allenfalls für Momente auf ihrem Gesicht ab, ansonsten gab sie sich entspannt und aufmerksam und bat höflich um ein Glas Wasser, als sie den Vernehmungsraum betreten hatten. Die Vorstellung, dass diese zarte junge Frau etwas mit den Todesfällen zu tun haben könnte, war auf den ersten Blick absurd, aber andererseits im Moment die einzige, noch dazu äußerst dünne Spur.

»Ich habe niemanden verfolgt«, erklärte Sarah Mohn, kaum dass das Tonband in Gang gesetzt war und Mareni ihr das gewünschte Wasser gebracht hatte. »Ich bin ein bisschen durch die Gegend gefahren, das war alles. Ich denke, hier liegt ein Irrtum vor.« Sie trank einen Schluck und setzte das Glas behutsam ab. Ihre Hand war völlig ruhig.

»Wie lange sind Sie schon im Auftrag Ihrer Firma in Helmstedt?«, fragte Johanna.

»Immer mal wieder ein paar Tage. Wenn Sie das genau wissen wollen, müssten wir meinen Kalender befragen. Den habe ich aber jetzt nicht dabei.« Sie lächelte.

Johanna lächelte zurück. »Die einzelnen Termine können wir auch später zusammentragen. Was wollten Sie von Hannelore Maurer?«

»Hannelore Maurer? Wer soll das sein?«

»Sie ist Staatsanwältin in Braunschweig und steht auf Ihrer Liste.«

»Was? Wovon reden Sie? Was für eine Liste?«

Johanna öffnete ihren Ordner und griff nach einem Foto von Maurer, das Mareni noch in aller Eile besorgt hatte. »Das ist Frau Maurer.«

Sarah Mohn musterte die Aufnahme in aller Seelenruhe. »Ich habe keine Ahnung, wer das ist«, sagte sie mit nach wie vor melodisch einschmeichelnder Stimme und schüttelte im Hochblicken bedauernd den Kopf. »Tut mir leid, Frau Kommissarin. Ich denke, Sie verwechseln mich.«

»Das denke ich nicht. Sie haben die Frau an mehreren Abenden verfolgt, zum Beispiel nach Braunschweig-Hondelage. Das wurde beobachtet.«

Mohn hob die Hände. »Sie irren sich.«

Johanna breitete die Fotos der anderen toten Polizisten vor der jungen Frau aus, wobei sie auf Rauth verzichtete. »Lange, Ansdorf, Huhlmann, Vogt«, kommentierte sie ruhig. »Ein Berliner, zwei Wolfsburger, ein Beamter aus Peine.«

»Interessant. Und?«

»Alle vier sind tot. Sie starben zwischen Mitte Juli und Mitte August, und ich denke, dass Sie dafür verantwortlich sind.«

Mohn stutzte, dann fing sie an zu lachen. »Ich kenne diese Leute überhaupt nicht, warum sollte ich sie töten? Wollen Sie mich –«

»Nein, ich will Sie nicht verarschen«, fiel Johanna ihr schnell ins Wort. Das glockenklare Lachen schien Mohn direkt aus ihrem Herzen zu kommen und stand in gleißendem Widerspruch zu den Behauptungen der Kommissarin. »Ganz bestimmt nicht. Scheidner hat Ihnen eine Liste mit Leuten gegeben oder sie Ihnen nacheinander genannt, das wissen wir noch nicht so genau, spielt aber im Moment auch keine Rolle. Sie haben jeden Einzelnen eine ganze Weile beschattet und dann beseitigt, während sie zwischendurch ihrem normalen Job nachgingen, entweder in Berlin oder in Helmstedt, oder Urlaub hatten. Das wird noch genau nachgeprüft.«

Mohn lachte erneut, während Mareni unruhig wurde. Johanna konnte sich denken, was in ihm vorging. Ihre Beschuldigungen waren voreilig, um angesichts der Beweislage nicht zu sagen: schlicht unverschämt und widersinnig. Sie hatten ein verschwommenes, mit technischen Finessen aufwendig bearbeitetes Foto, das der Richter ihnen um die Ohren hauen würde, und vermuteten eine Verbindung zu Scheidner, dem sie seinerseits zutrauten, Sarah Mohn als Killerin benutzt zu haben. Darauf einen vierfachen Mord aufzubauen war verdammt waghalsig. Johanna spürte, dass die junge Frau sie eingehend musterte.

»Warum hätte ich das tun sollen?«, fragte sie freundlich.

»Möchten Sie einen Anwalt hinzuziehen?«

Mohn lächelte. »Ich brauche keinen Anwalt. Sagen Sie mir, warum Sie mich verdächtigen? Wegen dieses Fotos?« Sie machte eine wegwerfende Handbewegung. »Das ist nicht Ihr Ernst, oder? Und wer bitte schön ist Scheidner?«

Johanna lehnte sich zurück. Sie fühlt sich verdammt sicher, dachte sie. Kann sie auch, wahrscheinlich weiß sie, dass das Foto nicht ausreicht. Aber sie ist neugierig, wie wir auf Scheidner gekommen sind – sonst wäre sie längst gegangen. Ich könnte sie nicht daran hindern.

Johanna wollte Mareni gerade bitten, ihr einen Kaffee zu besorgen, als ihr Handy Vibrationsalarm gab. Nach einem Blick aufs Display entschied sie, das Gespräch anzunehmen. »Und? Was haben Sie entdeckt?«

»Die Handakte enthält kein Vernehmungsprotokoll von Scheidner«, berichtete Katryna Nowak. »Aber … es sind seinerzeit zwar nicht alle, aber doch einige Aussagen auf Band aufgenommen worden, darunter auch meine Befragung von Mohn. Sie werden es nicht glauben, aber von den drei Bändern, die in der Dokumentationsliste eingetragen sind, fehlt eines, und zwar genau das mit Sarah Mohn. Wundert uns das jetzt wirklich?«

Johanna pfiff leise und zwinkerte Mareni zu. Sie machte ihm Handzeichen, aus denen ihr Wunsch nach einem Kaffee unschwer abzulesen war. Er stand sofort auf, während Mohn völlig unbeteiligt tat. Johanna war sicher, dass sie konzentriert zuhörte.

»Im Archivregister ist eine Entnahme der Akte durch Scheidner nicht protokolliert, ebenso wenig eine in den letzten Wochen, wobei das gar nichts heißen muss«, fuhr Nowak fort.

»Das sehe ich auch so.«

»Im Übrigen dürften Spezialisten feststellen können, wer sich in letzter Zeit für die Frau interessiert und die entsprechenden Datenbanken befragt hat – falls es gelänge, einen solchen Beschluss zu bekommen.«

»Und wissen Sie was: Das genau dürfte der Knackpunkt sein«, stimmte Johanna zu.

»Sind Sie eigentlich weitergekommen?«

»Hm, kann man sagen …«

»Sie können nicht frei sprechen?«

»So ist es.«

»Okay. Falls mir noch was einfällt, lasse ich es Sie wissen.«

»Gute Idee. Danke, bis später.« Johanna legte das Handy beiseite. »Entschuldigen Sie, aber das Gespräch war wichtig.«

»Kein Problem«, erwiderte Sarah Mohn, während Mareni zurückkehrte und Johanna einen stark duftenden Kaffee bereitstellte.

»Danke, Kollege. Wo waren wir stehen geblieben?«, fragte sie scheinbar unkonzentriert. Manchmal war es hilfreich, den Columbo zu spielen.

»Sie wollten mir erklären, was es mit Ihren Verdächtigungen auf sich hat und wer Scheidner ist«, griff Mohn den Gesprächsfaden wieder auf.

»Richtig.« Johanna trank einen Schluck Kaffee und überlegte einen Moment. »Ich denke, es wird nicht allzu schwer sein, nachzuweisen, dass Sie sich am Todestag und auch in den Tagen davor in der Nähe des jeweiligen Opfers aufgehalten haben, um sich mit dem Alltag und den Routinen der Polizisten vertraut zu machen. Wir werden mit einem besseren Foto von Ihnen Leute befragen – Familienmitglieder, Freunde, Kollegen, Nachbarn. Irgendjemand wird Sie erkennen, irgendeine Kamera wird Sie erfasst haben ...«

»Kamera? Was für eine Kamera?« Mohn schüttelte verwundert den Kopf, aber ihr Blick war neugierig geworden.

»Ansdorf war wenige Stunden vor seinem Tod in einem Supermarkt einkaufen, Vogt hat sich in einem Baumarkt aufgehalten, um nur diese Beispiele zu nennen – heutzutage sind da überall Kameras installiert«, fuhr Johanna fort. »Ich glaube, dass Sie auch dort waren.«

»Na und?«, erwiderte Mohn. »Selbst wenn es Ihnen gelänge, Leute zu finden, die mich in der Nähe gesehen haben wollen, oder es existierten Videoaufnahmen, die mich beim Einkaufen zeigen ... Was beweist das schon?«

Das ist die bemerkenswert nüchterne Gegenfrage eines Profis, dachte Johanna. Sie ist für den Ernstfall gewappnet und im Vorfeld alle möglichen Szenarien und die sich daraus ergebenden Fragen durchgegangen – sehr wahrscheinlich mit Scheidner zusammen. Sie zeigt kaum Verunsicherung, schon gar keine Angst, und sie behält einen klaren Kopf. Johanna hielt es für nahezu ausgeschlossen, dass sie in Mohns Wohnung oder in der Tischlerei Hinweise finden würden, die einen Zusammenhang mit den Verbrechen herstellten. Fehler machte jeder, aber ein Staatsanwalt, der das perfekte Verbrechen plante, hatte beste Chancen, damit durchzukommen, noch dazu mit einer Partnerin, in deren Umfeld seit zwanzig Jahren regelmäßig Menschen zu Tode gekommen waren, ohne dass sie bislang dafür verantwortlich gemacht werden konnte.

Mohn lächelte in Johannas Gedanken hinein, als läse sie sie mit. »Noch mal, Frau Kommissarin, warum sollte ich diese Menschen umgebracht haben?«, fragte sie sanft.

»Ganz einfach: Weil sie es Ihrer und Scheidners Ansicht nach verdient hatten.«

»Was reden Sie da?«, hielt Mohn dagegen, aber in ihren Augen blitzte es plötzlich hell auf.

»Sie haben Staatsanwalt Robert Scheidner im letzten Sommer kennengelernt, als es um den Fall Bäumer ging«, erläuterte Johanna in beiläufigem Ton, nachdem sie kurz in sich hineingehorcht hatte. »Ihr Kollege ist im Schlachtensee ersoffen, was ganz gut zu seinem Alkoholpegel passte, aber niemand hat großartig um ihn getrauert, besser gesagt: Die meisten wirkten regelrecht erleichtert, dass es Bäumer erwischt hatte, was bei den damaligen Ermittlungen überdeutlich wurde und zu erneuten Befragungen führte. Ein Motiv konnte nicht zweifelsfrei ausgeschlossen werden. Sie haben Scheidner damals sehr, sogar nachhaltig beeindruckt.«

Mohn hob eine Braue. »Erzählen Sie ruhig weiter.«

Johanna nickte, während Mareni das Kinn in die Hand stützte. »So viel gibt es da allerdings von meiner Seite aus gar nicht mehr zu erzählen«, fuhr sie fort. »Sie sind sich näher gekommen, als er in eigener Sache Kontakt zu Ihnen aufnahm. Er war fasziniert von Ihnen, von der Namensgleichheit mit seiner geliebten Frau, von Ihrer Biografie, Ihrer Ausstrahlung, von Ihren Taten, die Sie nie in Schwierigkeiten brachten. Er hat offene Türen bei Ihnen eingerannt, als er Ihnen darlegte, wie eindrücklich ihm klar geworden sei, dass die scheußlichsten Verbrechen nicht gesühnt würden, wenn man die Dinge nicht selbst in die Hand nähme, wenn man nicht bereit sei, ein Risiko einzugehen, um Schlimmeres zu verhindern, Menschen zu schützen – junge Menschen, alte Menschen, Schutzbedürftige. Das wissen Sie seit frühester Kindheit. Aber vielleicht hat er Ihnen auch zusätzlich etwas versprochen … eine Gegenleistung von seiner Seite für Ihr Engagement. So weit ist das alles ganz gut nachvollziehbar, für mich zumindest. Aber verraten Sie mir bitte eines: warum Badesalz?«

»Wie bitte?« Mohn starrte sie perplex an.

»Huhlmann ist von der Brücke gestürzt – das erinnert mich an den Tod Ihres Großvaters, der vom Dach gefallen ist. Das ist zwar schrecklich, aber wiederum auch nicht so spektakulär. Ein Sturz aus großer Höhe kommt sozusagen in den besten Familien vor … Ach, wussten Sie eigentlich, dass Huhlmann Höhenangst hatte? Sie haben die Frau im Angesicht des Todes mit ihrer größten Furcht konfrontiert. Das klingt fast nach einer griechischen Tragödie, zumindest nach einer perfiden Inszenierung.«

Mohn schien beeindruckt, wie gut Johanna vorbereitet war und wie offensiv und unerschrocken sie ihre Meinung zu den Geschehnissen und deren Hintergründen darstellte, um ihre ganz persönliche Argumentationskette zu präsentieren. Sie neigte den Kopf zur Seite. Beunruhigt wirkte sie aber immer noch nicht, allenfalls gespannt darauf, was die Kommissarin noch anführen würde.

»Ich denke, Sie haben die Polizistin ganz schlicht im Dunklen überrascht, und für den ›Unfall‹ Ihres Großvaters wird es, obwohl Sie damals noch ein Kind waren, eine ebenso schlüssige Erklärung geben«, sinnierte Johanna weiter. »Vielleicht haben Sie ihn abgelenkt oder was auch immer – nichts jedenfalls, was nachweisbar gewesen wäre. Der Kollege Vogt aus Peine hat Sie in die Wohnung gelassen, in der er gerade renovierte, davon bin ich überzeugt, und Sie haben eine Möglichkeit gefunden, ihn ans Fenster zu locken und hinauszustoßen. Diese Vorgehensweise passt zu Ihnen. Sie ähnelt sowohl der Huhlmann- wie der Großvater- als auch ein bisschen der Wespenstichnummer, finden Sie nicht?«

Mohns Blick blieb ruhig und klar.

»Sie sorgen für den nötigen Anstoß«, behauptete Johanna. »Sie geben dem Tod eine Chance, sein Werk zu tun, den Rest, die Vollendung erledigt er dann quasi selbst, womit Sie wiederum Ihr Tun bestätigt sehen, nicht wahr? Das hat alles seinen Sinn und seine Ordnung. Eine gerechte Ordnung.«

Mohn schwieg weiterhin, aber Johanna spürte, dass sie auf dem richtigen Weg war.

»Tja, und warum das Ganze? All diese Menschen und vielleicht noch einige mehr haben eines gemeinsam: Sie sind charakterlich fragwürdig, korrupt oder schlichtweg Menschenquäler oder sogar alles zusammen gewesen, und Sie haben sie ihrer gerechten Strafe zugeführt. Aber«, Johanna schüttelte nachdenklich den Kopf, »warum kam die Droge Badesalz zum Einsatz? Das ist nicht Ihr Stil. Oder etwa doch? Vielleicht fehlen mir lediglich noch einige Informationen, um die Wahl dieses Mittels besser einordnen zu können. Was meinen Sie?«

Mohn machte eine verständnislose Geste, die Johanna ihr jedoch nicht abnahm. »Ich denke, Sie haben längst einen Vorschlag, eine Erklärung parat, oder?«

»Die Wirkung der Droge soll grauenvoll sein«, entgegnete die Kommissarin. »Ich habe mich diesbezüglich ein bisschen schlau gemacht. Die Horrortrips sind so fürchterlich, dass die Leute sich umbringen, nur um nichts mehr mitzubekommen. Genau die richtige Bestrafung für einen Typen wie Lange, der mit vollem Einsatz dafür gesorgt hat, dass das grausige Verbrechen an Scheidners Ehefrau nicht aufgeklärt werden konnte, finden Sie nicht? Ansdorf hat das Foltern eines jungen Mannes verschleiert – auch nicht gerade ein Kavaliersdelikt. Andererseits hat Huhlmann auch nicht lange gefackelt, den Tod eines Menschen, jedenfalls soweit wir bislang wissen, unter den Tisch fallen zu lassen, und Vogt war für jeden Euro extra sehr dankbar, egal, was er dafür tun oder besser lassen musste. Sein Gewissen hat die Bezeichnung nicht verdient.«

Johanna zog ein skeptisches Gesicht. »Nun, vielleicht wog das aber doch nicht ganz so schwer, vielleicht wollte Scheidner die Droge insbesondere bei Frauen nicht einsetzen oder, ganz einfach, er hatte nicht mehr genug von dem Zeug und scheute das Risiko, das mit dem erneuten Beschaffen verbunden gewesen wäre. Unter Umständen ging es auch lediglich darum, Verwirrung zu stiften oder noch besser: Er hat es ganz einfach Ihnen überlassen, das richtige Mittel für den entsprechenden Anlass zu wählen ...« Johanna brach plötzlich ab. »Ja, ich glaube, so war es.«

Mohn zuckte mit den Achseln, ließ die Kommissarin aber nicht aus den Augen.

»Er vertraut Ihrem Gespür. Vielleicht ist das auch der tiefere Grund, warum Maurer noch lebt«, ergänzte Johanna ihre Darlegung. Sie sprach leise, fast melancholisch und ließ sich bei der Wahl ihrer Worte ganz von ihrer Intuition leiten.

»Die Frau verdankt ihr Leben nicht Scheidners Warnung an Sie, dass das BKA sich bei den Ermittlungen eingeschaltet hat und Sie sich zurückhalten sollten, bis der Wirbel sich gelegt hat, sondern Ihnen. Maurer ist nicht böse, stimmt's? Sie wurde erpresst und musste ihr Kind schützen – das war der Motor ihres Handelns, und Sie haben das gemerkt. Ihr siebter Sinn hat Sie zurückgehalten, dieser Frau etwas anzutun. Sie töten niemanden, der es nicht wirklich verdient hat.«

Sarah legte die Hände vor sich auf den Tisch.

»So ist es gewesen«, bekräftigte Johanna. Und das werde ich niemals beweisen können. Sie war plötzlich völlig erschöpft. Ihr Herz flatterte. Abrupt stand sie auf und sah Mareni an. »Reden Sie noch mal mit ihr. Ich brauche eine Pause.«

15

Sie war bestens informiert und hatte sowohl Phantasie als auch den Mut, ihr freien Lauf zu lassen. Das hatten die wenigsten, und ausgerechnet bei einer Kommissarin hatte Sarah ihn am allerwenigsten erwartet. Sie war aufgewühlt und heilfroh, als Johanna Krass schließlich den Vernehmungsraum verließ.

Alles war folgerichtig gewesen. Daran zweifelte sie nach wie vor nicht im mindesten, obwohl sie kaum damit gerechnet hatte, dass die Polizei ihr derart dicht auf die Pelle rücken würde, noch dazu in Gestalt einer Kommissarin, die auf der richtigen Spur war und sich nicht beirren ließ. Aber die Beweise fehlten und damit jede Handhabe. So war dieses System nun einmal aufgebaut: Ohne Beweise keine polizeiliche Zugriffsmöglichkeit. Und häufig reichten die nicht einmal aus, die miesesten Typen lange genug hinter Gitter zu bringen.

Großvaters Tod hatte sein müssen, das hatte sie gespürt. Wie hatte die Kommissarin so schön gesagt: dem Tod eine Chance geben, sein Werk zu tun. Ja, so war es. Sie war eine Dienerin des Todes, des gerechten Todes. Der Luftballon war ihr quasi unter den Händen explodiert, und Großmutter hatte geweint vor Glück. Keine Schläge mehr, kein Schreien und kein Treten in den Unterleib. Von heute auf morgen hatte Frieden geherrscht. Mit Hilfe eines roten Luftballons. Wie einfach das Leben doch sein konnte, wenn man bereit war, den Tod walten zu lassen.

Die Wespen waren ins Marmeladenglas geklettert. Drei Stück. Für jedes Kind eine. Monika Berthan hatte jedes ihrer Kinder über Jahre hinweg misshandelt, und niemand war in der Lage gewesen, sie langfristig zu stoppen. Drei, vier Wochen war es mal ruhiger zugegangen, nachdem das Jugendamt eingeschritten war oder der Mann ihr fürchterlich gedroht hatte. Dann war sie in ihr altes Muster zurückgefallen und hatte die Ruten herausgeholt. Sarah hatte das Glas mit den Wespen zwei Tage später in den Keller gestellt, als Nachbarin Berthan große Wäsche gehabt hatte und niemand sonst im Haus gewesen war. Keiner hatte sie gesehen oder gehört. Es war heiß gewesen. Der Tod war schnell gekommen. Schneller, als sie es verdient hatte.

Nein, Bäumer war nicht der Nächste gewesen, sondern einige Jahre zuvor eine junge Frau, die eine Katze ertränkt hatte. Einfach so. Sarah hatte es zufällig mitbekommen, obwohl sie an Zufälle schon lange nicht mehr glaubte. Tina war im gleichen Haus in die gerade frei gewordene Wohnung unterm Dach gezogen, wo noch die Katze des Vormieters lebte – der hatte sie einfach zurückgelassen. Vielleicht hatte sie auch keine Lust gehabt, noch einmal umzuziehen. Das Tier war schon alt gewesen und hatte sich immer wieder in die Wohnung geschlichen. Sarah hatte sie eines Tages leblos im Hinterhof gefunden – pitschnass. An ihren Pfoten klebten Tapetenreste, die aus Tinas Wohnung stammten, wie Sarah feststellte. Tina stritt ab, dem Tier etwas getan zu haben, aber die Verunsicherung war über ihr Gesicht gekrochen, als Sarah sie darauf ansprach, und die Schuld machte sich breit wie eine dunkle Wolke. Es war wie immer – Sarah spürte das Böse und wusste, was sie zu tun hatte. Zwei Wochen später stürzte Tina im dichten Gedränge am Bahnsteig vor eine S-Bahn. Sie war auf der Stelle tot.

Bäumer hatte zwei Frauen bei Komfortbau vergewaltigt, ohne dass ihm irgendetwas nachgewiesen werden konnte. Er war jähzornig, gemein und brutal. Er hatte sturzbesoffen im Gebüsch gelegen, und es war ein Leichtes gewesen, ihn zwei Meter näher ans Wasser zu bugsieren.

Roberts Leid war unfassbar groß, sein Ringen mit sich selbst auch. Eines Tages stand er vor ihr, und Sarah hatte sofort gespürt, dass er sie erkannt hatte. Sie und ihr Tun. Erste vage Ahnungen hatte er während der Vernehmung im Bäumer-Fall noch beiseitegeschoben, um sich später aber dennoch an sie zu erinnern. Er war der erste Mensch, dem sie sich anvertraute. Sich und ihre Aufgabe. Die Begegnung mit ihm war genauso folgerichtig wie der rote Luftballon, wie die Wespen, die ins Glas krabbelten, wie die S-Bahn, die Tina überrollte. Sie brauchten einander, um dem Tod zu helfen, ein Mindestmaß an Gerechtigkeit wiederherzustellen.

In der Regel hatte sie einige Tage in der Nähe ihres jeweiligen Opfers verbracht, um sich mit Routinen und Abläufen vertraut zu machen, Tuchfühlung aufzunehmen, die Tragweite ihrer Schuld und Bösartigkeit wahrzunehmen und sich intuitiv über ihr weiteres Vorgehen klar zu werden – Adress- und allgemeine Daten hatte Robert ihr zur Verfügung gestellt, aber sie notierte sich niemals etwas. Das war auch gar nicht nötig, denn ihr Gedächtnis funktionierte ungewöhnlich gut. Auch die Droge hatte er besorgt und ihr freigestellt, sie zu benutzen. Die Kommissarin lag verdammt richtig mit ihren Mutmaßungen. Sarah allein entschied, wie sie dem Tod die Türen öffnete.

Es war so einfach gewesen, dass es fast schon lächerlich war. Bernd Lange hatte zwei Tage vor seinem Tod mit Einkaufstüten bepackt das Haus betreten, als sie hinter ihm in die Tür geschlüpft und bei den Briefkästen stehen geblieben war. Er hatte gegrüßt und seine Post unter den Arm geklemmt, als sein Handy klingelte. Dabei stieß er mit dem Fuß an eine seiner Tüten, die daraufhin umkippte. Sarah half Lange beim Einpacken, und während er telefonierte, stopfte sie eine Packung mit Keksen in seine Tüte, die er nicht gekauft hatte. Ansdorf war noch einfacher zu seiner Ration Badesalz gekommen. Sarah war ihm in den Supermarkt gefolgt und hatte ihm die Kekspackung schlicht in den Einkaufswagen gelegt. Das Risiko, dass ein anderer die vergifteten Kekse essen würde, schätzte sie als äußerst gering ein: Lange hatte allein gelebt und war genau wie Ansdorf ein Süßschnabel gewesen – im Müll des Berliner Polizisten hatte sie Verpackungsmaterial von unterschiedlichsten Naschwaren entdeckt –, während Ansdorfs Frau keinen Süßkram mochte. Das hatte Sarah mitbekommen, als er beim Einkaufen in der Schlange an der Kasse einer anderen Kundin davon erzählte.

Vogt war ein gewissenloser Aufschneider, der aber sehr an seiner Tochter hing. Sarah entschied, es ihm leichter zu machen. Sie gab sich als Handwerkerin aus, die bei der Bearbeitung der Fenster dringend einen Tipp von ihm benötigte.

Bei Huhlmann spürte sie eine ähnliche Tendenz. Die Kommissarin hatte sich zwar vielfach schuldig gemacht, aber ein von Grund auf grausamer und verdorbener Mensch war sie nicht. Höchstens auf dem Weg dahin. Sie in der Dunkelheit zu überfallen und dabei keine Spuren zu hinterlassen, war nichts anderes als eine Übung in Schnelligkeit und Lautlosigkeit. Mitten auf der Brücke war die

Polizistin plötzlich stehen geblieben und hatte ihre Verfolgerin hinter sich entdeckt. Sarah schloss zu ihr auf, als würde sie auch joggen, grüßte und blieb abrupt stehen, als hätte sie einen Krampf. Als Huhlmann sich hilfsbereit zu ihr hinabbeugte, umfasste Sarah ihre Beine, hob sie hoch, trat ans Geländer und stieß sie auf die Straße, um dann sofort auf der anderen Seite unbemerkt im Wald zu verschwinden.

Hannelore Maurer war keine Todeskandidatin. Sie war verzweifelt. Dass Sarah ausgerechnet bei ihrer Beschattung auffällig wurde und in diesem Zusammenhang der Polizei ins Netz ging, war bemerkenswert. In jener Nacht hatte sie entschieden, dass Maurer nicht sterben würde. Jedenfalls nicht mit ihrer Hilfe.

***

Am frühen Abend kam der Anruf aus Berlin. Johanna hatte Samthof nach der ersten Befragung von Sarah Mohn ihren Eindruck geschildert und ihn gebeten, sich dafür einzusetzen, dass Mohns Wohnung durchsucht wurde, in der Hoffnung, vielleicht doch ein winziges Detail zu entdecken, das zu Scheidner führen würde.

»Ich habe mir Ihren Bericht noch einmal durch den Kopf gehen lassen, Kommissarin Krass«, sagte Samthof, während Johanna die Tür von Marenis Büro hinter sich schloss und am Fenster Platz nahm. »Und ich kann durchaus verstehen, dass Sie Ihrem Verdacht nachgehen möchten, um ihn mit Indizien und Beweisen zu untermauern, aber …«

Johanna wusste längst, was kommen würde.

»Für eine offizielle Ermittlung reicht das alles nicht aus, und das wissen Sie selbst. Staatsanwalt Scheidner hat schon angefragt, warum er plötzlich in den Fokus von Mordermittlungen geraten ist, und ich fürchte, wir kommen da nicht mehr weiter.«

Auf gut Deutsch: Der Staatsanwalt hat nicht lange gezögert, mal richtig auf die Kacke zu hauen, dachte Johanna. Er muss sich verdammt sicher fühlen, und zudem war der Zeitpunkt günstig.

»Aber das ist noch lange nicht alles«, fuhr Samthof fort, als sie weiterhin schwieg. »Die Ermittlungsarbeit läuft inzwischen auf Hochtouren, wie Sie sich wohl denken können. Außerdem müssen wir die Presse über die Terrorgruppe informieren – die Aufklärung ihrer Verbrechen, an der Sie tatkräftig mitgewirkt, die Sie überhaupt erst ermöglicht haben, muss im Mittelpunkt stehen und wird uns Monate beschäftigen.«

»Schon klar«, meinte Johanna schließlich, ohne auf das Kompliment einzugehen. »Der Verfassungsschutz und einige andere Dienststellen wollen den Karren, der längst im Dreck steckt, ganz schnell wieder rausziehen. Und die Frage, wie er da überhaupt so tief hineingeraten konnte, verursacht hier und da wahrscheinlich heftige Bauchschmerzen. Da müssen wohl einige zum Rapport antreten.« Unter Umständen rollen da sogar Köpfe – in Niedersachsen, in Berlin und im Ruhrpott, fügte sie wortlos hinzu.

»Ja, durchaus«, gab Samthof mit leisem Räuspern zu. »Doch davon abgesehen, gehen einige Fachleute von Verfassungsschutz und Geheimdienst, aber auch von unserer Dienststelle, die sich mit Ihren Ermittlungsergebnissen befasst und mit eigenen Recherchen verglichen haben, davon aus, dass die Polizistenmorde unmittelbar in den terroristischen Umkreis gehören – von welcher Seite auch immer.«

Johanna wechselte den Hörer von einem Ohr ans andere. »Dafür gibt es nicht den geringsten Anhaltspunkt«, wandte sie ein.

»Man wird in dieser Richtung weiter ermitteln«, beharrte Samthof. »Mit allen Möglichkeiten, die einem großen, übergreifenden Apparat zur Verfügung stehen.«

Johanna schloss kurz die Augen. »Sie meinen, da findet sich im Zuge der allgemeinen Aufräumarbeit bestimmt was? Notfalls ist eben eine dieser brandgefährlichen islamistischen Gruppen mit von der Partie?« Sie hörte selbst, dass sie dabei war, sich den Mund zu verbrennen. Nichts Neues.

»Kommissarin Krass …«

»Doktor Samthof?«

Er atmete laut aus. »Warten wir es doch einfach ab. Sie wissen selbst, dass wir mit aller Sorgfalt vorgehen müssen – die Öffentlichkeit wird uns gewaltig auf die Finger gucken.«

»Ach ja … Und was ist mit Sarah Mohn? Müssen wir darauf warten, dass sie beim nächsten Kill unvorsichtiger ist?«

»Ich werde durchsetzen, dass man sie eine Weile beschattet.«

»Mit welchem Argument?«

»Mir wird etwas einfallen.«

Das kann ich mir vorstellen, dachte Johanna.

»Machen Sie ein paar Tage Urlaub«, fügte Samthof hinzu. »Danke für Ihre Arbeit, die ich sehr zu schätzen weiß. Sie war alles andere als einfach.« Das klang, als ob er es ernst meinte.

Johanna verabschiedete sich wenig später von Mareni. Seine Einladung zu einer Currywurst im »TachoMeter« lehnte sie ab. Es fiel ihr schwer, sein Lächeln zu erwidern, obwohl das unfair war. Schließlich konnte er nicht das Geringste dafür, dass der Fall unvollendet blieb, in ihren Augen jedenfalls, und dass sie es hasste, lose Enden zurückzulassen – noch dazu in Gestalt einer Frau, die sie für eine gefährliche Mörderin hielt und die nun wieder auf freiem Fuß war, und eines Staatsanwalts, der keinen anderen Ausweg aus seinem Schmerz gesehen hatte, als sich zu rächen. Bezeichnenderweise hatte er nicht nach den Tätern geforscht, obwohl ihm das durchaus möglich gewesen wäre, sondern die zur Verantwortung gezogen, deren oberste Aufgabe Schutz und Aufklärung waren und die ihre Macht auf schändlichste Weise missbraucht hatten. Vielleicht schlief er sogar ruhig. Eine Weile zumindest.

Tiefe Melancholie hatte sich in ihrem Herzen eingenistet, als sie über die Berliner Brücke in den »Alten Wolf« fuhr, um ihre Sachen zu packen.

Als sie das Hotel verließ, trat ihr Annegret Kuhl entgegen. Sie streckte die Hand aus. Ihr Lächeln war müde, aber voller Wärme. »Wir dürfen niemals aufgeben, egal, was passiert«, sagte sie. »Ich hoffe, wir sehen uns wieder.«

Johanna lächelte zurück und drückte ihre Hand.

Epilog

Helmstedter Zeitung
Ein tragisches Unglück auf dem Gelände einer Tischlerei beendete das Leben der kaufmännischen Angestellten Sarah M. aus Berlin. Die junge Frau, die im Auftrag des neuen Inhabers, der Komfortbau Berlin, die Buchhaltung der kürzlich in Konkurs gegangenen Firma durcharbeitete, erlitt einen Stromschlag, als sie – so die Nachforschungen der Polizei – am Sicherungskasten eine defekte Sicherung auswechselte. Dabei stürzte sie so unglücklich auf den Kopf, dass sie eine schwere Hirnblutung erlitt. Sarah M. starb, ohne noch einmal das Bewusstsein zu erlangen.